D1723448

PETER HELLER

UMA MULHER
DE ARMAS

TRADUZIDO DO INGLÊS POR

ANA SALDANHA

ASA

Título original:
CELINE
© 2017, Peter Heller
Publicado por acordo com The Robbins Office, Inc.
e Aitken Alexander Associates, Ltd.
Licença de edição e comercialização em todo o mundo, exceto no Brasil

Fotografia do autor: Tory Read
Paginação: LeYa
Impressão e acabamentos: GUIDE – Artes Gráficas, Lda.

1.ª edição: maio de 2017
Depósito legal n.º 423988/17
ISBN 978-989-23-3872-9
Reservados todos os direitos

Edições ASA II, S.A.
Uma editora do Grupo Leya
Rua Cidade de Córdova, n.º 2
2610-038 Alfragide – Portugal
Telef.: (+351) 214 272 200
Fax: (+351) 214 272 201
www.leya.com

Com todo o Amor
Para a minha Mãe,
Caroline Watkins Heller –
Artista, Guerreira Espiritual, Detetive Particular.

E para Lowell «Pete» Beveridge,
O Americano Tranquilo.

PRÓLOGO

Estava um dia claro e ventoso, com as papoilas a corarem de laranja as encostas dos penhascos, entretecidas nos mantos de flores azuis de tremoço. O Pacífico estava quase preto e desfazia-se em espuma contra a base dos rochedos ao longo do Big Sur. Ele adorava aquilo. Puxou a alça da mochila mais para cima no ombro. Desde a morte de Jence na guerra, era a única coisa de que realmente gostava. Uma boa pescaria hoje, também, um bom punhado de pedras de jade da praia lá em baixo. Parou para recuperar o fôlego. O trilho era íngreme ali, as pedras como degraus, e tinha as pernas das calças ensopadas até às coxas e pesadas. Só um segundo ali, não estava com pressa nessa tarde.

Ouviu o estalido de pedras e vozes, olhou pelo trilho acima e viu a família. A menina pequena estava praticamente a correr encosta abaixo. Trazia um vestido de verão amarelo e azul, um pouco como as falésias cobertas de flores, e vinha aos gritos. Devia ser a mãe atrás dela, tentando alcançá-la, tentando ver onde punha os pés calçados com sandálias de pele, com os braços estendidos para se equilibrar, como asas. Estava a chamar: «Gabriela! Gabriela! Cuidado! Querida!» Era muito bonita. Usava um vestido igual ao da filha e quando as duas se aproximaram ele reparou que eram como duas gémeas, a grande e a pequena: pele morena e olhos verdes, cabelo preto comprido apanhado num rabo de cavalo. Bem. Era um dia para a beleza. O pai vinha atrás. Estava a levar o seu tempo. Nada o preocupava. Vestia uma *t-shirt* preta e era atraente como James Dean – mais velho do que Jence, talvez uns dez anos, demasiado velho para o recrutamento obrigatório. A menina, Gabriela, gritou «Olá! Olá!» ao passar por ele a correr, e a mãe empertigou-se quando o viu e dirigiu-lhe um sorriso tímido. Ele ergueu a mão a saudar o pai e disse:

– Está bastante bom hoje. O mar bravo trouxe mais pedras. Mas tenham cuidado com a maré.

– Obrigado. Teremos. Obrigado. – O pai tocou-lhe no braço e continuou a descer, desaparecendo de vista.

O homem enganchou os polegares na mochila e continuou a trepar a encosta. Chegou ao topo da falésia e sentou-se no pequeno banco, que era apenas uma prancha de madeira em cima de duas pedras. Fechou os olhos, virado para o sol, e sentiu o cheiro do milefólio a aquecer, o sal. Era agradável ter visto aquela família. Ele e Jence também vinham ali quando Jence era pequeno, e quando chegavam a casa cobriam a mesa da cozinha com pedaços de jade. Ele ainda fazia isso, agora. Voltava para casa e não pensava no seu filho desfeito em mil pedaços há quinze meses no Vietname, e encaixava as pedras como num *puzzle*, como uma ilha verde cada vez maior, de modo que já não havia espaço na mesa para comer. Fazia as refeições no alpendre.

Julgou ouvir gritos. Gritos e berros. Era difícil ouvir, com o vento e a rebentação. As pessoas ficavam tão excitadas com o jade! Bem.

Gabriela gritou. A espuma corria fria sobre os seus pés nus e quando recuava desaparecia num milhão de minúsculas bolhas. Que tarde fabulosa. Gaivotas brancas levantavam voo dos penedos e andorinhas desciam a pique. As ondas rebentavam e espumavam sobre os rochedos mais distantes, que estavam cobertos de algas brilhantes e escuras. As ondas corriam brancas por entre os rochedos até ao cascalho da minúscula praia da baía e tornavam as pedras pretas e quando todas elas brilhavam podiam-se ver os pedaços de verde.

– Gabriela – disse Amana à menina. – Querida. Esta... é exatamente da cor dos teus olhos! Vês? Mas tem a forma de uma ave! E aqui está um peixinho, olha. Vou encontrar uma que pareça o teu olho.

– O *teu* olho! – A menina guinchou encantada. – Uma que se pareça com o teu olho! Eu vou encontrar uma para *ti*.

Ajoelharam-se, com as cabeças quase juntas, cabelo preto a esvoaçar ao vento, e separaram as pedrinhas. Apressavam-se. Paul ia ajudando Gabriela, mas na maior parte do tempo deixou-se ficar sentado numa rocha, de olhos fechados. O vento estava quase frio. Ele estava a pensar que devia ter trazido umas salsichas e queijo, que poderiam ficar ali talvez até ao pôr do sol, quando ouviu as suas meninas gritarem. Abriu os olhos. Uma onda maior galgara a faixa de cascalho, mesmo até ao muro do penhasco que abrigava a praia, e a sua mulher e a sua filha estavam de pé, ensopadas, a rirem-se.

– Ei! Ei! – berrou ele. – Venham mais para cima! – Riu-se também, mas o que sentia era alarme. Olhou para além de Amana e Gabriela, para as rochas mais distantes, e viu a ondulação escura a avolumar-se. Era a onda seguinte, a segunda num grupo de ondas, e viu-a como se em câmara lenta: o muro de água a aclarar-se para verde ao erguer-se, impossivelmente alto, as rochas de guarda à praia diminuídas sob ele, o cimo trémulo, desfiado pelo vento, e depois um pedaço encaracolou-se e caiu e o muro ruiu: uma corrente forte da altura do peito rugiu sobre a negra água parada da baía interior e com o embate ele caiu, bateu com o ombro e o pescoço na rocha e ergueu-se de um salto da espuma de gelo para ver o tumulto a recuar.

E então viu a filha. Ouviu-a. Gabriela estava a gritar, a corrente recuava com toda a força e estava a levar a sua filha, e o muro – um muro maior erguia ao largo, alcantilando-se, verde. «*Amana! Onde...*»

9

Deu dois passos e mergulhou. Bateu com o peito com força e pôs-se a esbracejar na direção da filha, da cabeça dela, e depois viu a sua mulher mais ao largo e ela estava a nadar. Sabia nadar bem e estava a nadar! Na corrente por baixo da onda seguinte viu o bater rítmico dos braços dela – e a onda suspendeu-se e rebentou e ele foi derrubado. Bateu com as costas em rochas afiadas e gritou, sem fôlego, e a sua filha, sem saber como, estava encostada a ele. Gabriela! A sua menina estava encostada a ele, o seu peso por um momento; e estava a escapar-lhe e, com todas as suas forças, ele esbracejou e estendeu os braços e de alguma maneira conseguiu agarrar-lhe o braço e segurou-o. E segurou-o. A mão enclavinhada como uma garra. A força da corrente puxou-o e ele rolou, rolou com ela, e depois sentiu o fundo, cascalho solto, e tentou pousar os pés, e depois a água dava-lhe pelos joelhos e ele, cambaleante, pôs-se de pé e tinha-a nos braços. Apertava-a ao peito, ela estava a sangrar de alguma parte – estaria a respirar? Estava roxa – e, com um terror negro, ele viu a onda seguinte e não conseguia avistar a sua mulher. Voltou para trás aos tropeções. De volta para o penhasco, com a espuma a sugar-lhe os joelhos, e desatou a correr. Meio a cair meio a tropeçar, deu a volta a um rochedo com a filha nos braços e bateu com as canelas e os joelhos e os cotovelos nas rochas e depois estava ao fundo do trilho e começou a subir e no torpor confuso do pânico virou-se uma vez e viu algo que poderia ser a cabeça escura da sua mulher, um braço – a ser puxado rapidamente na direção do cabo.

UM

A chamada viera enquanto ela estava à sua bancada de trabalho a prender com arame a forma nua taxidérmica de um arminho a uma pedra, ao lado da caveira de um corvo. A ideia era pôr o arminho a olhar para baixo, para a sua própria pele pregada à pedra. As esculturas de Celine apresentavam uma tendência distintamente sombria. Quando não estava a resolver casos, fazia peças com o que tivesse à mão, o que muitas vezes queria dizer caveiras. No ano anterior, o homem que limpava as janelas sentiu-se fascinado com a arte dela, que estava exposta por todo o espaço aberto do estúdio, e no dia seguinte trouxe-lhe uma caveira humana num balde. «Não pergunte», disse. Ela não perguntou. Cobriu-a imediatamente com folha de ouro e estava agora num pedestal junto à porta da rua, com um aspeto elegante.

Agora, sentia-se como aquele arminho. Sentia-se esfolada e perdida, sem proteção.

A sua pele fora a sua família. Tinha Hank, claro, mas um filho, por mais velho que fosse, era alguém a proteger, não o contrário. Quando o telefone tocou, ela quase não atendeu, mas depois pensou que poderia ser Pete a telefonar de Heights, a precisar de ajuda com as compras de mercearia.

– Estou, Celine Watkins?

11

– Sim?

– Eu sou a Gabriela. Gabriela Ambrosio Lamont.

– Gabriela – sussurrou, tentando identificar o nome.

– Não me conhece. Andei na Sarah Lawrence. Sou do ano de 1982. Vi a história sobre a senhora na revista dos ex-alunos: *Prada PI.*[1] – Gabriela riu-se, uma risada límpida, como um sino. Celine descontraiu-se.

– Isso foi uma tolice – disse Celine. – Refiro-me ao título. Nunca na minha vida usei *Prada*.

– *Chanel* não dava para fazer a aliteração.

– Certo. – Celine fechou os olhos. O nome era distintivo e soava familiar. A rapariga não tinha tido um pequeno artigo sobre si na revista? – sobre uma exposição de fotografias de naturezas mortas numa galeria em São Francisco. Celine julgava recordar-se de um retrato de uma mulher e de pedaços da sua biografia – ela era bonita, talvez em parte espanhola. O pai também tinha sido fotógrafo, não tinha? Famoso e muito carismático. A história interessara Celine.

– Lembro-me de si de um artigo.

– Ah! O clube exclusivo dos perfis da revista dos ex-alunos – disse Gabriela.

– Sim.

Uma pausa. – Espero que não tenha mal eu ter-lhe telefonado. Assim, do nada.

– Não, claro que não. – Celine estava naquele negócio há muito tempo; sabia que ninguém lhe telefonava assim do nada. As pessoas já se encontravam numa certa trajetória há algum tempo, deliberavam, pegavam no telefone. Eram como os pilotos de avionetas a aproximarem-se de um aeroporto que contactam a torre de controlo, por fim, para obter instruções para a aterragem.

---

[1] As iniciais PI representam *Private Investigator* (Detetive Particular). *(N. da T.)*

O que Celine não sabia era se teria forças. Passara um ano e um dia desde que as Torres Gémeas tinham caído. Quase conseguia ainda sentir o cheiro a queimado, ver o ar cheio de cinza e recordar como o vento levava pedaços de extratos bancários chamuscados e notas *Post-it* sobre o rio para a outra margem, onde esvoaçavam sobre a doca como confetes perdidos. Ela não poderia ter imaginado um final mais triste para um ano terrível.

A sua irmã mais nova tinha morrido em maio. Recordava-se de como os choupos pareciam vivos e tenros, ao longo do rio Big Wood em Hailey, Idaho, na manhã em que Mimi partiu. Ela ajudara-a a partir – a mancheia de comprimidos, o longo beijo na face. Recordava-se de como tinha percorrido o caminho da casa até à rua, de como as folhas voltejavam no vento e, quando uma rajada soprou, de como varreu as velhas árvores tornando-as de um verde mais escuro, como as mãos de um tocador de harpa a soltarem uma nota sombria das cordas. E depois em julho soube que a sua irmã mais velha, Bobby, tinha um tumor cerebral. Era uma reincidência de um cancro há cinco anos em remissão. Celine foi à Pensilvânia visitá-la, ajudá-la, mas não houve muito a fazer, porque Bobby morreu daí a três semanas. Era quase como se a morte da irmã mais nova tivesse dado permissão à irmã mais velha para fazer o profundo descanso por que ansiara.

E depois o primeiro avião embateu e Celine foi à janela e viu a pluma de fumo negro a erguer-se num céu límpido. Ficou fascinada. Vivia a quinze metros do cais, num velho edifício de tijolos na esquina diagonalmente oposta ao River Café. Ficava quase à sombra da ponte de Brooklyn, do lado de Brooklyn, a trinta metros do rio East, e com as janelas abertas ela ouvia a corrente a rasgar-se e a borbulhar contra os pilares da doca. Comprimiu os lábios e tentou inspirar ar suficiente. Não se mexeu. Pete deixou-a sozinha. Quando o segundo avião trespassou a torre gémea para sul ela estremeceu como se tivesse sido ela própria a receber o embate e a ser despedaçada. Deitado na cama nessa noite enquanto ela chorava em silêncio ao seu lado, Pete compreendeu que Bobby

13

era a Torre Norte e Mimi a Sul. E é claro que os edifícios ruídos eram muito mais do que isso, também. Eram uma mensagem em chamas de que um certo mundo tinha desaparecido. As irmãs dela eram as últimas pessoas da família em que nascera. O mundo interior e o mundo exterior de Celine espelhavam-se um ao outro.

Celine tinha nessa altura sessenta e oito anos. O seu corpo era mais frágil do que deveria ser para uma mulher ativa e determinada, devido aos quatro maços de cigarros por dia durante trinta anos, e, embora ela tivesse deixado de fumar há dez anos, o tabaco dera-lhe cabo dos pulmões. Recusava-se a andar com a botija de oxigénio, era demasiado elegante, ou demasiado vaidosa.

Por isso, deixara-se ficar à janela a respirar a custo. Fitou a linha do horizonte onde as duas torres improváveis se erguiam antes e sentiu um aperto no peito: a dor daquela perda irreal, gigantesca que nesse momento lhe parecia a soma de todas as perdas. Estava ciente do frasco meio cheio com comprimidos de morfina que guardava no cofre das armas no andar de cima, os comprimidos no seu frasco de plástico cor de laranja com um rótulo em que estava o nome de Mimi: «Mary Watkins, *Para a dor, um comprimido de quatro em quatro horas, não exceder seis comprimidos por dia.*» Mas Celine nunca partiria dessa maneira. Nem usaria um dos quatro revólveres no mesmo cofre, não em si mesma. Até porque era demasiado curiosa. Sobre como tudo se desenrola – e volta a enrolar-se. Mas não sabia se ainda teria vontade de fazer o trabalho para que tinha nascido. O que era o mesmo que dizer, de certa forma, que já não tinha vontade de viver.

Celine Watkins era detetive particular. Era uma vocação estranha para alguém do seu estrato social, educada em parte em Paris e em parte em Nova Iorque. Talvez fosse a única detetive particular à face da Terra cujo pai fora sócio do banco Morgan's em França durante a guerra. A única detetive em exercício que viera para a cidade de Nova Iorque aos sete anos e frequentara um colégio de elite, o Brearley Private School for Girls, no Upper East Side, e depois a Sarah Lawrence. Lá estudou arte, e aos vinte e um anos voltou por um ano a Paris, onde estagiou com um expressionista e recebeu uma proposta de casamento de um duque.

Também tinha aquilo a que Mimi chamava a Queda para a Mó de Baixo. Celine defendia sempre os fracos, os despojados, as crianças, os que não tinham meios ou poder; os rafeiros e os sem-abrigo, os desafortunados e os viciados, os esquecidos, os arre-pendidos, os destroçados. Não tinham conta os trémulos cães esqueléticos que o seu filho acabava por adorar nem as famílias caóticas que ficavam com eles dias e dias. Por isso, ela não era uma detetive particular como a maior parte dos detetives particulares. A maior parte das pessoas pensa neles como capangas a soldo – cíni-cos, mercenários, duros. Ela era dura. Mas não aceitava missões dos ricos, não espiava cônjuges tresmalhados, não mantinha de olho o apartamento de ninguém nem recuperava as joias de família perdi-das. Tinha joias de família suas, literalmente, que tirava do cofre e usava com um leve embaraço em ocasiões apropriadas – diamantes *Cartier* e relógios *Breguet*. Tinha prata gravada do século XVIII. Compreendia o prestígio superficial da aristocracia, assim como as suas responsabilidades. Celine herdara o manto de uma família que chegara no primeiro barco e trabalhara no duro e tivera sucesso, e muitas vezes o manto pesava-lhe e sentia-se mais feliz quando o tirava e o pendurava num gancho com a boina.

Os casos que ela aceitava eram para as Causas Perdidas, as pes-soas que nunca teriam posses para contratar um detetive particular. Nunca tinham a ver com influências ou desforras ou mesmo com justiça, e eram frequentemente tratados de graça. Usualmente, tinham a ver com o reencontro de famílias. Por isso, ela encontrava os desaparecidos, os que não podiam ser encontrados – dava a uma mãe o seu filho perdido, a uma filha o seu pai perdido – e tinha a incrível taxa de sucesso de noventa e seis por cento, muito melhor, por exemplo, do que o FBI. Ela também tinha trabalhado para o FBI – uma vez, e nunca mais voltaria a fazê-lo.

Gabriela disse: – Estou em casa de uma velha amiga da universidade em Heights. Em Garden Place.

Celine ainda tinha um pequeno alicate na mão direita. Pousou-o. Fechou os olhos. Já não ia a Garden Place há anos, mas antes ia lá frequentemente quando o seu filho, Hank, tinha amiguinhos na rua. Aqueles anos. Os primeiros anos de casamento e de maternidade. Quase conseguia sentir o cheiro das ruas no lado sul do bairro, casas de grés em deterioração, folhas de ácer e as sementes castanhas das alfarrobeiras a estalarem debaixo dos pés. Wilson, o seu primeiro marido, vivia agora em Santa Fé, com uma mulher trinta anos mais nova do que ele.

– Certo. Eu conheço bem a zona.

– Bem. Eu... eu telefonei porque pensei... Tenho uma história para lhe contar. É boa altura?

– Por favor. Eu estava mesmo a acabar uma coisa.

Uma pausa, ela conseguia ouvir Gabriela a tentar decidir a melhor maneira de entrar no assunto.

– Ia começar por lhe contar uma coisa que aconteceu quando eu andava na Sarah Lawrence. Mas deixe-me recuar. Devia começar antes, para que compreenda. O nome da minha mãe era Amana Penteado Ambrosio...

DOIS

– A mana, em tupi-guarani, significa chuva. Era assim que eu pensava nela quando ficava acordada na cama à noite no meu apartamento... só um segundo, por favor.

Um farfalhar, talvez o arrastar de uma cadeira num soalho.

– OK, estou de volta. Eu quero... não quero incomodar.

Celine abanou a cabeça. Sentia-se completamente desperta pela primeira vez em semanas. – Incomodar? Praticamente já se fez convidada. Acabei de ter uma ideia. Disse que estava aí em cima, em Heights?

– Sim.

– Fica muito perto. E se viesse jantar connosco? O meu marido, o Pete, foi às compras ali acima.

– Eu...

– Acho que ele vai fazer o seu famoso Macarrão com Queijo.

– Ah!

– Ele é do Maine – acrescentou Celine, como se isso explicasse tudo.

– Acabei de vir de correr. Tomo um duche em dois segundos e... vive na doca, não vive? – Gabriela tinha-se informado.

– Em Old Fulton, número 8. É a porta vermelha, não tem como se enganar.

*

A jovem que apareceu à porta devia ter vindo a correr. Não parecia que tivessem passado nem quinze minutos. Estava com um vestido de verão solto, pelo meio da perna, com um padrão em batique de minúsculos elefantes, e calçava ténis. Tinha o cabelo molhado apanhado num rabo de cavalo, o rosto corado, e trazia flores, que devia ter colhido de passagem nos jardins que extravasavam dos gradeamentos de ferro forjado. Celine aprovava: roubar flores ao longo dos caminhos era uma tradição de família; a sua mãe, Baboo, pegava nas luvas de jardinagem e numa tesoura nas tardes na ilha de Fishers e dizia às filhas que era hora de ir por «estradas e becos», o que queria dizer apropriarem-se de ramos de flores das sebes e moitas generosas que atravancavam os caminhos. Celine reparou que Gabriela também trazia um grosso dossiê de cor parda atado com um fio.

Aceitou o punhado de rosas bravas e ervas altas e a rapariga inclinou-se e beijou-a em ambas as faces. Era muito mais alta do que Celine. Não era uma rapariga nova, claro – se se tinha licenciado em 1982, devia andar pelos quarenta e poucos anos, a mesma idade do seu filho Hank –, mas Celine não conseguia deixar de pensar nela como uma jovem. O seu rosto moreno e oval, os seus olhos verdes cheios de luz, a sua boca arqueada. Na têmpora esquerda tinha uma cicatriz, um arco irregular como o bordo de uma folha. Gabriela era uma daquelas mulheres cuja beleza não podia ser analisada, porque era essencialmente energética – atingia uma pessoa como o primeiro perfume da flor da macieira.

– Obrigada. – Celine levou as flores até à banca, onde encheu de água uma garrafa vazia de azeite em que enfiou as flores, dispondo-as à pressa com o olho certeiro da sua mãe. Virou-se. Gabriela estava a olhar para o aposento com uma expressão que Celine estava acostumada a ver nas primeiras visitas dos seus amigos. Os olhos da rapariga deslocaram-se para a caveira coberta com folha de ouro, para outra caveira humana a despontar do oco de uma pedra, com uma coroa de espinhos de arame farpado, para um altar negro apinhado de facas, frascos, bonecas, cruzes; para o corvo empalhado com uma boneca no bico; para o totem de ossos humanos e animais.

— Aquele altar... — murmurou Gabriela.

— É dedicado a Baron Samedi, o deus do submundo do vudu do Haiti. É ele ali ao canto, com a cartola. Dois amigos do Haiti de visita ficaram possessos quando entraram aqui. Pensei que teríamos de chamar um mambo.

— Ena.

— Ena mesmo. Entre, entre, sente-se. Aqui. — Celine conduziu Gabriela a uma mesa de café de ferro forjado. — Ouvi-a comer bolachas de água e sal ao telefone e pareceu-me uma boa ideia. — Na verdade, Celine nunca passava muito tempo sem comer. EFSC. Era o que aprendera nas reuniões dos Alcoólicos Anónimos: Esfomeada, Furiosa, Só, Cansada — nunca se devia ficar nada disso, se possível. O seu lanchinho preferido era um pedaço de chocolate *Lindt* numa colher de sopa de manteiga de amendoim. Poderia alimentar-se só disso.

Sentaram-se. Gabriela disse: — Adorei o artigo sobre si. Telefonei a um velho amigo, um reitor aposentado que a conhecia, e ele disse que a senhora era uma das melhores no país a resolver casos arquivados, casos de há muitos anos.

— O Renato? É uma doçura. Procurar famílias biológicas é por definição remexer em casos arquivados.

— Ele também disse que a senhora pode ir incógnita a qualquer parte, e que uma vez assistiu a uma festa de um diplomata vestida de homem. Disse que era uma atiradora incrível e que tinha um arsenal de pistolas.

— Bem. Não devíamos desviar-nos do assunto. Estava a contar-me uma história — disse Celine.

Gabriela pousou a pasta em cima da mesa, bebeu um copo cheio de água com gás e voltou a encher o copo. A sua cicatriz era fulgurante. – Teve gatos – disse. – Conto dois, em fotografias emolduradas.

– Dois amores da minha vida.

Gabriela hesitou. – Em São Francisco, no ano de Miss Brandt... por isso foi no segundo ano, eu tinha sete anos... tivemos um gatinho chamado *Jackson*. Tinha pintas como uma vaca, todo preto e branco, mas era peludo. Tão pequeno que cabia na palma da mão da minha mãe.

Celine acenou com a cabeça. Toda a gente pode concordar sobre um gatinho.

– A Amana chamou-lhe *Moto*, que é uma abreviatura de motocicleta, por causa da maneira como ele ronronava. Eu disse que ele não se parecia nada com uma motocicleta, e a mamã disse: «Provavelmente, queres que lhe chamemos qualquer coisa totalmente americana, como *Jackson*,» e foi o que lhe chamámos.

Celine sorriu.

– Ele dormia comigo. Lembro-me de que me metia o nariz molhado na orelha com força, como se quisesse enfiar-se nela e viver lá dentro. Quem me dera que o tivesse feito. – Gabriela esfregou o canto do olho e Celine pensou que ela era extraordinariamente encantadora.

– Porque é que gostava que isso tivesse acontecido?

– Ele perdeu-se.

– Oh.

– Costumávamos deixá-lo sair para o quintal, o que se calhar era uma asneira. Um dia, não voltou para casa. Era muito pequeno, deve ter saltado a vedação e um cão do vizinho apanhou-o. Prefiro pensar que alguém pensou que ele era um gato vadio e o adotou. Durante anos e anos esperei que fosse isso que tivesse acontecido. Também deixava a minha janela aberta. Quando tive um apartamento meu, o meu quarto dava para os jardins e eu deixava a janela aberta de inverno e de verão para ele poder sentir o meu cheiro e, talvez, saltar para o peitoril da janela e voltar para casa.

Celine sentiu um calor a invadir-lhe o rosto.

– E a mamã também. A chuva. Depois de ela morrer, eu passei a abrir um pouco mais a janela, e quando chovia deixava as gotas bater no parapeito de tijolos e salpicar-me a cara, e no escuro imaginava que era a minha mãe que tinha vindo tocar em mim. Talvez fosse ela na chuva. Costumava pensar que talvez à noite pudessem acontecer coisas que não são permitidas durante o dia.

Gabriela estendeu a mão para a água, voltou a encher o copo e bebeu-a toda de novo de uma só vez. Olhou pela janela para a ponte.

– O apelido do pai da mamã era Ambrosio. Muito brasileiro. Eu também adorava isso. Quando acabei finalmente os estudos, a faculdade, e tive um minuto para refletir, adotei-o como segundo nome. – Virou-se para Celine. – Não chorava todas as noites em criança, não quero que pense que sim. Era bastante forte.

– Espere – disse Celine. – Espere. A sua mãe era brasileira e morreu quando você tinha... quantos anos?

– No mesmo ano, no segundo ano na escola. Em fevereiro.

– Certo. Então você tinha...

– Tinha sete anos. Bem, oito. Ela morreu no dia dos meus anos.

– Como? Não consigo re...

– Afogou-se. No Big Sur. Estávamos numa enseada chamada Jade Cove, à procura de pedrinhas verdes que se parecessem com os nossos olhos.

Celine acenou com a cabeça.

– Quase morremos todos. O meu pai tentou salvá-la. Um estranho levou-me de carro ao hospital. Era um operário de uma fábrica de conservas de Monterey. Ainda recebo cartas dele. Vive em Santa Cruz com a sobrinha.

Celine sentiu que se inclinava para a frente. Por experiência, sabia que as histórias se encaixavam em dois tipos: as que seguiam contornos previsíveis, como percorrer um trilho de animais ao longo da encosta de um monte, e as que eram mais estranhas desde o princípio, mais selvagens, e que atravessavam a corta-mato por mero capricho. As estranhas tinham um certo aroma. Ofereceu uma bolacha de água e sal com queijo azul à rapariga.

– Obrigada. Nós vivíamos em Haight, em São Francisco, e eu fazia oito anos nesse dia. Calhou a um sábado em fevereiro, quando as papoilas já estariam em flor, por isso decidimos ir de carro ao Big Sur, que era o nosso sítio preferido. Lembro-me de que fui ao colo da mamã toda a viagem, só porque queria, e ela apertava-me ao peito e cantava-me uma canção brasileira ao ouvido. A canção era sobre um coelho que queria o arroz nos arrozais, mas não sabia nadar. Há muitos arrozais no Brasil. – O seu rosto ficou com uma expressão vaga. – Demasiada informação, suponho.

– De modo nenhum.

– Bem. – Gabriela torceu a pulseira do relógio desportivo que trazia no pulso. – Chegámos às falésias e elas brilhavam com as papoilas. Lembro-me de que corremos pelo trilho abaixo cheios de excitação. É uma pequena enseada e dá a sensação de ser muito selvagem, mas também abrigada, e lembro-me de pensar que aquela era a nossa praia particular, só para nós. A água corria sobre as pedras e fazia brilhar o jade. A Amana e eu andávamos a competir a ver quem encontrava primeiro uma pedra que parecesse um olho verde. Ela estava sempre a fazer-me cócegas para eu não lhe ganhar. E depois uma onda inesperada rebentou e varreu a praia e derrubou-nos e fomos arrastadas. Lembro-me do choque do frio e de gritar pela mamã e não me lembro de grande coisa depois disso. Acho que fomos todos arrastados. Não o sabíamos, mas estava a aproximar-se uma tempestade.

– Ena.

– Pois é. Suponho que o papá me agarrou de alguma maneira e puxou-me para fora. Eu estava coberta de sangue e sem sentidos. Parece que ele viu a minha mãe a tentar nadar para a praia e estavam a vir mais ondas e ele viu que eu estava toda ensanguentada e mal respirava e tomou uma decisão instantânea com que teria de viver para o resto da vida. Pegou em mim e correu pelo trilho acima e estava lá o tal homem mais velho, o estranho. O papá meteu-me nos braços dele e gritou-lhe que me levasse ao hospital e depois voltou a descer o trilho a correr e mergulhou e pôs-se a nadar atrás da Amana. Foi uma loucura. Ele tinha-a visto a ser levada para norte e nadou nessa direção. Acho que quase se afogou. Deu à costa noutra praia, a mais de três quilómetros.

– Meu Deus.

A rapariga acenou com a cabeça, com os olhos fitos num lugar para lá da sala.

– Acordei no hospital público em Monterey. O sangue todo era só de um lanho na cabeça. Suponho que podem sangrar muito.

Celine acenou com a cabeça.

– O homem prestável ficou à espera junto à minha cama. O meu pai não apareceu toda a noite e depois o homem teve de se ir embora. Vim a saber mais tarde que era supervisor numa das últimas docas ao longo de Cannery Row, e que trabalhava aos domingos. Prometeu que voltava depois do trabalho.

Celine fechou os olhos, a imaginar a enfermaria.

– O meu pai não apareceu nessa manhã. Recordo isso com mais terror do que o acidente. *Onde está o papá?* Lembro-me da confusão, da maneira como recordamos alguns cheiros, da confusão e do que devia ser medo nos rostos das enfermeiras. *Onde está a mamã, eu quero a mamã!* Comecei a chorar, a gemer. Estavam sempre a perguntar-me o meu nome, o meu nome completo, e eu dizia *AmanaAmanaAmana*, talvez pensassem que eu estava a dizer mamã, não sei.

Celine abriu os olhos. Gabriela falava agora para as janelas altas, para o crepúsculo sobre a doca e o rio East, para o mundo mais alargado. Tinha as pontas dos dedos pousadas ao de leve na borda da mesa de ferro forjado como se estivesse a tocar uma peça num piano, a contar as pulsações de uma pausa.

– Ele apareceu a certa altura à tarde. Fiquei histérica quando o vi. Disseram-lhe que basicamente eu estava bem e a recuperar, e que era óbvio que ele precisava de uns pontos na cabeça imediatamente e provavelmente noutras partes do corpo. Acho que tentaram fazer com que assinasse uns papéis, puxavam-lhe pelas mangas, e ele sacudiu-os e levou-me ao colo para fora daquele hospital.

Nunca mais foi o mesmo. Não posso ter-me apercebido disso na altura, mas sei-o agora. Ele tinha-se fartado da nadar no mar revolto e por duas vezes julgou vê-la mais à frente e tentou chegar até ela, mas perdeu-a. E acho que perdeu o juízo.

Virou-se para Celine, sacudiu-se. – É muito, eu sei. Posso acabar noutro dia.

Diziam isso muitas vezes. Quando estavam a chegar à parte que menos gostavam de contar ou que nunca tinham contado. Celine disse: – Eu estou bem. Quer um chá?

Gabriela abanou a cabeça. A mulher olhou à sua volta, para o grande estúdio arejado, como se o visse pela primeira vez. – A sua arte é um pouco assustadora – disse. – Já lhe tinha dito isso?

– Penso que talvez sim. Quer fazer um intervalo?

– Eu estou bem. – Enfiou uma madeixa de cabelo preto por trás da orelha, lançou a Celine um sorriso incerto. – Bem. O papá fez o melhor que podia. Estava transtornado. Estávamos ambos...

A sineta da porta da rua tocou e ela viu Gabriela soltar um suspiro que devia ser de alívio. Primeiro Assalto, salva pela sineta.

Pete trouxe para dentro dois sacos de pano das compras. Celine viu molhos do que deviam ser couves a despontar do topo de um dos sacos e revirou os olhos. Há vinte anos que ele tentava levá-la a comer legumes, com pouco êxito. A tenacidade dele era sobre-humana. Pete estendeu o queixo e fez à mulher o que mais ninguém no mundo reconheceria como um sorriso, pousou os sacos no balcão e tirou o seu boné de *tweed* à ardina. Inclinou a cabeça à jovem e fez-lhe um aceno amistoso. Não disse uma palavra. Pete, a quem o resto da família chamava Pa, crescera numa ilha no Maine onde a Reticência era a ave estadual. O resto da família também lhe chamava o Americano Tranquilo. Celine acenou-lhe com uma bolacha de água e sal e disse: – Ufa. Estou cheia de fome. Pete, esta é a Gabriela Ambrosio Lamont. Andou na minha faculdade e está-me a contar uma história extraordinária. Vai jantar connosco. Não te importas de fazer um dos teus Pratos Especiais de Queijo?

– Provavelmente pode-se arranjar.

Cozinhar era uma das muitas habilidades de Pete. Em North Haven, em rapaz, aprendera a fazer medas de feno, a mungir vacas e a construir pequenos barcos. E também a alimentar uma família de nove pessoas quando a sua mãe estava ocupada noutra coisa. Agora, em Brooklyn, canalizava os seus talentos para a preparação de jantares saudáveis que a sua mulher mal comia e para esculpir peças descaradamente eróticas a que a senhora das limpezas se recusava a limpar o pó.

Pete frequentara Harvard como o seu pai e todos os seus tios. Era um atleta e jogou futebol americano durante um ano e, enquanto esteve em Cambridge, tornou-se um comunista filiado, quando ser um comunista filiado podia prejudicar seriamente o futuro de uma pessoa. A seguir à universidade, alistou-se no exército e casou pouco depois com uma ativista dos direitos civis dos negros chamada Tee, e quando saiu da tropa mudou-se com ela para Brooklyn e tornou-se editor da revista revolucionária de direitos civis *Liberator*. Algumas das cartas mais comoventes que Celine alguma vez tinha lido eram dos pais de Pete, pedindo-lhe que não voltasse para North Haven nos verões com a sua mulher negra, e esforçando-se muito por explicar que não era porque um ou outro fossem racistas. A correspondência alternava entre o eloquente e o embaraçoso, era tão ardente de amor e vergonha que o papel de carta quase parecia queimar. Aquilo foi tudo antes da carreira de Pete como arquiteto de Wall Street, historiador amador, viajante de mochila às costas e lendário bêbedo. O que o levou às reuniões dos Alcoólicos Anónimos, onde conheceu Celine. O homem era decididamente um bicho estranho.

Pete cozinhou o seu Macarrão com Queijo, com um acompanhamento esperançado de couve chinesa salteada e minúsculas saladas, e os três comeram, quase sempre num silêncio fácil. Gabriela parecia apreciar a pausa. Um dos outros talentos de Pete era permitir longas conversas sem palavras e fazer com que a sua companhia se sentisse à vontade com a situação. Acabaram de jantar, ele fez uma cafeteira de café e meteu os pratos na máquina. Celine e Gabriela saíram lentamente para as pranchas toscas da doca do outro lado da rua e encostaram-se ao gradeamento. A noite tinha tombado. A maré cheia estava a bater contra os pilares e as luzes de Manhattan e da grande ponte eram tão grandiosas e tão familiares para Celine como qualquer constelação.

Gabriela disse: – Quase se pode ainda cheirar. Como borralho.

Celine aguardou. As Torres, a sua ausência, também teriam tido o seu efeito sobre a rapariga. Sobre toda a gente… *ela sente a escura/Intromissão daquela velha catástrofe,/Enquanto uma calma escurece entre as luzes da água.* Aqueles versos maravilhosos de Stevens estavam sempre a vir à tona, como o refrão de uma cantiga popular.

Gabriela disse: – Sinto-me dividida. O tempo consigo simplesmente voou. Já não me lembrava de me sentir tão bem na companhia de alguém.

Celine sentia o mesmo. Também conhecia o fascínio de uma história irresistível. – Há tanto para contar – disse Gabriela, e olhou para o relógio. – Prometi à Callie que jogávamos *Scrabble* às oito. – Virou-se para Celine. – Era o nosso ritual na Sarah Lawrence, todas as noites antes dos exames finais. – Sorriu. – Outros alunos punham-se a marrar e nós fazíamos uns jogos de arrasar, muito renhidos. Era a nossa maneira de nos mantermos calmas, acho eu.

– Quer cumprir o combinado?

– Quero tentar decidir como contar o resto. Sem…

Sem dar cabo das pessoas de que mais gosta no mundo, pensou Celine. Sabia alguma coisa a esse respeito.

– Pode-me dar um ou dois dias?

– É claro que sim. – Nada surpreendia Celine. Muitos dos seus clientes tinham chegado ao mesmo ponto. – Estou fisgada, sabe?

O sorriso de Gabriela tornou-se mais vivo. Celine perguntou-se se carregara a sua própria dor com a mesma graciosidade daquela mulher. Gabriela disse: – Deixei o meu dossiê no balcão. Vou só buscá-lo e agradecer ao Pete.

TRÊS

Hank vivia junto a um lago em Denver, na zona oeste da cidade. Era jornalista numa revista, poeta encapotado e até há pouco tempo partilhara a casa com a sua mulher Kim. Era também um homem do ar livre, algo que, estranhamente, atribuía à influência da sua mãe cosmopolita. Bem, tinha o nome do pai dela, Harry, que fora um desportista lendário. Ao longo de muitos verões, fora ela a ensinar-lhe a pescar, a nadar e a imitar os chamamentos da codorniz-da-virgínia, do noitibó, da coruja-das-torres. O pai de Hank tinha-lhe ensinado a atirar uma bola de futebol e a escrever um soneto, e lera-lhe Jack London e Faulkner em voz alta quando ele era muito pequeno, mas foi Celine quem o ensinou a amar a Natureza em todos os seus estados. E assim, embora ele vivesse na cidade, dava-lhe grande consolo sentar-se no alpendre na frente da sua casa e não ver quase nada a não ser erva, árvores, água, montanhas. A sua parte preferida do dia era quando tomava café ali fora ao nascer do dia e via a primeira luz corar as neves da Divisória Continental. Era o que estava a fazer quando ouviu o telefone tocar dentro de casa.

— É a mãezinha.

— É cedo para ti. Mesmo para Nova Iorque.

– Não consigo dormir.

Hank preparou-se mentalmente. Aquilo podia ser um prelúdio de muitas coisas, a melhor das quais seria a história de um caso difícil. Entre outras possibilidades contavam-se ansiedade por causa do estado do casamento dele ou do seu próximo trabalho. Ou simplesmente que se sentia demasiado destroçada. Não estava em si há meses. Hank era um daqueles raros homens que se sentem fascinados pela sua mãe. Muitas vezes, a vida dela parecia-lhe muito mais interessante do que a sua, o que na opinião dele era uma inversão da ordem natural e talvez fosse parte da razão porque se virara para a escrita de histórias de aventuras. Bem, também herdara o desassossego da sua mãe. Voltou a encher a caneca de café e levou o telefone para a cadeira de madeira com braços no alpendre.

– E? – deu-lhe a deixa.

– Estava a pensar em como tu estarias – disse ela.

– Queres dizer se ando a comer verduras?

– Isso também.

– Devias experimentar, é divertido. Cheio de vitaminas.

– Hank...

– A Kim volta, mãezinha. Acho eu.

Silêncio. A sua mãe pigarreou. – Tu estás...?

– A beber? Ainda não.

– Por favor não digas isso.

– Desculpa.

– Bem, acabei de ter uma conversa interessantíssima com uma jovem exatamente da tua idade. Muito bonita.

– Eh, pá! Estás a tentar arranjar-me namorada? Já chegou a esse ponto? – Ele quase se riu.

– Não, não. Eu só...

Hank pousou a caneca no braço da cadeira. Na caneca estavam estampadas as palavras *Trout's Fly Fishing* e uma imagem a aguarela de uma truta-arco-íris a saltar para apanhar um efémero. Era piroso, mas ele gostava da caneca. Reconfortava-o, especialmente ao acordar numa cama meio vazia.

– Essa mulher contactou-te?

– Contactou.

– Queria-te contar uma história?

– Queria.

– Queria-te contratar?

– Não tenho a certeza. Sim, provavelmente. Não ouvi a história completa, mas há algo nela.

– Se ela te quiser... contratar... aceitas?

– É disso que não tenho a certeza. Tem sido um ano muito cansativo. Andas a fazer refeições regulares? – disse ela.

– Mãezinha, fiz chili verde ontem. E tenho um trabalho do Brad para a *Business Week*. Sobre a indústria do *surf*, vá-se lá saber o que isso é.

– Oh, ótimo. E como vai a poesia?

Evitou a pergunta. – Ontem pesquei uma carpa com seis quilos, abaixo do estádio.

– No Platte? *Ena*! Com quê? Lembras-te de quando me levaste aí abaixo e pescámos um corpo? – Ela tinha-lhe ensinado a lançar grandes *streamers*[1] no Ausable quando ele ainda mal conseguia segurar uma cana de pesca, e há alguns anos, em Denver, numa manhã, tinham arrastado o corpo de um homem. Ela arrastara-o. Mas isso era outra história.

– Como é que poderia esquecer-me? Pesquei a carpa com um isco de lagostim. Número oito. Mãezinha?

– Sim?

– Não te preocupes – disse ele.

– Porque é que eu havia de me preocupar contigo? – Beijou o telefone e desligou.

*

---

[1] Isco artificial que imita um peixe. *(N. do E.)*

Na segunda manhã depois da visita de Gabriela, Celine acordou com o pequeno-almoço na cama. Sonhara com um grande hospital numa praia cinzenta e vazia. O hospital não parecia ter médicos e havia centenas de quartos vazios. Estavam afixadas pautas musicais às portas verdes em vez de registos dos doentes.

Sentou-se na cama e procurou às apalpadelas os seus óculos de ler muito grandes com aros de tartaruga.

– Oh, Pete. – Esticou-se para cima para receber um beijo. No tabuleiro de prata estava um ovo escalfado no seu recipiente, a minúscula colher, torradas, compota de laranja, café e um envelope. No envelope, o seu nome, a tinta azul, numa letra solta e corrida. Comeu o ovo, bebeu meia chávena de café e a seguir abriu a carta com o corta-papéis que tinha na mesa de cabeceira. Dentro havia cinco ou seis folhas de papel fino, azul-claro, escritas à mão, e ela não teve de virar para a última página para saber de quem era.

– Estava debaixo da porta – disse Pete. – Ela deve ter vindo muito cedo. – Celine ouviu um vestígio de respeito na voz dele. Por alguma razão, Pete admirava as pessoas que se levantavam ainda mais cedo do que ele. Leu:

«Querida Celine, Obrigada. Pelo jantar maravilhoso e pela sua bondosa atenção. Pela sua disponibilidade para escutar. Significa imenso para mim.

«Estava a falar-lhe sobre a morte da minha mãe. Sobre o que aconteceu a seguir. É mais fácil, penso, se o escrever. Depois do acidente, o meu pai tentou. Tentou mesmo. Os dois meses a seguir ao funeral são uma névoa. Lembro-me de irmos para leste de avião e de passarmos algumas semanas nas montanhas Adirondack numa casa que um amigo nos tinha emprestado. Perto do vale Keene. Passámos muito tempo a nadar em água gelada debaixo de uma cascata e quase não falávamos. Recordo a maneira como aquelas bolhas minúsculas subiam das profundezas negras de um buraco na pedra.» Celine deixou-se dominar por uma recordação calorosa. Talvez tivesse nadado naquela mesma piscina natural, ficava provavelmente em John's Brook, ao lado do primeiro abrigo. Adorava aquela zona. Ensinara Hank a pescar ali, e a fazer uma fogueira, antes de ele entrar para o primeiro ano. Continuou a ler: «Ele levou-me a andar de canoa no lago Saranac e pescámos. Quando as aulas começaram, sei que ele devia embebedar-se à noite, porque se esquecia de me acordar.

«Por vezes, tinha de o puxar e de o arrastar para fora da cama. Ele resistia e gemia e depois, quando acordava e os seus olhos congestionados se focavam, eu via que ele estava acordado e que me estava a ver e a olhar fixamente para mim. Não como se estivesse a olhar para mim, Gabriela, a sua filha, mas como se estivesse a olhar por uma rua comprida abaixo onde me encontraria, e perscrutava o meu rosto, ao princípio desesperadamente, depois com alguma espécie de alívio, a seguir com uma angústia crescente, e eu sabia que ele não me estava a ver a mim, mas ao rosto da minha mãe.

«Não consigo descrever o efeito que aquilo tinha em mim. Fazia-me sentir ao mesmo tempo desesperada por ser consolada e também como um fantasma. Eu dizia-lhe que tinha fome, e muitas vezes não havia nada no frigorífico nem na despensa, e ele pegava-me na mão e, ainda com as roupas que usara na noite anterior, levava-me pela encosta abaixo em Clayton. Levava-me à padaria em Haight e comprava-me um bolo com mirtilos e um pacote de leite e depois acompanhava-me à Escola Franco-Americana. Esse foi o ano do Verão do Amor, o que, claro, eu não sabia nessa altura, mas lembro-me das roupas coloridas e de todos os cheiros do que devia ser erva e patchuli e suor, e de pessoas a tocarem guitarra e todo o tipo de tambores e a distribuírem comida. Havia um menino com cabelo louro lindo até à cintura que distribuía maças. Era o que fazia. Dava-me uma maçã quase todos os dias. Por vezes apanhávamos o elétrico em Divisadero para percorrer uns quarteirões, só por diversão. Não me importava que o meu pai andasse com a barba por fazer e a roupa engelhada. Agarrava-me à mão dele. Ele era um homem muito bem-parecido, mesmo com barba de três dias, e eu via a maneira como as mães novas olhavam para ele e lhe falavam quando me ia deixar à escola, um misto de piedade maternal e de desejo. Não saberia dar-lhe nome na altura, mas sentia-o – que ele era desejável. Via a maneira como as mulheres, até mesmo as minhas professoras, se iluminavam, a maneira como mudavam quando falavam com ele.

«Bem, ele era fotógrafo da *National Geographic*, um aventureiro, e muito bonito, e tinha acabado de perder a sua linda mulher.»

Celine fechou os olhos. Foi em 1967 que Hank entrou para o Colégio de St. Ann, que abrira recentemente. Não houve Verão do Amor em Brooklyn Heights, mas foi uma época maravilhosa, excitante. Viviam em Grace Court e o casamento dela ainda estava forte – *ela* não teria sentido atração pelo fotojornalista bem-parecido. As coisas com Wilson só se degradaram quando Hank foi para o colégio interno. Foi nessa altura que começou o problema da bebida. Alguns anos que ela preferia esquecer.

«À tarde era a mesma coisa,» escrevia Gabriela. «Muitas vezes, esquecia-se de me ir buscar. Muitas vezes não havia jantar. Quando saía do seu devaneio e se apercebia de que uma menina de oito anos não podia viver de vodca como ele, despertava e lá íamos ao restaurante mediterrânico em Haight ou ao japonês em Cole, que já não existe, e eu não comia mais nada a não ser tempura. Meu Deus, era capaz de ter ficado uma gorducha se não fossem as refeições todas que falhei.»

Celine fez nova pausa. Conseguia vê-lo – havia algo ascético na beleza daquela mulher, e agora sabia de onde provinha: de privação.

Continuou a ler: «Fazia-lhe perguntas sobre a minha mãe? Não me lembro de alguma vez as fazer. É uma loucura? Talvez não. Havia ali um buraco, falava por si. Eu não queria mais nenhuma explicação, suponho, fosse o que fosse que pusesse aquela Ausência a vibrar mais do que já vibrava, porque a Ausência era uma dor intensa, uma bola negra muito quieta no meio do meu peito. Eu sabia que se ela se mexesse demasiado – que as vibrações das perguntas e das meias respostas me despedaçariam, célula a célula. Intuía-o.

«Era o terceiro ano, com a professora Miss Lough. Lembro-me de que era no segundo andar do novo edifício em Grove...» Celine tinha ouvido falar da Escola Internacional Franco-Americana.

Era um colégio particular muito progressista que abriu mais ou menos ao mesmo tempo que o Colégio de St. Ann e, tal como a escola de Hank, começara só com alguns alunos. «...Ela era muito terna comigo. Por vezes, quando o meu pai se esquecia de me ir buscar, ela esperava comigo cá fora e depois olhava para o relógio e tentava não parecer muito triste. Era muito bondosa. Depois, soltava um suspiro e pegava-me na mão e dizia: 'O que havemos de cantar enquanto andamos?' Por sorte, ela tinha um namorado em Haight. Eu aceitava tudo como se fosse natural. Quando se é assim pequena não se sabe que pode ser diferente. Nem acho que fosse infeliz. Não recordo esse ano como particularmente mau. Sentia terrivelmente a falta da Amana. Do *Jackson* também. Tanto quanto sabia, era assim a vida quando se tinha sete ou oito anos. Por vezes, a nossa mãe nunca mais voltava para casa, para sempre. Por vezes, o nosso pai esquecia-se de coisas, por vezes passava-se fome.

«E então, numa noite, no final do nosso ano com Miss Lough, o meu pai chegou a casa com uma enfermeira espalhafatosa e peituda, que fumava e se chamava Danette, e casaram-se na conservatória e ela endireitou-o e pôs comida na despensa. Pouco depois, ela apanhou-o a olhar para mim à mesa de jantar e levantou-se e pegou na fotografia da Amana que estava na mesa do *hall* — ela está no convés de um *ferry* qualquer, a sorrir ao vento, com o cabelo a esvoaçar-lhe sobre o rosto — eu adorava aquela fotografia — e a Danette voltou para a sala e pô-la ao lado do meu rosto e praticamente cuspiu ao meu pai: 'Sempre que olhas para ela, vê-la a *ela*', e espetou o dedo na fotografia da minha mãe. Senti que me estava a espetar o dedo no peito, estremeci e comecei a chorar.

«'Basta!', disse ela. 'Não consigo viver assim. Tu...' Apontou o dedo ao meu pai e o seu peito ergueu-se, estava com uma camisola de decote em bico, sem *soutien,* e tinha bastante peito para erguer... 'Decide tu como isto vai funcionar!', e saiu porta fora.

«Na semana seguinte, puseram-me sozinha num apartamento no andar de baixo. Com chave e comida só para mim. Eu tinha oito anos.»

Celine pousou a folha. «Vivias no teu próprio apartamento quando andavas no terceiro ano?», murmurou para ninguém. Acabou de beber a chávena de café e voltou a enchê-la da garrafa térmica que Pete tinha trazido com o tabuleiro. «Estás a brincar.»

Porque é que as professoras dela não sabiam isso? Deviam ter sabido. Bem. As palavras de Gabriela não davam a ideia de serem uma condenação das professoras ou da família, mas Celine poderia tê-las interpretado assim. Gabriela devia tê-lo previsto, porque na linha seguinte lia-se: «Talvez eu não soubesse como isso era marado. O meu pai disse-me que o prédio era uma grande casa e que eu ia ter um privilégio especial usualmente reservado a meninas mais velhas, ia ter o meu próprio quarto grande e até a minha própria cozinha. Sabe, eu percebia sempre quando ele estava a mentir. Especialmente a si mesmo. Por vezes, sentia-me assim quando ele falava das suas viagens.»

Celine pensou na mulher que conhecera na outra noite. Gabriela mantinha uma distância e uma autossuficiência que poderiam torná-la inabordável. E uma tristeza, apercebeu-se naquele momento. Muito discreta, por baixo de tudo.

Continuou a ler. «O meu pai ia muitas vezes ao Equador fazer fotografias para o Smithsonian ou à Guatemala para a *National Geographic*. Adorava esquiar nos Andes. Os outros pais tinham dele uma imagem de heroísmo, eu bem via. Passava muito tempo na América do Sul e alguém me disse mais tarde que constava que trabalhava para a CIA. Ah. Era o que as pessoas pensavam sempre sobre alguém que tivesse uma vida que fosse um pouco interessante ou exótica. E quando o viam – isso foi mais tarde, depois dos primeiros meses de dor inconsolável – com as suas *T-shirts* pretas justas e os seus braços fortes e o queixo bem definido e o cabelo como o de James Dean, com uma crista à frente, a sua risada fácil e especialmente o ar de ter acabado de vir de algum lugar exótico e perigoso – era como uma lufada de ar fresco que emanava dele, sentia-se-lhe o cheiro – toda a gente se deixava encantar pelo meu pai.»

Aposto que sim, pensou Celine. Sempre achara interessante que as pessoas mais encantadoras – se se olhasse por baixo da superfície – fossem com frequência as mais tristes. Celine encheu a chávena para manter o café quente e encontrou o sítio ao fundo da página onde parara de ler.

«Bem, essa era a parte que eu não tinha a certeza de ser capaz de ultrapassar. Não foi muito difícil, afinal. Penso que compreendi enquanto estava a escrever que todas as famílias têm problemas quando se olha por baixo da superfície. Afinal, quantas meninas pequenas antes de mim tiveram uma madrasta má? Ah!»

Era uma maneira de se ver a coisa.

«Nunca ficou mais fácil com a Danette. Esforçava-me por pensar nela como uma mãe, mas era demasiado doloroso, e, embora eu fosse muito nova, compreendia que algumas relações são tão inevitáveis e imutáveis como as estações do ano. Desisti. Passava tempo com o meu pai sempre que podia, mantinha um lugar protegido no meu coração para ele, para nós, mas tinha de ser quase sub-reptícia. Vivia no andar de baixo, ia à escola, fui crescendo. E depois aconteceu uma coisa.

«Obrigada por ler isto. Gostaria de lhe contar o resto em pessoa – a razão por que a procurei. Vou estar aqui até amanhã à tarde. Se pensa que tem forças para me aturar – não há muito mais – vou aí abaixo a correr falar consigo.

«Com gratidão e afeto, Gabriela.»

E o número de telemóvel dela. Celine pousou a carta, estendeu a mão para o telefone na mesa de cabeceira e telefonou-lhe.

Gabriela veio literalmente a correr. Encontrou-se com Celine na doca no mesmo lugar onde tinham estado duas noites antes, mas agora vinha com uns calções de corrida verde-claros, ténis e uma *T-shirt* justa com um salmão do Alasca colorido em blocos, como uma pintura de Rothko. Gotas finas de suor orvalhavam-lhe as faces.

Um final de manhã quente de meados de setembro, a doca cheia de movimento com turistas. Celine disse: – Não trouxe o dossiê. – Esticou-se e beijou a rapariga em ambas as faces.

– Estou farta de andar carregada com ele. Pensei que se quisesse ver alguma coisa eu podia fazer uma cópia e enviar-lha. Gostava de ficar com os originais, de qualquer maneira. Onde ficámos?

– A Gabriela tinha o seu próprio apartamento. Estava com oito anos.

– OK. Ufa. – Gabriela soprou a afastar um cabelo solto do rosto. Encostou-se ao gradeamento e pôs-se a ver gaivotas brancas como a neve a aparecer de baixo da ponte. – Sentia terrivelmente a falta da Amana. Mas não me sentia... não sei... como uma pária nem nada que se parecesse. Quando se é pequena aceitam-se as coisas, como disse. Acho que pensei que era algo que simplesmente acontece a algumas meninas. Têm o seu próprio apartamento. Cozinham as suas próprias refeições. Alguns dias, até ia sozinha para a escola. Pensando nisso agora, era uma loucura...

– Volte atrás. Não jantava com eles? Não ia lá acima tomar o pequeno-almoço?

– Tinha uma chave. Era um prédio vitoriano grande, pintado de azul-claro, com alguns apartamentos, não era um enorme bloco de apartamentos. E eu ia, por vezes. Jantar, nunca tomar o pequeno--almoço, porque de manhã eles normalmente estavam com ressaca e um bocado mauzinhos. Ela, pelo menos, e o meu pai, no seu estado de ausência da manhã seguinte a uma bebedeira, não sabia como me proteger. Por isso, eu comia flocos frios ao pequeno--almoço, quer dizer, tinha frigorífico e tudo, e a Danette tratava de que eu tivesse sempre flocos de milho de marca branca e massa instantânea e hambúrgueres. Claramente, não queria que eu apare-cesse na escola com um ar esfomeado e que os Serviços Sociais viessem lá. Lembre-se de que ela era enfermeira diplomada, tinha uma reputação profissional, e suponho que teria o seu orgulho. Um monstro nunca se vê como monstro. Lembre-se do pobre Grendel[2].

– Certo. O pobre Grendel.

– Eu tinha um banquinho, do tipo que as crianças pequenas usam para escovar os dentes, e punha-o junto ao fogão para poder mexer a massa e as latas de sopa. Aprendi a estrelar ovos. Quando fiz nove anos, a Danette deu-me uma frigideira para fazer omeletas.

– O que lhe deu o seu pai?

– Um bilhete para um espetáculo no gelo, o *Ice Capades*.

– A Danette também foi?

– Sim, claro. Ela nunca nos teria deixado ir sozinhos a uma celebração como o *Ice Capades*. Seria como deixar o meu pai ter um encontro com o fantasma da Amana. Eu sei, é mesmo marado. Ele não conseguiu arranjar três lugares juntos, porque é claro que só se lembrou de comprar os bilhetes à última hora, por isso eu fiquei sentada à frente deles. O meu pai comprou-me, tipo, três algodões-doces e um balde de pipocas, porque suponho que se sentia culpado, e eu fiquei enjoada. Vomitei no passeio e a Danette fez uma cena.

– Ena.

– Eu sei. Mas antes de eu ficar enjoada, o papá usou o passe de imprensa e fomos aos bastidores e eu conheci a senhora dos arcos.

– Quem era essa?

– Era uma romena, alta e loura e com lantejoulas, terrivelmente sofisticada, perfeitamente ao estilo de uma patinadora olímpica, mas fazia o número com arcos! Fazia girar para aí uns doze, nos braços e tudo, enquanto patinava. Achei que ela era o mais parecido com uma rainha que eu já tinha visto. Ainda tenho uma fotografia que o meu pai tirou de mim com o meu vestido cor-de-rosa de princesa e uma tiara de plástico na cabeça a olhar

[2] Monstro do poema épico *Beowulf*. (N. da T.)

para cima com pura admiração para aquela rainha do gelo de um metro e oitenta.

– Isso soa tudo como um estranho pesadelo. Quase me faz sentir tonta.

– Eu sei. Por favor não odeie o meu pai. Eu começo a compreender. Que ele fez o melhor que podia. Estou convencida de que amava a minha mãe mais do que qualquer outra coisa à face da Terra. Mais do que isso, até. Com mais amor do que é possível existir no universo. Era demasiado. Perdê-la. O que faz com que o facto de ele ter corrido pelo trilho acima comigo ao colo seja ainda mais heroico. – O tom de voz dela mudou. Ficou mais profundo e mais triste, como a chuva quando o vento para e cai a direito por entre as árvores. – Penso que ele tentava viver cada dia só para não morrer.

Penso que ele tentava viver cada dia só para não morrer.

Aquela frase tornar-se-ia um refrão que Celine não conseguia tirar da cabeça, como o coro de uma canção. Era uma maneira de o formular. Porque é que alguns de nós põem um pé diante do outro. Celine fizera-o bastante na sua vida. Não era muito mais velha do que a menina daquela história quando, para todos os efeitos, perdeu o seu pai. E, alguns anos depois, aconteceu-lhe algo muito mais devastador.

Agora, na doca à sombra da ponte de Brooklyn, aquecida por um pequeno-almoço preparado pelo homem que ela mais amava no mundo, Celine escutava Gabriela e não conseguia suportar a imagem de uma criança em cima de um banquinho ao fogão, com oito anos, sozinha, a mexer uma panela cheia de massa instantânea ou de sopa. A levá-la para a mesa, a vertê-la para uma tigela, a comê-la, sozinha. Sozinha sozinha sozinha.

– OK – disse Celine por fim. – Conte-me o resto.

– Não há muito mais para contar. Foi assim que se passou. A Danette atirou com a fotografia da minha mãe no *ferry* para dentro de uma gaveta, e eu fui lá buscá-la e pendurei-a por cima da minha cama. Mesmo no sítio onde algumas pessoas penduram um crucifixo. O meu pai viajava imenso e a bruxa e eu acomodá--mo-nos numa trégua desconfiada. Ela mantinha-me alimentada e vestida e acompanhava-me à escola quando o meu pai estava em casa e com uma ressaca demasiado forte para me levar ele. Penso que ela receava que eu crescesse de repente e exercesse uma vingança inimaginável. Não sei. Tratava-me como se eu fosse um réptil perigoso, com respeito e cautela. Fartava-se de se bambolear e de espetar o peito na escola e namoriscava com os pais novos à porta, e não tenho a certeza, mas pressentia que ela teve casos com alguns deles. Seja como for, quando via como eles reagiam a ela apetecia-me matá-la.

– Certo.

– Os anos passaram. O meu pai viajava e eu ouvia boatos de que ele trabalhava para o governo, trabalho clandestino, mas ele negava sempre com uma risada. Continuo sem ter a certeza, mas houve uma coisa... – Ela parou de repente, sacudiu-se.

Celine ergueu a sobrancelha. – Uma coisa?

A rapariga estremeceu. – Nada. Por vezes, acho que me deixo levar pela minha imaginação.

Celine deixou passar. Sabia quando insistir e quando não insistir.

Gabriela disse: – Ele e eu desenvolvemos maneiras de comunicar que evitavam a raiva dela. Como quando ele me dava uma das suas fotografias novas preferidas numa pequena moldura, de um cavalo, um *cowboy* chileno, uma regata... ele enfiava sempre outra imagem por trás. Escondida na moldura, por trás do cartão. Da Amana. De nós os três a acamparmos ou numa canoa. Não sei onde ele as tinha escondidas, mas era a sua maneira de dizer: «Ainda somos uma família. Não te esqueças.»

«Ou talvez estivesse a tentar dizer que algures dentro de si estava o meu antigo pai e que um dia ele voltaria. Não sei. Seja como for, eu pendurava-as à vista, sabendo que a Amana, que a nossa família *real*, estava por trás delas, e davam-me força.

«Sabe que eu fui para o colégio interno em St. George's. Fui expulsa por tomar ácido, mas deixaram-me voltar depois de eu escrever uma longa carta de arrependimento a descrever as minhas circunstâncias. Fazem-me estremecer agora, aquelas mentiras. Eu não estava nada arrependida, mas não podia voltar para a Danette. Voltei a tomar drogas, mais tarde, mas tive mais cuidado para não ser apanhada. Meu Deus. Entrei para a Sarah Lawrence. Estar longe a estudar era cinco estrelas, depois da vida que tive em casa. Já sabia viver sozinha. O que me custava era estar longe daquela janela aberta, da janela junto à minha cama que dava para os jardins. E se o pequeno *Jackson* decidisse voltar para casa uma noite na minha ausência? E se ele saltasse para o peitoril e a janela estivesse fechada e eu não estivesse por perto para lhe ouvir o miado? Quase fugi várias vezes no primeiro ano e meio. É claro que compreendo agora que sentir a falta do *Jackson* era... ele era um substituto de outra coisa.

«Um dia, na faculdade, telefonei para casa para dizer ao meu pai que tinha tido a nota máxima a Fotografia. A Danette disse que ele tinha aceitado um trabalho em Yellowstone para fotografar os ursos-pardos e que ninguém atendia no motel nem no centro dos biólogos no vale Lamar, ela tinha tentado. E eu tentei ligar repetidamente para ambos os números, de qualquer maneira. E ele nunca mais voltou dessa viagem.»

– *O quê?*

– Nunca mais voltou.

Celine estava de pé junto ao gradeamento, a olhar para o outro lado do rio East, para dois barcos altos de velas quadradas atracados na doca de Seaport. A corrente parecia mais rápida agora e levantava ondas debaixo da ponte. A certa altura da história de Gabriela, Celine fechara os olhos por um momento e erguera o nariz para o rio e o porto, onde ia sempre para se orientar. O vento tinha-se intensificado e vinha do mar e cheirava a sal.

– Para onde é que ele foi? – disse ela.

– Não sei.

– O que é que quer dizer com isso? Nunca mais o viu?

– Não. Nunca mais o vi.

Logo quando ela estava a pensar que a história de Gabriela não poderia ficar ainda mais estranha ou mais triste.

— Morreu?

— Não sei.

— Não sabe como? Não falou com os biólogos ou os guardas florestais ou lá o que eram?

— É claro que sim.

— E?

— Ele foi de carro a Cooke City uma noite, mesmo junto ao limite norte do parque. Disse que ia comprar mais pilhas e uísque... foram as palavras dele. Era uma noite de chuva no início de outubro, com a chuva a passar a neve. Encontraram a carrinha dele na ponte do ribeiro Soda Butte, mesmo junto ao limite do parque.

— Não está a brincar. É claro que não. Quero dizer...

— Não.

— Dê-me um segundo. — Celine virou-se e encostou-se ao gradeamento. Respirava com dificuldade. Sentiu um calor por todo o corpo. Começou a transpirar e sentia a cabeça a latejar. Ao mesmo tempo, a brisa do porto fez-lhe pele de galinha nos braços. Estava melhor. O que havia naquela história? Teria o que acontecera a Lamont feito despertar em Celine algum medo primário profundo? Não lhe parecia. Era só por Gabriela ter perdido a mãe e o gato e depois o pai. E em cada perda havia mais um exílio. Celine perguntou-se naquele momento o que a palavra «lar» quereria dizer para ela. Provavelmente, um espaço dentro da segurança relativa da sua própria pele.

— Já passou um segundo? — disse Gabriela, depois do que poderiam ter sido vários minutos.

— Isso foi há uns vinte e tal anos, certo?

— Já foi há uns tempos largos.

— E nada veio à tona? Não houve investigação, não se descobriu nada?

— É claro que houve uma investigação. Veio nas notícias e tudo. Todas as pistas apontavam para um urso.

– Um urso. Um urso-pardo?

– Sim. O meu pai tinha o Gene da Invencibilidade. Tirava fotografias de animais selvagens que ninguém devia tirar, sem lente de *zoom*. Era louco. Ninguém devia tirar um retrato a um hipopótamo selvagem com uma lente de vinte e oito milímetros. Ele dizia que sabia cantar a crocodilos. Quando me pergunto se ele realmente me amava, aquelas imagens perigosas de animais selvagens vão para a coluna do Não. Era descuidado com a sua vida.

– Hum.

– Tinha sido avistado um grande urso-pardo macho a cirandar pela cidade, em Cooke City, nessa mesma semana. As pessoas da zona disseram aos turistas que se saíssem à noite pela cidade... ah! Há só uma rua principal... que fossem aos pares e levassem com que se defender. Para as pessoas da zona isso queria dizer pelo menos uma *Magnum .44*, aquilo a que gostam de chamar o Remédio para Ursos. Para um turista, significa gás de pimenta ou, mais provavelmente, um telemóvel e um grito.

– O meu filho Hank teve uma *Magnum .44* em tempos. Contou-me a mesma coisa sobre o Remédio para Ursos. Dá a ideia de que a Gabriela esteve lá.

– Três vezes. Não tinha apelido lá em cima. Era a Gabriela Cujo Pai Desapareceu Daquela Vez.

– Daquela Vez? Houve mais do que uma?

– Duas ou três pessoas desapareceram assim.

– A sério?

– Sim. Ao longo de uns quinze anos. Se era um urso, era um filho da mãe obstinado.

– Hum. Havia alguns sinais, sinais de...?

– De luta? De roubo? Uma mensagem? Suicídio? Nada. As chaves estavam na ignição. A carteira no porta-luvas. Juntamente com uma faca de mato artesanal com que ele andava sempre. Levou o blusão de penas e o casaco *Carhartt*. Era um homem do ar livre. Se estivesse a planear ficar na floresta na neve por algum tempo teria vestido um casaco *Gore-Tex* ou coisa do género, não um blusão de sarja. Dá a ideia de que parou para urinar ou para ver um animal.

— E rastos? Lá em cima devem ter todo o tipo de peritos em rastreio, estilo Grizzly Adams.

— O nome dele era Elbie Chicksaw. Ele é uma mistura de índio da tribo Blackfoot, puma casca de pinheiro e quartzo. Mede para aí um metro e cinquenta e sete e tem um cartão de visitas que diz *Rastreio Caça Viagens Espirituais*. Não estou a brincar. É um excêntrico. O animal espiritual ou totem dele ou lá o que seja é um peixinho. Teve um num aquário quando era pequeno em Teaneck.

— O rastreador cresceu em Nova Jérsia?

— Cresceu. A mãe dele era da tribo Blackfoot, era enfermeira ao domicílio. Como a Danette, mas aposto que muito mais simpática.

— Então, devia haver rastos.

Gabriela acenou com a cabeça. — Supostamente, o meu pai ia-se encontrar com os biólogos que estudavam os ursos ao nascer do dia na estrada, num lugar logo abaixo do pico Druid. Quando ele não apareceu, calcularam que estivesse com uma ressaca. Ele tinha uma certa fama. Quando não apareceu até ao meio-dia, ficaram um bocado preocupados. Um deles, um tal Ed Pence, foi a Cooke City à tarde levar o correio e viu a carrinha do meu pai na berma da estrada e contactou a polícia por rádio. O polícia. Que chamou a polícia estadual. Que esperou um dia até dar início à busca. O tempo não cooperou. Tinha estado a chover e na noite em que ele desapareceu o tempo arrefeceu e nevou. Quando o Chicksaw chegou lá, procurou principalmente sinais de vegetação arredada e galhos partidos. Encontrou rastos de ursos-pardos, marcas de arrastamento e sangue, mas não o meu pai.

«É-me cá uma história, não?», disse Gabriela.

— Não sei. Parece mais estranha depois de tudo o resto.

— Refere-se à maneira como eu fui criada?

— Sim.

— Eu sei. A vida não fica menos estranha. — Gabriela pôs as mãos atrás da cabeça e soltou o rabo de cavalo. O seu cabelo espesso caiu-lhe sobre os ombros e ela sacudiu-o a soltá-lo. Recordava algo a Celine, mas não sabia o quê. – Foi por isso que lhe telefonei.

– Foi?

– Nada sobre o desaparecimento do meu pai alguma vez me convenceu. Havia um xerife lá em cima, um homem chamado Travers, que foi muito bondoso para comigo, e nunca esquecerei o ar dele quando examinou o local. Também não pareceu convencê-lo. Quando vi aquele artigo na revista dos ex-alunos sobre a *Prada PI*, pensei em telefonar-lhe, Celine. No artigo mencionava-se a sua amizade com o reitor Renato, que eu conhecia, e telefonei-lhe antes a ele. Quando ele disse que a Celine talvez fosse a melhor em qualquer parte do mundo a resolver casos arquivados, vim a Brooklyn. – Gabriela parou de falar. Estava a olhar para norte, por baixo da ponte, para longe. – Tenho um filho – disse. – Ele tem oito anos. Adorava que conhecesse o avô. – Não se virou e Celine pensou que o Tempo Não Sara Todas as Feridas, de maneira nenhuma.

QUATRO

Era raro um urso-pardo matar mais do que um homem. Ou mulher. Quando o fazem, usualmente é no mesmo incidente, uma ursa a proteger os seus ursinhos ou, como no incidente terrivelmente triste no filme de Herzog, *Grizzly Man*, um ataque furioso a um casal num acampamento pelo que, provavelmente, era um urso esquelético e desesperado que chegou ao fim da época do salmão e estava desatinado com a fome. Os livros de história não estão repletos de ursos que sejam habituais comedores de homens. Pete fez uma pesquisa depois de ouvir atentamente Celine contar a história de Gabriela. Houve o famoso e vingativo *Old Two Toes* que matou e comeu parcialmente pelo menos três homens no Montana, e, provavelmente, foi responsável por outras duas mortes, mas isso foi em 1912. No Alasca, em 1995, um urso-pardo furioso atacou e matou um caminhante, e depois o seu amigo, mas fê-lo porque foi surpreendido a comer um alce – um crime passional, por assim dizer. Os incidentes de ataques em série premeditados ou habituais eram muito raros. Não: os seres humanos continuavam, de longe, a ser os animais mais cruéis do planeta.

Uma vez, no Nordeste do Montana, lá em cima perto do Parque Nacional Glacier, Pete tinha ido de avião até Bob Marshall Wilderness para fazer uma viagem de três semanas de mochila às

45

costas com um lendário piloto especializado em áreas remotas chamado Dave Hoerner. Hoerner contara-lhe que um urso muito grande andava a assaltar acampamentos no Middle Fork do Flathead e que fora sedado com um dardo e capturado. A missão de Hoerner era transportar o urso de uma pista na montanha chamada Schaeffer Meadows. Hoerner pilotava um *Cessna 185* monomotor e o urso sedado era tão grande que quando a equipa dos Serviços Florestais o meteu nas traseiras do avião ele ocupou a maior parte do espaço, com a enorme cabeça encostada à anca direita de Dave no seu lugar de piloto. No regaço, o piloto tinha a sua *Magnum .44.* Hoerner percorreu a pista na direção do vento e estava a verificar a sua lista de descolagem quando olhou para baixo e viu tremer a boca monstruosa do urso. Mas que diabo! Parou, travou, correu para a outra ponta do avião, abriu a porta de entrada da carga e pegou nas patas da frente e de trás do urso com toda a força. O urso caiu no relvado com um baque e pôs-se de pé cambaleante. Nessa altura, já Hoerner estava de volta ao seu lugar, a seguir pela pista a toda a velocidade, e a última vez que viu o animal ele estava a olhá-lo furibundo e a avançar na direção da floresta. Que raio. Imagine-se se aquilo tudo tivesse acontecido cinco minutos mais tarde, a dois mil pés de altitude. Seria uma desgraça.

Aquela história fazia as delícias de Pete. Mas o facto era que os ursos-pardos, como a maior parte dos predadores, eram suficientemente espertos para saberem que meterem-se com seres humanos, fosse de que maneira fosse, era uma má ideia. Era muito difícil acreditar que um urso pudesse ter matado e feito desaparecer três pessoas ao longo de um período de quinze anos. Mas não impossível. Uma coisa que Pete tinha aprendido ao longo dos anos, como participante em tantas culturas diversas e como historiador de família, é que quase nada que possa ser imaginado é impossível, e que, de facto, a maior parte dessas coisas, de uma forma ou de outra, aconteceu. Assustador, realmente.

Ele e Celine falaram sobre o caso de Gabriela durante várias noites, e Celine perguntou-se se teria a força necessária. O ano anterior tinha-a afetado bastante. Pete estava mais preocupado do que ela. Quando ela estava abalada, tinha dificuldade em respirar, e ele observava-a com inquietação disfarçada. Um noite, enquanto comiam Chili Verde Bom Como Tudo – o nome que ela, não ele, dava ao prato – ele estendeu a mão por cima da mesa de café e pousou-lha no braço «Talvez este seja um caso a não aceitar», disse ele. «Teríamos de viajar, provavelmente por mais do que alguns dias.» Ela comprimiu os lábios. Sentia-se irritada. Tirou um pedaço de brócolo do guisado. O que é que estavam a fazer os brócolos no chili? Ele andava sempre a tentar meter alguma coisa às escondidas.

Semicerrou-lhe os olhos. – A coisa razoável não é usualmente a coisa certa. Porque é que será?

Pete não se apaixonara por Celine Watkins por causa da timidez dela. Pegou no pedaço de brócolo arredado e comeu-o.

Havia algo no caso que ela não conseguia largar, e quanto mais refletia sobre ele e pensava na vida ensombrada de Gabriela, mais se sentia motivada.

A 19 de setembro, Celine telefonou a Gabriela, que já estava em São Francisco, e disse-lhe que tentaria encontrar o pai dela. Ou confirmar que ele tinha morrido. Gabriela teria de se preparar mentalmente. A jovem respondeu como Celine sabia que responderia: com alívio. Tinha dinheiro, disse, e insistia em pagar as despesas e os honorários de tabela dos detetives particulares de Nova Iorque. Celine reconheceu que não era uma questão negociável e não pôs objeções.

A seguir, Celine telefonou a Hank, em Denver, e perguntou-lhe se poderia emprestar-lhes a carrinha e a caravana por umas três semanas; se não se importava que eles fossem de avião a Denver daí a uns dias buscá-las.

– E, Hank – disse. – A pequena *Glock 26* que te dei nos teus anos naquela vez? Também ma podes emprestar? Preferia não levar a minha no avião. Tenho de a declarar e toda a gente pode ver, e sinto-me sempre aterrorizada com a possibilidade de ser roubada por algum bagageiro. Como naquela vez em que o Bruce Willis fez aquela cena toda.

Fez Hank rir. *Aquela vez* era uma lenda da família. Ela estava a debater-se com a bagagem no aeroporto de LaGuardia quando uma mão veio juntar-se à sua na pega do saco de viagem e uma voz disse: «Permita-me, minha senhora», e era a estrela de cinema. Ele também lhe levou a mala de rodinhas.

Por si só, já bastava para uma boa história. Mas depois chegaram ao balcão do *check-in* juntos e ela tirou o pequeno cofre da mala que ia despachar e declarou a *Glock*, e Mr. Willis fez o seu típico sorriso – o sorriso caloroso, não o que fazia antes de rebentar com alguém – e enamorou-se da mãe de Hank. Tinha sido algumas semanas antes de o Departamento de Polícia da cidade de Nova Iorque mudar de revólveres para *Glocks* e por isso vários polícias do aeroporto cheios de curiosidade aproximaram-se e assinaram-se autógrafos e quando Willis ouviu dizer que a mãe de Hank era detetive particular deu-lhe o seu cartão de visita com o número de telefone de uma assistente. Disse: «Quem me dera que fosse *minha* mãe», o que sempre fazia Hank sentir um pouco de ciúme. Willis disse que se ela e o marido alguma vez passassem por Los Angeles deviam contactá-lo. Talvez tenha pensado que a história dela daria um bom filme.

Seja como for, quando Celine chegou ao Maine para resolver o caso de Penobscot Paul, que se tornou mais uma história favorita, a sua preciosa *Glock* não estava na bagagem. Atribuiu sempre o facto ao interesse e à confusão que as pessoas famosas deixam atrás de si. Considerava que a fama era uma armadilha terrível e irresistível. Uma vez, disse a Hank: «Hank, se vais fazer alguma coisa, por exemplo, escrever, faz o teu melhor, e se acontecer que também venhas a ser o melhor do mundo, isso é maravilhoso, mas tenta não deixar demasiadas pessoas sabê-lo.»

Mas o que mais alegrou Hank quando ela lhe telefonou foi ouvir o seu novo tom de voz. Havia nele vigor, uma excitação contida que ele já não ouvia há algum tempo. E sabia que era porque ela se comprometera de novo a fazer o trabalho para que nascera. Disse-lhe que podia emprestar-lhe a carrinha e a arma.

Celine nunca precisara realmente de andar armada. O tipo de trabalho de investigação que fazia raramente envolvia criminosos perigosos. Experimentara-o e não gostara. Depois de trabalhar para uma agência de detetives que tratava principalmente de casos domésticos – que asco! – e de aprender o ofício e obter a licença de detetive, contactou quase imediatamente o FBI. O Bureau, ao que parecia, não tinha muitos agentes que se movimentassem com à-vontade no meio social da gente dos bancos de investimento e da ilha de Fishers. Bem, Celine passara aí todos os verões da maior parte da sua vida. O Bureau precisava de um colaborador que pudesse contactar a nata da sociedade e fazer perguntas melindrosas, e em quem os visados confiassem– as duas famílias poderiam até conhecer-se, talvez fossem primos em segundo ou terceiro grau. Andavam atrás de um homem que perpetrara uma enorme fraude contra o Banco de Nova Iorque, e pensavam que talvez ele estivesse nas imediações da sua família em Old Greenwich ou em Darien.

Ninguém compreende o poder ou a extensão da aristocracia na América; existe e tem uma enorme influência, apesar das incursões do novo-riquismo, com as suas altas tecnologias e os seus ténis. Celine nascera nela. Catorze dos governadores da Colónia de Plymouth eram seus antepassados, e as suas famílias continuaram a consolidar e a expandir o seu poder ao longo de mais de três séculos. Passavam o verão em Nantucket e Fishers e Islesboro, no Maine, os seus filhos e as suas filhas frequentavam faculdades da Ivy League e tinham carreiras em grandes bancos e grandes companhias petrolíferas e no Fundo Monetário Internacional e na Reserva Federal, e os filhos mais aventureiros e radicais tornavam-se artistas e realizadores de cinema ou trabalhavam para a Conservação da Natureza, e eram os primos e os sobrinhos preferidos de toda a gente, alvo de uma certa reverência mística – não eram a ovelha negra da família, eram os jovens especiais a quem se faziam as vontades, como os xamãs de outras culturas que só andam às arrecuas. Celine pertencia a esse grupo. Talvez tivesse ido ainda mais longe do que a maioria. Não era exatamente uma pária, mas saíra deliberadamente do redil e por isso conseguia vê-lo com a perspicácia de alguém de fora.

Começou com a sua mãe, Barbara. Ela fez algo inaudito na sua sociedade durante a Segunda Guerra Mundial: pouco depois de regressar a Nova Iorque vinda de Paris, mesmo antes da ocupação dessa cidade, desencadeou o processo de divórcio do seu marido, Harry, que era o pai das suas três filhas. E depois, logo a seguir à rendição dos Japoneses, envolveu-se com o almirante William F. «Bull» Halsey, Jr., o almirante de cinco estrelas que comandara a Terceira Frota do Pacífico e é considerado por algumas pessoas como o maior almirante de guerra que a América alguma vez teve. Tornaram-se amantes enquanto ele estava ainda casado – que horror! – e, embora a mulher de Halsey ficasse internada para o resto da vida naquilo a que se chamava na altura um manicómio, ele nunca se divorciou dela. Visitou-a uma vez por mês até à morte dela.

Era complicado. As filhas chamavam a Barbara «mamã», mas Hank e todas as outras pessoas chamavam-lhe Baboo. Os brancos protestantes das classes altas têm nomes como esse. Todos os anos, Baboo levava as suas três filhas para a ilha de Fishers para passar um grande período do verão. O almirante Bill acompanhava-as. Estava lá, supostamente, para visitar a filha, que também tinha uma casa na ilha, e reservava um quarto no Clube para manter as aparências, mas toda a gente sabia. Três meses e meio, do início de junho a meados de setembro, e repetiram aquela estadia nos catorze anos seguintes, até à morte dele. Era uma temporada de verão mais longa do que a de praticamente todas as outras pessoas, e era por a ilha ser parcialmente um refúgio, longe das restrições mais codificadas de Nova Iorque. Na ilha, no verão, com o som das ondas ouvido através dos mosquiteiros de quase todas as casas, e com

50

o tempo a vir do Atlântico, ventos que espalmavam as ervas das dunas e as centáureas, açoitavam os arbustos *Myrica* e arrastavam a chuva contra os telhados de cedro, bem... Faziam-se certas concessões à imprevisibilidade da natureza, tanto humana como marítima, e as pessoas geralmente eram mais indulgentes e descontraídas. Também não era nenhuma desvantagem que Baboo fosse quase universalmente adorada. Fora a irmã desatinada, a dançarina divinal, o lendário par para a valsa, a brincalhona marota, a rapariga que tinha nadado de Simmons Point à doca de Ty Whitney, à volta do Race. O seu pai, Charles Cheney, fundara o Country Club da ilha de Fishers, por amor de Deus... Mas. Bem. Os realinhamentos domésticos de Baboo eram mais do que as decisões idiossincráticas de uma jovem de boas famílias que sempre fora considerada impetuosa. (A sua mãe, Mary Bell, era da *Califórnia*, afinal, de Santa Barbara, e tinha antepassados espanhóis misturados com aqueles duros escoceses.) As decisões de Baboo eram mais do que pecadilhos, eram transgressões sísmicas. Iniciara o processo de divórcio enquanto o marido se encontrava ainda em Paris a tentar salvaguardar os bens do Banco Morgan da chegada iminente dos nazis. E apenas cinco anos mais tarde envolveu-se com um *militar* de carreira. Bem, era um almirante de cinco estrelas, um dos comandantes mais importantes da Frota do Pacífico, que esteve ao lado do general MacArthur no *USS Missouri* na rendição dos Japoneses. Celine tinha a famosa fotografia assinada pelo almirante Nimitz e os outros. Mas Halsey era um bocado tosco e Não da Nossa Classe, Querida. NDNCQ, uma marca a ferro quente pronunciada em tom ameno, sempre lançada descontraidamente, uma das maldições mais cruéis e destruidoras de que a maior parte das pessoas nunca tinha ouvido falar. Um juízo final de inferioridade relativa que nenhuma reserva de feitos, de mérito ou até mesmo de riqueza pode alguma vez anular. Ridículo. Halsey tinha a classe e a dignidade inatas que se esperariam de um grande comandante e mais coragem e inteligência natural do que praticamente qualquer outro homem.

51

Baboo continuava a ser convidada para as festas e os jantares de marisco, continuava a trazer o seu famoso frango frito e os ovos recheados para os piqueniques na praia, continuava a ser vista com certa admiração: era a descendente da família que fundara o Clube e vivera uma vida no estrangeiro que era tão deslumbrante e sofisticada que nem Hollywood poderia ter-lhe feito justiça. Continuava a ser adorada, mas agora de uma certa distância, como um peixe colorido por trás do vidro do aquário. Continuava a desfrutar da devoção de amigas que nunca a abandonariam – Ginnie Ackerman, Ty Whitney, Penny Williams. Mas uma frieza subtil dominava as suas relações, um empurrão quase impercetível para as margens mais frias do círculo interior em que se criara. Ninguém à face da Terra sabe melhor do que a aristocracia branca protestante da Costa Leste infligir a morte por mil pequenas desfeitas. Ou a morte por hipotermia muito gradual. Pode ser infligida no mais subtil tom de voz: a subida discreta de uma oitava ao falar de assuntos pessoais, por exemplo dos problemas da família de outra pessoas – a maior parte dos ouvintes nem o notaria. Mas significa a perda do registo *mais baixo*, mais natural e íntimo, reservado ao círculo de mais confiança. A omissão – Oh não, *como* é que posso ter-me esquecido? – de um convite para o casamento de uma filha em Delaware. Era, podia dar a sensação de ser, uma devastadora rejeição. Uma mulher com menos carácter poderia ter-se matado discretamente ou, pior ainda, poderia ter-se tornado amarga e vingativa. Baboo suportava a alteração do seu estatuto com uma dignidade e uma graciosidade que a tornavam mais principesca aos olhos das filhas e, mais tarde, dos netos. *Ela* era o grande amor do nosso maior almirante; *ela* tinha descido de esquis o Streif na montanha de Hahnenkam de uma só vez: *ela* falava lindamente francês e compunha o ocasional poema, muito espirituoso e com um humor malicioso; os antepassados *dela* tinham fundado o país. Mas havia nela uma ligeiríssima tristeza, como o perfume ténue da madressilva ou a sombra esvoaçante de uma ave ao crepúsculo, e a Hank, quando ele era pequeno, dava a sensação de ser nobre e digna de confiança, como a tristeza de uma rainha exilada. É claro que, em criança, ele não sabia de onde aquilo vinha, mas de algum modo tornava o riso dela mais cheio, o seu encanto com ele mais comovente. E às suas três verdadeiras amigas dava acesso a uma amizade e a uma lealdade que eram mais reais do que qualquer coisa que elas pudessem ter encontrado na sua sociedade implacável.

O prejuízo para Celine e as suas duas irmãs é difícil de avaliar. Todas frequentaram Brearley, aquele colégio particular feminino de luxo no Upper East Side, e não lhes faltavam amigos. Era como se as filhas de Barbara Cheney e Harry Watkins tivessem recebido um indulto condicional – afinal, *ele* não fizera nada senão ser o sócio mais jovem na história do Banco Morgan e escapar de Paris no último segundo possível, numa bicicleta por que trocou o seu fabuloso *Hispano Suiza* quando se apercebeu de que as estradas estavam demasiado congestionadas com carros para poder sair a tempo – e era lindo de morrer e um atleta natural espetacular – não, as filhas deveriam ficar com pena suspensa por tempo indeterminado, cujos termos implícitos seriam anulados quando... bem... quando fossem. Provavelmente quando casassem com algum banqueiro promissor de Williams.

Celine não recebeu o recado.

Implorou que a mandassem para um colégio interno no Vermont onde o seu adorado primo direito Rodney frequentava o segundo ano do ensino secundário, e por isso Baboo cedeu e enviou uma menina magricela de catorze anos para Putney. O colégio tinha sido fundado por um simpatizante confesso da experiência da China e era um dos primeiros colégios internos da Nova Inglaterra a admitir rapazes e raparigas em números iguais. Não muitos: duzentos alunos numa quinta de pecuária no alto da colina mais pitoresca do sul do Vermont, com uma vista de montes ondulantes retalhados com pomares, campos, bosques de ácer. Dos alunos, na sua maior parte da elite de Nova Iorque e de Boston, requeria-se que fizessem tarefas agrícolas e que cortassem lenha, o que era uma novidade que aprenderam a adorar.

Celine levantava-se às cinco da manhã no escuro do inverno, com os estilhaços gélidos das estrelas incrustados nos padrões de constelações de que não sabia o nome mas que começavam a parecer-lhe amigas – os milhares de milhões de estrelas que lançavam um bafo de ténue luminosidade sobre a colina nevada, a neve tão fria que estalava debaixo dos seus pés quando ela se dirigia para o grande estábulo cujas luzes já estavam acesas. O tilintar dos ferros e o raspar de pás e os berros já se ouviam do campo; ela entrava no estábulo e era atingida e a seguir envolvida pelos fortes cheiros quentes das vacas e do estrume e de cal, o cheiro adocicado da silagem a apodrecer, o cheiro a feno empoeirado e a serrim. Celine deixou-se converter. O Colégio de Putney não tinha de imitar os preceitos dos novos coletivos chineses – do comunismo – para ser subversivo: bastava tirar uma rapariga do Upper East Side e dar-lhe uma forquilha de silagem e um carrinho de mão e pedir-lhe para transpirar num estábulo apinhado na companhia dos amigos, com o vapor a evolar-se das vacas e um amanhecer do Norte com temperaturas abaixo de zero a banhar as estrelas e a lavar os montes arborizados numa maré de azul-acinzentado e rosa ardente. Isso bastava.

E a seguir, às dez da manhã, depois das primeiras duas aulas, punham-na num banco de madeira num espaço forrado a carvalho e pinho e mandavam-na cantar: Bach e Handel, cânticos religiosos e peças musicais a quatro vozes. Não só pela glória de Deus, mas também pela vida. Pelo júbilo da vida. Por estarem todos juntos e criarem música.

Era mais potente do que qualquer igreja. E mais eficaz do que qualquer panfleto ou comício a lançar uma luz implacável sobre os valores da sociedade privilegiada. Pobre Celine. Quaisquer reservas que despertasse simplesmente por ser filha de Barbara Cheney Watkins eram agravadas ao regressar a Manhattan para o Dia de Ação de Graças com um machado a despontar da mochila.

E depois aconteceu o impensável. Faltou-lhe um período menstrual.

E depois um segundo.

Acabara de fazer quinze anos. E estava grávida.

*

Hank foi buscar Pete e a sua mãe ao Aeroporto Internacional de Denver na manhã do dia 22 de setembro. Na viagem para a cidade, Celine fez perguntas a Hank sobre o seu casamento, a sua poesia, a sua alimentação, tópicos que achava que acabariam por ser abordados. Pete ia sentado no banco de trás, reconfortando todos com a sua reserva infalível. Hank tinha um enorme afeto pelo seu críptico segundo pai. O seu primeiro pai, que partira para o Novo México quando Hank ia entrar para a universidade, era a antítese de Pete em quase todos os aspetos: o pai de Hank era um contador de histórias sociável, muito espirituoso, sabia imitar pronúncias. Adorava Edith Wharton e um bom uísque, e não sabia nada de nada sobre como construir um barco. Hank adorava-o. Era quase como ter dois pais de duas espécies diferentes. Hank apreciava essa diversidade.

Saiu da autoestrada e subiu para o seu bairro à beira do lago. Celine disse: – A jovem, a Gabriela, cujo caso aceitámos... a madrasta dela pô-la a viver sozinha num apartamento quando ela tinha oito anos. E depois, quando andava na faculdade, o pai desapareceu em Yellowstone. Foi dado como morto.

Hank passou por um camião cheio de caixotes com galinhas vivas. – E? – disse. Sentia-se interessado.

– Ela cresceu, tornou-se adulta e criou um filho praticamente sozinha e tornou-se uma boa fotógrafa de arte. Mãe solteira.

Hank riu-se, não conseguiu conter-se. A sua mãe era uma investigadora verdadeiramente astuciosa, mas no que dizia respeito a tentar disfarçar um recadinho para o filho era um caso perdido. Ele sabia que ela queria ser avó mais do que qualquer outra coisa no mundo.

– Ena – limitou-se a dizer. – Ela dedicou a vida à arte e decidiu ter um filho.

– Pois foi – disse Celine. Deu-lhe uma palmadinha no joelho.

55

*

A inspeção à caravana foi superficial. Hank levou a carrinha *Tacoma* para a frente da casa. Celine pensava sempre que era um ótimo local, com grandes vistas para oeste, de água e montanhas, e ficava a cinco minutos da estação central Union Station e da livraria Tattered Cover. Até à primavera, ele vivera na casa com a sua mulher, Kim, mas ela estava ausente agora, uma separação à experiência – em parte, disse ela, porque estava farta de tentar ser casada com alguém que passava metade do tempo fora em trabalho. Bem.

A caravana era uma daquelas que encaixava na caixa da carrinha e se estendia até à cabina. Hank abriu a pequena porta das traseiras, convidou a mãe e o pai a entrarem com as costas curvadas e mostrou-lhes como desandar os trincos e fazer subir o teto. Como tinha instalado amortecedores hidráulicos, não era preciso muito mais do que um ligeiro empurrão para fazer subir o teto cerca de noventa centímetros. Agora podiam pôr-se todos de costas direitas e a luz jorrava através da lona cor de limão. Celine soltou um grito de alegria. – Oh, olha – disse. – Pensei que íamos ter de nos acocorar como quando vivíamos num cochicho.

– Quando é que vivemos num cochicho? – disse Pete. Hank olhou-o pasmado: ele fala!

– Naquela altura em que dormíamos nas traseiras do carro funerário. Quando encontrámos o Jerry, o imitador do Elvis.

– Ah – disse Pete.

Pete estava com um boné de *tweed* à ardina, do tipo usado pelos alpinistas galeses e pelos tipos que conduziam os camiões da carne nos filmes sobre a Nova Iorque dos anos quarenta. O seu farto cabelo grisalho despontava à volta do boné de tal modo que parecia um pouco um bote salva-vidas a galgar um mar encapelado de ondas orladas de branco. Trazia também um colete de bombazina cinzento-escuro, do tipo que os lenhadores e os caçadores costumavam usar. Hank nunca deixava de se sentir intrigado pelo homem a quem nunca conseguira habituar-se a chamar padrasto.

Pensava que Pete usava o boné por solidariedade com o proletariado que já não parecia existir. Ou talvez fosse simplesmente impermeável e quente e lhe resguardasse os olhos do sol. Pete recuou um passo, de bloco de estenografia na mão, e tomou apontamentos sobre o modo de operação da caravana. Era um ótimo marceneiro e fora construtor de pequenas embarcações na sua juventude em North Haven; Hank via que ele apreciava como todos os compartimentos de arrumação e uso na caravana se encaixavam – a caravana era como um pequeno iate.

Celine escutou educadamente enquanto Hank explicava o funcionamento da torneira do gás do fogão de dois bicos, do pequeno aquecedor e do frigorífico, o modo de operação do esquentador da água e do chuveiro exterior – Já está a ficar frio cá em cima – disse Hank –, duvido que usem o chuveiro. Mas, seja como for, aqui está. – Celine lançou um olhar a Pete e Hank viu que trocavam um ligeiríssimo sorriso. *O que é que ele sabe? Nós somos descendentes de gente do Norte*, pareciam dizer. Ainda estavam apaixonados, isso era sempre muito claro. Com um baque, pensou na sua mulher. Arredou rapidamente a imagem dela, juntamente com a imagem da sua mãe e de Pete a saltitarem nus pelos bosques do Montana.

– Hank, que época é lá em cima? – disse Celine, passando a mão pela manta de retalhos no beliche acima dela. Hank emprestara-lhes a sua colcha com alces e ursos, para se irem acostumando ao que os esperava.

Ele olhou para ela, perplexo. – É... é o princípio do outono, mamã, o mesmo que aqui.

– Não, quero dizer se já é a época dos veados e dos alces? Ou quê?

– Ah, isso só é daqui a, tipo, mais um mês. Provavelmente, é a época do tiro ao arco agora, e aves de montanha... tetrazes, perus, perdizes.

Ela mordeu o lábio inferior. – Um arco é tão pouco prático. OK, podes-me emprestar a tua espingarda de calibre 12?

Hank olhou-a fixamente.

– E um colete de caça cor de laranja. E um chapéu também. Tens um daqueles esquisitos, cor de laranja fluorescente, com protetores para as orelhas?

Ele olhou-a fixamente.

– Pensando melhor – disse ela –, talvez ainda estejamos lá em cima daqui a um mês. É melhor eu levar a tua .308 também. Sinto-me sempre mais segura com espingardas de alta potência.

Ele olhou-a fixamente. Celine despenteou-lhe o cabelo.

– Os caçadores andam por todo o lado. Perdem-se. Atravessam as terras seja de quem for, passam pelas janelas das casas das pessoas, pedem desculpa mais tarde. É também uma razão muito boa para se estar num sítio. O disfarce perfeito. – Enrugou os olhos. – Além disso, os caçadores andam bem armados. É sempre uma vantagem, falando por experiência.

Quando partiram nessa tarde, Hank ficou sem uma sacola cheia de roupas de caça, dois apitos para perus e mais de metade do seu armamento.

CINCO

Quando Celine descobriu aos quinze anos que estava grávida só viu escuridão diante de si e rezou. Quando Celine rezava, adotava o seu amado francês. Era a sua primeira língua e o dialeto secreto com as suas duas irmãs e, aparentemente, com Deus. Ela e Bobby e Mimi falavam rapidamente, no francês coloquial que as suas amas lhes tinham ensinado, e conseguiam comentar ininterruptamente as pessoas à sua volta no meio de uma festa, tão perto dos objetos das suas críticas que poderiam estar a tocar-lhes, fazendo-o de tal maneira – com pequenos sorrisos a encobrirem uma gargalhada, revirando subtilmente os olhos, comprimindo os lábios e mordendo a língua – que os seus alvos nunca chegavam a aperceber-se. É claro que a maior parte das crianças do seu círculo estudava francês, e a maior parte dos pais também o tinha estudado, mas a rapidez, a cadência e as expressões peculiares que usavam não davam hipóteses de descodificação. Naquele momento, ajoelhou-se junto à cama no seu dormitório no Colégio de Putney, uma velha casa de madeira com uma pequena torre sineira, e rezou pelo seu futuro filho.

Mon Dieu, le Roi du ciel, appuyé sur la puissance infinie et sur tes promesses...

Rezou depressa e rezou com força, e os soluços que a faziam estremecer, ajoelhada, não a atrasavam, mas não rezava para obter orientação. Porque já tinha tomado a sua decisão.

Nessa manhã, fora consultar o médico do colégio a pretexto de uma forte dor de cabeça. Ele era um idoso médico de clínica geral de província da velha guarda, um homem bondoso que se tinha aposentado mas que aceitara o posto de médico do colégio porque não conseguia imaginar-se a não ajudar as pessoas que precisavam de cuidados. Celine entrou despachada, sentou-se na borda da marquesa, inclinou o queixo para cima com orgulho, olhou a direito para o velho senhor com uns olhos cinzentos firmes e disse: – Acho que estou grávida – naquele caso ele era o perfeito pastor.

Não era de modo nenhum um fundamentalista a não ser na interpretação do seu juramento, e geralmente adotava uma perspetiva a longo prazo. Já vira praticamente tudo o que um ser humano poderia fazer a outro. O Dr. Watt examinou Celine na enfermaria de duas camas por cima do auditório e disse-lhe que quase de certeza que estava a meio do primeiro trimestre da gravidez. Aos quinze anos, Celine parecia demasiado magricela para aguentar o seu próprio corpo, muito menos uma outra vida. Tinha os modos desengonçados, as maçãs do rosto salientes, o nariz proeminente e os olhos grandes de uma rapariga que não era bela, nem sequer talvez bonita, mas que os adultos com discernimento viam que se tornaria um dia linda, até mesmo surpreendente. Mas naquela altura era ainda uma coisinha de nada que tinha um rato de peluche chamado *Myriam* num cesto minúsculo debaixo da cama e que passava metade do tempo no poço abaixo do estábulo a salvar traças presas na superfície da água negra. E estava muito longe de casa e via a vida que tinha planeado como agente secreta e combatente da resistência tremeluzir e vacilar e apagar-se como as fitas quebradas no projetor do colégio às sextas-feiras à noite.

Sob a atenção não crítica do velho médico, as suas defesas finalmente abriram brechas. Tremiam-lhe os lábios enquanto abotoava a cintura das suas calças de lã largas e calçava as botas de couro de atacadores, e baixou a cabeça e o cabelo cobriu-lhe o rosto, mas o bondoso Dr. Watt viu uma lágrima cair no linóleo. Atirou a toalha que acabara de usar para secar as mãos para um cesto de vime, pousou uma mão – uma mão que estava artrítica de construir barracões de madeira e tratar das árvores – no magro ombro trémulo dela e disse: – Vais ter escolhas a fazer. Vais querer falar com os teus pais hoje.

– Com a minha mãe. – A voz dela soava ténue por baixo do cabelo.

– A tua mãe, estou a ver. Deixo-te falar com quem decidas falar. Não vou informar Mrs. Hinton. – Referia-se à diretora do colégio. – Deixo-te isso a ti – disse ele –, quando achares bem. Sugiro que não demores, no entanto, porque os teus... ah... os teus sintomas vão tornar-se mais aparentes e vão ter de se tomar provi-dências. Depende... quero dizer...

– Eu sei o que quer dizer.

Só Deus sabia como ela sabia o que ele queria dizer. Ergueu a cabeça, endireitou as costas, levou os dedos de ambas as mãos às faces e esfregou-as para fora, como se estivesse a limpar qualquer outra fraqueza, soltou um longo suspiro por entre os lábios cerrados e disse: – Obrigada, senhor doutor. Nunca esquecerei a sua bondade.

Ele sorriu tristemente e disse-lhe que a ajudaria em quaisquer decisões que ela tomasse, e ela vestiu o casaco curto de lã e foi direita ao edifício da biblioteca e ao gabinete da diretora e funda-dora do colégio, Carmelita Hinton.

Mrs. Hinton gostava da menina magra e tímida que falava um francês perfeito quando insistiam com ela e que desenhava e pin-tava com uma sensibilidade que era verdadeiramente rara. Numa exposição na galeria dos alunos no final do período do outono, Mrs. Hinton ficou impressionada com as composições de Celine; tinha olho para o ângulo inesperado, o momento pouco usual, e algumas peças ostentavam a rara beleza que não pode ser destrin-çada de um espírito muito subtil. Era como se Celine estivesse a esforçar-se ao máximo por esconder o seu verdadeiro talento e não conseguisse fazê-lo, e Mrs. Hinton apreciava a sua modéstia instintiva. Mas a diretora também compreendia que a saúde e o vigor da comunidade estavam sempre à frente da criação de condições para cada indivíduo, e que por vezes tinham de se fazer terríveis sacrifícios. Logo que a aluna entrou, a diretora soube que a vida tal como a jovem a conhecia até àquele momento estava prestes a desmoronar-se. – Por favor – disse, apontando para uma cadeira pesada; pôs-se de pé, deu a volta à secretária e sentou-se na outra cadeira ao lado. Virou-se para olhar de frente para a jovem.

– Aconteceu alguma coisa.

Celine preparara-se mentalmente e jurara a si mesma não fazer promessas nem concessões. Admirava a diretora e não lhe faltaria ao respeito. Por um momento, examinou a zona genérica onde devia estar o seu útero, tentando localizar o mistério da vida dentro de si e tirar dele algum sentido das proporções em face dos juízos que com certeza seriam feitos. Acenou com a cabeça a si mesma, inspirou fundo por ambos, e olhou Mrs. Hinton nos olhos.

– Vou ter de sair do colégio, lamento muito.

A diretora ergueu uma sobrancelha. Talvez fosse a primeira vez que tal acontecia: aceitar estoicamente a punição antes da acusação ou do julgamento. Mrs. Hinton apercebeu-se com alguma pena de que sentia agora ainda mais afeto e admiração por aquela rapariga. Sabia que Celine era feliz na escola: não ao princípio, mas cada vez mais a cada mês que passava. Via que a jovem encontrara o seu lugar, desabrochava nos estudos e apreciava a companhia de duas ou três colegas, também artistas e sensíveis; uma era dançarina e a outra uma violinista dotada. Não tinha notado que ela recebesse as atenções de nenhum rapaz em particular. As relações sexuais entre os alunos eram estritamente proibidas e o castigo era a expulsão imediata. Deve recordar-se que um colégio secundário interno misto no qual os alunos de ambos os sexos não só tinham aulas em conjunto, mas também trabalhavam, praticavam desporto e acampavam juntos, era na altura uma iniciativa nova e corajosa que requeria regras muito claras. Carmelita Hinton era uma oficial

62

de comando das raras: uma humanitária com um coração bondoso e generoso, bem como uma disciplinadora justa e firme.

— Estou a ver — disse ela. — Podes dizer-me porquê?

— Lamento.

Mrs. Hinton pegou num lápis que estava em cima do mata-borrão e raspou a grafite com a unha do polegar.

— Estás grávida — disse por fim. Os olhos da rapariga arregalaram-se com a surpresa e a seguir com uma fúria instantânea.

— O doutor Watt telefonou-lhe.

Mrs. Hinton abanou a cabeça. — Não, não telefonou. Embora tenha o dever de o fazer. Eu já faço isto há muito tempo. Soube-o mal entraste por aquela porta. — Estendeu a mão a Celine, que hesitou mas a aceitou. Com compaixão, Mrs. Hinton apertou-a de modo reconfortante e largou-a logo. Celine pensou que era como o aperto de mão que os capitães de equipas desportivas adversárias dão um ao outro antes de um jogo, para mostrar que não há animosidade pessoal.

— Vou ter muita, muita pena de te perder. Queres telefonar à tua mãe? Eu peço à Loreen que saia para ir buscar o correio e podes usar o telefone do gabinete dela. Quando acabares, podes dizer à tua mãe que eu lhe telefonarei hoje à tarde.

Celine não estremeceu nem chorou uma só vez durante todo o encontro. Telefonou a Baboo, que recebeu a notícia com um pragmatismo surpreendentemente despachado, do tipo que se espera de uma mãe que em tempos dirigira uma casa com sete criados e criara três filhas na sombra de uma invasão nazi, e que era a amante de um almirante casado. Celine sentiu-se mais forte com a reação da mãe e ficou imensamente aliviada. Compreendeu pela primeira vez na sua jovem vida para que eram realmente as mães. Quando Celine lhe disse que Mrs. Hinton exprimira verdadeira deceção por ter de a expulsar, Baboo resmungou:

— Tu não vais a lado nenhum, minha menina. Ela juntou-vos todos, rapazes e raparigas, e assegurou-nos de que era *tout à fait bien*. Esta confusão é responsabilidade dela mais do que tua e ela é que vai ter de a resolver. Agora, por favor pede-lhe que chegue ao telefone. Eu não estou disponível mais tarde, vou estar ocupada hoje à tarde. – Celine sentia vontade de chorar e de rir ao mesmo tempo. Com admiração pela autoridade moral da sua mãe. Bem, ela de certeza que não verteria lágrimas na presença da diretora, não depois da exibição de *sang froid* digno da realeza da sua mãe. Passou o telefone à única outra mulher verdadeiramente forte que alguma vez conhecera e esperou pelo fogo de artifício.

Não houve fogo de artifício. Celine ouviu Mrs. Hinton dizer: – Estou a ver. Compreendo que se sinta assim e tem a minha compreensão, tem mesmo, mas essa é a nossa regra... Sim, sim, eu compreendo. Não. Não, bem... teria todo o prazer em falar... Não. Amanhã à tarde? Bem... eu... bem. Estou a ver. Mrs. Watkins? Sim. OK, cá a espero.

Será que Carmelita Hinton, que usualmente tinha as faces coradas, parecia ligeiramente pálida quando desligou? Celine achou que sim. A diretora pousou o auscultador e disse: – A tua mãe vem cá acima ver-nos amanhã.

Em 19 de abril de 1948, Barbara Cheney Watkins foi conduzida de automóvel de East 68th Street a Putney, no Vermont, pelo motorista de William F. Halsey, e veio acompanhada pelo almirante. O almirante Bill talvez tenha pensado que estava prestes a assistir a um último confronto épico. O homem dissera a Baboo mais do que uma vez que a grande mágoa da sua vida fora ter de se afastar no seu navio de outros navios a naufragarem e ver os seus homens afogarem-se nos botes a arder e à deriva nos seus coletes salva-vidas, aterrorizados e abandonados, com tubarões a rondá-los. Um horror que nunca deixou de lhe assombrar os sonhos. E por isso é compreensível que tenha pegado na mão de Celine enquanto a mãe dela se encontrava com Mrs. Hinton e que tenha caminhado lentamente com ela, envergando o seu fato, por um caminho de terra batida acima, lamacento com neve derretida, parecendo estar a pensar em coisas distantes.

Celine nunca chegaria a saber o que foi dito no gabinete de Mrs. Hinton, mas quando Baboo saiu de lá com o seu casaco de pele de marta que brilhava e adejava ao vento frio de abril, Celine viu pela sua postura que, se quisesse, poderia regressar um dia ao Colégio de Putney.

Para além de Celine, a única outra pessoa viva que conhecia aquela história era Hank, que a ouviu aos pedaços. Celine contou-lhe alguma coisa: que tinha sido expulsa do Colégio de Putney por um só dia, por ter confraternizado com um rapaz. A imagem que ele sempre tivera – e talvez fosse, claro, porque era filho dela, e a imaginação de um filho só chega até um certo ponto no que diz respeito à sua mãe – de «confraternizar» era da mãe a trepar a árvores com um colega. A bétulas, provavelmente. Via os dois empoleirados numa canópia de folhas a partilharem um cigarro e a trocarem um beijo. Com certeza, motivos para uma expulsão nos velhos tempos.

Celine disse-lhe que a sentença de expulsão só durou até Baboo vir à escola e dizer de sua justiça a Mrs. Hinton. Hank adorou aquilo. A ele, Baboo sempre lhe parecera uma pessoa augusta, e adorava imaginar o que teria dito naquele gabinete: «Minha cara diretora Hinton, o que *pensou* que ia acontecer quando juntou cem rapazes adolescentes cheios de hormonas com cem meninas sem *acompanhantes*? Numa *quinta*? Nunca ouvi tal coisa...» Baboo tinha a autoridade de alguém com uma imensa disciplina pessoal que aderia rigorosamente, sem oscilações, a como as coisas *deviam* ser feitas. Era também adorada pelos seus muitos netos, porque era bem claro, mesmo para os mais jovens, que vira quase tudo na sua longa vida e compreendia como as pessoas eram complicadas e tinham muitas facetas, e era óbvio, acima de tudo, o quanto ela os adorava, uma adoração que ultrapassava qualquer julgamento, e por vezes piscava-lhes o olho e tolerava uma tolice ou outra, porque, Deus sabia, ela própria tinha sido bem tola de vez em quando.

Baboo contou a Hank algo da história de Celine, inadvertidamente. Disse uma coisa uma vez, depois de ambos terem tomado vários *cocktails*, quando estavam sentados no alpendre da sua casa, que dava para o pequeno canavial acima da praia. Foi logo a seguir a ele ter acabado o liceu. As traças arremessavam-se contra a luz do alpendre e as garças arrulhavam por entre as canas e as rãs coaxavam e as minúsculas lanternas intermitentes dos pirilampos piscavam. Ela disse que se sentia contente por ele ter passado uns tempos tão divertidos e fáceis no Colégio de Putney, porque receara terrivelmente que Celine, depois de se ausentar na maior parte do seu segundo ano, não chegasse a acabar os estudos.

Hank disse: – Ela ausentou-se na maior parte do ano? Nunca me tinha dito. Porquê?

Baboo fez tilintar o gelo na sua vodca com água tónica. Lançou-lhe um olhar rápido e comprimiu os lábios. – Bem, tentaram expulsá-la.

– Eu sei. E a avó marchou para lá com o seu casaco de pele de marta qual Anna Karenina. A mamã contou-me.

Baboo riu-se. – Não tenho a certeza se Anna Karenina tinha um casaco de pele de marta. Parece-me que aquele horrível marido anémico dela era muito sovina, não era? O Karenin? Nunca esquecerei a descrição das veias azuis nas suas mãos pálidas. – Estremeceu teatralmente. Baboo espantava-o sempre. Era católica de temperamento e parecia ter lido tudo. Hank sabia que ela tinha frequentado Vassar por um ano apesar das objeções do seu pai, Charles Cheney, que pensava que as meninas de boas famílias não deviam frequentar a universidade, e sabia também que ela abandonara o curso a meio do ano para se casar com Harry Watkins. Baboo bebeu um gole. – Não, a tua mãe tinha decisões a tomar e era tão obstinada como um camelo.

Aquela expressão. Se ela tivesse dito «mula» teria passado despercebida como qualquer frase feita, mas introduzir na conversa um camelo com as suas bossas teve o efeito de propiciar uma certa associação e talvez ele quase tenha saltado do assento. Viu o camelo com as suas costas estranhamente protuberantes e viu a jovem Celine ao lado dele com a sua barriga protuberante e decisões a tomar. Foi a primeira vez que teve a certeza de que a sua mãe tinha engravidado, e essa revelação foi seguida de imediato pela certeza de que ela deixara por um período de frequentar o colégio porque decidira teimosamente levar a gravidez a termo.

O que significava que, algures, Hank tinha um irmão mais velho.

Baboo deve ter reparado no seu ar chocado. Disse: — Bem, devem ser horas do jantar. Estou faminta, tu não? A Joan deve estar outra vez a cozinhar as costeletas de borrego até à morte, já me cheira a enxofre. — Arrastou para trás a cadeira de vime.

— Baboo?

— Querido?

— Estava a tentar não me dizer que a mamã estava grávida? É isso que quer dizer «confraternizar»?

— Confraternizar significa confraternizar. E agora levas a tua bebida para a mesa e fazes por não perturbar uma senhora idosa? — Conversa acabada, caso encerrado.

Na primavera seguinte, Celine foi visitá-lo a Dartmouth. Conduzia na carrinha *VW* vermelha. Ele adorava vê-la na *Besta*, a detetive particular elegante na carrinha *hippie*. Parou diante da residência dele, com o motor a roncar com a típica bravata que era oitenta por cento aparência, e saiu, com um casaco caqui e calças de ganga, e ele pensou que ela parecia uma estrela de cinema a descansar entre filmagens. Nessa primeira tarde atravessaram o rio e galgaram os montes acima de Norwich, no Vermont, e puseram latas em cima de um toro de madeira contra um barranco para poderem disparar a *Magnum .44* que ele tinha comprado com o dinheiro que ganhara no emprego de verão na fábrica de conservas. Comprara-a para se proteger de ursos. Ela meteu à boca uma tira de pastilha elástica *Juicy Fruit*, o que a ajudava sempre a concentrar-se, e disparou primeiro e não falhou. Abriu o tambor com um só gesto e ejetou o cartucho para o tapete de folhas velhas. — Apanhamos tudo mais tarde. Está bem calibrada. Realmente devias arranjar uns protetores para os ouvidos.

Era agora ou nunca. — Mamã, porque é que tu te dedicas a encontrar pais biológicos? És uma detetive incrível. Porque é que não andas atrás de criminosos?

Com um jeito da mão, ela voltou a encaixar o tambor e passou-lhe a arma com o cano desviado. – Podem chamar a isto o Remédio para Ursos, mas se for um urso-pardo penso que é melhor atingi-lo na cabeça. – Atravessou o espaço e dispôs a fila de latas.

– Porque não criminosos? – disse Hank. – Acho que seria mais excitante.

– Não é. Experimentei uma vez e achei que era triste.

– Triste?

– Não te lembras do caso? Foi o que fiz para o FBI quando estava a começar.

– Vagamente. Queres disparar outra vez?

– Dispara tu, eu oriento-te. Só um segundo. – Foi ao autocarro e voltou com duas embalagens de tampões de espuma para os ouvidos. – Toma. Talvez queiras vir a ouvir os primeiros sons do teu bebé. – Ela enfiou um no ouvido direito. – Assim, ótimo... – E erguendo a voz: – Agora tira-os! Quero contar-te uma história.

Ele tirou os tampões dos ouvidos e sentaram-se em cima de um penedo coberto de musgo. Ela tirou a pastilha elástica da boca e colou-a por trás da orelha para mais tarde. Era um gesto dos anos cinquenta que Hank achava que tinha visto num filme da série Gidget.

– Foi uma fraude bancária – disse ela. – Muito dinheiro, realmente muito. O homem era de uma boa família de Hartford... lembras-te dos Brainard... e o FBI precisava de alguém que se integrasse sem dar nas vistas e fizesse uns telefonemas. Bem, levou uns vinte minutos. A tia dele tinha uma casa ao lado da casa da Tauntie em Woodstock e eles jogavam ténis uns com os outros. Ficou muito contente por eu lhe telefonar. «Por que *carga de água* é que queres entrar em contacto com o Franklin depois de tanto tempo?», disse a tia dele, um pouco desconfiada. Eu disse-lhe que me sentia embaraçada por lho pedir, mas que ele era um antigo namorado, um daqueles que uma rapariga nunca esquece. Ela hesitou e disse qualquer coisa como: «Também tenho um desses, minha querida», e eu disse que tinha estado a arrumar a minha secretária para me mudar para Newport e que tinha encontrado as velhas chapas de identificação da Décima e achava que era melhor devolver-lhas, e perguntei-lhe se ela tinha a morada dele. Eu tinha feito as minhas pesquisas. Ele tinha estado na Décima Divisão de Montanha com o teu tio George. «Oh, ele vai ficar *encantado,»* disse ela. «Foram os melhores anos da vida dele, tenho a certeza. Para te dizer a verdade, ele anda um bocado em.baixo, está a passar um mau bocado, tenho a certeza de que o vai animar», e deu-me uma morada em Old Greenwich. Por isso, senti-me enojada logo para começar.

A mãe de Hank contou-lhe que ainda não organizara o material próprio para vigilâncias e teve de usar um par de binóculos da ópera. Celine pôs-se ao volante da sua velha carrinha *Volvo,* dirigiu-se ao Connecticut e espiou de um lugar no topo de uma colina – era uma propriedade chique com cavalos, estábulos e vedações brancas – e disse que se sentiu orgulhosa de si mesma quando um rouxinol lhe pousou no ombro. Finalmente, Franklin apareceu à porta de casa. Era ele, sem dúvida, o criminoso e fugitivo. Condizia com a fotografia que ela tinha no seu dossiê. Não parecia um criminoso empedernido, parecia antes um homem bastante triste a chegar à meia-idade, com uma camisola ligeira de algodão da *Lacoste,* azul-marinha. Entrou num *Mercedes* e ela seguiu-o pelas elegantes ruas secundárias de Greenwich. A certa altura, ele deve ter-se apercebido de que estava a ser seguido, porque acelerou e tiveram uma perseguição «a alta velocidade» pelas estradas do campo bem cuidado, com Celine a manter-se no seu encalço a todo o custo – «Quase dei cabo da carripana três ou quatro vezes» – até o homem se deixar dominar pela curiosidade: Quem *era* aquela senhora bem penteada no Volvo, que mal via por cima do volante?

– Encostou à berma e saiu com um ar confuso e perplexo e um pouco assustado. Eu dirigi-me a ele e disse que era a sobrinha da Marybell Hampson e que tinha sido contratada pelo FBI para o deter e que o que ele estava a fazer era simplesmente errado. «O que está a fazer é simplesmente errado, Franklin. Precisa de endireitar a situação. Será o melhor para todos. É um homem decente e precisa de se comportar com decência.» – Hank imaginava facilmente a pequena Celine. A certeza moral que ela herdara da sua mãe. O pobre homem não tinha hipótese. Ela deteve-o. Disse: «Vamos levar o seu carro de volta a casa e você vem comigo para a cidade. Teremos uma boa conversa no caminho.»

Ele seguiu-a como um cachorrinho e ela levou-o ao banco, onde se encontraram com o gerente daquela filial e com vários agentes do FBI. – A maneira como ele olhou para mim quando lhe puseram as algemas. Como um cão espancado, Hank. Nunca mais quero voltar a ver aquela expressão. – Soltou um longo suspiro. – Pensando melhor, passa-me lá essa arma. – Pegou nela juntamente com as seis balas que ele tinha na mão e enfiou-as rapidamente sem pensar, com a mente ocupada com outra coisa, e rebentou as seis latas com seis dos tiros mais rápidos que ele jamais vira.

É uma coisa maravilhosa sentir grande admiração pela própria mãe, mas ela não conseguira desviar o assunto. Como parecia absorvida com as suas recordações, talvez vulnerável, ele disse: – Ena. Que bem. Então deixaste-te de criminosos, mas porquê famílias biológicas? Estava a pensar que talvez tenhas tido um bebé em tempos...

Ela virou-se abruptamente. Respirava a custo, talvez por causa do enfisema incipiente, talvez com emoção.

– Gostava que nunca mais mencionasses isso. OK?

– Mas se eu tenho um irmão mais velho ou uma irmã...

Ela comprimiu os lábios e começou a respirar mais depressa. Tinha os olhos grandes e brilhantes e estavam húmidos, e ele sentiu-se confrangido com a sua dor. Acenou com a cabeça. – Está bem, com certeza.

Mas não estava realmente bem. Durante dias, semanas, anos, não conseguiu tirar da mente a certeza de que tinha um irmão mais velho. Obteve mais informações da irmã de Celine, Bobby, mesmo antes de ela morrer, mas isso só seria daí a vinte e dois anos.

SEIS

Uma viagem estrada fora liberta a mente, revitaliza o espírito e enche o corpo com refrigerantes e carne seca *teriyaki*. Era o que Celine sempre achara, e o que poderia ser melhor do que isso? Ela e Pete contornaram o grande estádio de futebol americano de Denver e entraram na autoestrada interestadual 25 para norte. Celine ia a conduzir. Era uma condutora muito boa. Pete desistira dos carros em novo, quando se mudou para a cidade de Nova Iorque. A sua carta de condução tinha expirado e ele nunca a renovara. Pete gostava de imaginar a sua mente como o interior de uma grande casa que estivesse constantemente a ser redecorada, e descobriu que, de algum modo, não conduzir libertava muito espaço mental. Tinham um mapa das estradas e um guia com mapas topográficos pormenorizados do Wyoming e do Montana. Aqueles mapas de capas vermelho-sangue eram maravilhosos e indispensáveis, porque mostravam todos os desfiladeiros e riachos e velhas estradas florestais. Quando passaram pelo Aquário de Denver, Celine apontou para o sinal e disse: – Sabias que o Aquário foi comprado por uma cadeia de restaurantes de peixe e marisco?

– Bem, não me surpreende – disse Pete.

– É verdade – disse ela. – Imagina! Podes observar todos aqueles peixes enquanto comes os primos deles. Parece-me que deve dar cabo dos nervos aos residentes permanentes, não achas? Toma. – Enfiou a mão no saco entre os dois no assento da frente e tirou um cilindro de plástico cheio de tiras de carne de vaca seca. – Passas-me uma, por favor? Pete?

A carne seca era o seu petisco favorito nas viagens por estrada. Talvez fosse a sua comida preferida, sem mais. Se tivesse de viver de carne seca e maçapão seria totalmente feliz.

Pete perguntou-lhe se ela queria que ele tentasse averiguar como funcionava o ecrã de navegação no *tablier* e Celine acenou que não com a mão. – Põem-me nervosa – disse.

– A sério?

Ela trincou um pedaço de carne de vaca seca. – Acho que é uma invenção terrível. Já ninguém sabe como ler um mapa. Vai-se atrás de uma linha azul, mas não se faz ideia de onde se está no mundo. Como um rato num labirinto. Como é que eu sei onde estou em relação a Pikes Peake ou a South Platte? Ou a Deus?

Pete crescera numa ilha em Penobscot Bay, no Maine, onde toda a gente sabia onde estava em relação a Deus praticamente sempre; compreendia o ponto de vista dela.

– Em relação ao contexto mais alargado – disse Pa –, achas que devíamos falar sobre o que estamos a fazer?

Celine tirou os olhos da estrada e avaliou o marido longamente. Para continuar a ideia: há já vinte anos que ele estendia aqueles mapas em cima da mesa dela, sempre a recordar-lhe o território mais alargado. Quando ela perdia o norte, ele ajudava-a a encontrá-lo, e sugeria com delicadeza que, provavelmente, havia muitas maneiras de avançar. Pete era uma ave muito rara.

– OK – disse Celine. Adorava aquela parte. Pete apresentava os factos do caso. A mente dele era particularmente bem disciplinada e ela adorava a forma como ele decidia organizar tudo, quer fossem os cinzéis e as plainas manuais que usava na oficina na cave da casa quer os fios e as pistas soltas de um caso.

Pete tirou do bolso o bloco de apontamentos e pôs os óculos de meia-lua à avozinho. – Bem, não temos muito. Mas, de qualquer modo... – Franziu a testa.

De qualquer modo, nunca tinham. Nunca tinham grande coisa. Celine sentia-se mais feliz quando não tinham praticamente nada. Já tinham resolvido dúzias de casos em que um jovem adulto vinha ter com eles à procura do seu pai ou da sua mãe biológicos e não trazia mais nada a não ser o nome de uma agência de adoção, de uma cidade onde a entrega se processara e, talvez, de um farrapo de informação provavelmente falsa – o boato, por exemplo, de que a mãe era cantora num hotel. Nada a não ser registos selados e uma jovem vida nublada por perguntas.

Pete pigarreou. – O pai da Gabriela era Paul Jean-Claude Lamont, nascido em 1931 em Sausalito... – Pete raramente dava opiniões durante a enumeração dos factos, mas fê-lo naquele momento: – Isso poderia explicar algumas coisas.

– O que queres dizer?

Ele tirou os óculos e limpou-os ao lenço branco que trazia sempre num bolso do colete. – É só um pressentimento. Na altura, Sausalito era um viveiro de contrabandistas e de venda ilícita de álcool. Ficava de frente para São Francisco, do outro lado da baía, mas era uma terra isolada. A ponte Golden Gate só foi acabada em 1937. As traineiras carregadas com bebidas alcoólicas entravam pelo estreito à noite e descarregavam a sua «pescaria», e umas lanchas rápidas atravessavam cedo nessa mesma noite ou na seguinte. Era um trabalho perigoso, no escuro, no nevoeiro. Por vezes, a travessia era difícil, e as correntes são diabólicas. Morreram muitos homens. Também entravam outras coisas dessa maneira. Armas, ópio, até mulheres de vida fácil.

– Queres dizer prostitutas infelizes, desesperadas, exploradas.

– Era o que queria dizer.

– E então?

– Não tenho a certeza. Era uma cidade cheia de aventureiros e de adrenalina. Bastante dura. Com muito trânsito também. Havia um grande *ferry* que trazia carros do outro lado para continuarem para norte e para sul na velha estrada 101. Vamos ter de perguntar à Gabriela se sabe alguma coisa sobre os avós paternos. Tanto quanto sabemos, até podiam ser professores.

– Mas que relevância tem isso? Para o caso?

– Bem, eu penso que se havia alguma cidade no país que era verdadeiramente fora do comum era essa. Movimento constante, perigo. Um lugar empoleirado entre o mar bravo e o mundo civilizado, um portal. Algumas pessoas já viviam em barcos nos anos vinte. Ninguém fazia realmente nada de uma maneira convencional. É a sensação que me dá. Tinham uma das grandes cidades do mundo diante deles, do outro lado da baía, com todas as suas riquezas e todos os seus atrativos, uma travessia de barco usualmente fácil, e no entanto, ali, havia a sensação de que nada poderia afetá-los, de que podiam jogar segundo as suas próprias regras. Se uma criança impressionável crescesse ali, provavelmente também não faria nada como as outras pessoas. Talvez seguisse o seu próprio ritmo. Já viste as fotografias do Lamont?

– *Tu* já?

– Bem. – Pete tinha um horário de agricultor, ou mesmo de pescador. Usualmente acordava no escuro, um pouco antes das cinco da madrugada. Em casa, no Maine, poderia ir mungir a vaca da família ou levar lenha do barracão para a porta da cozinha. Agora, em Brooklyn, no seu estúdio sossegado de tetos altos, com as luzes dos cabos da ponte diante das janelas e um rebocador com uma barcaça a deslizar silenciosamente por baixo da ponte – talvez uma sirene de nevoeiro a soar de perto de Battery – então, enquanto Celine dormia no alto do mezanino deles, no período que ele considerava o coração palpitante do dia, sentava-se ao computador junto à grande janela e, iluminado só pelo ecrã azul do portátil, abria um caso corrente e seguia pistas de um salto improvável para outro, pesquisando na Internet. Deixava-se levar pela imaginação. Por vezes, naqueles acessos de especulação, encontrava alguma coisa que deslindava um caso. Na outra noite, tinha estado a examinar o impressionante catálogo de Paul Lamont – fotografias da Natureza selvagem, de animais apanhados desprevenidos, viajantes sob pressões extremas, sobreviventes de sismos, até imagens de guerra. Nas fotografias havia uma sensibilidade e uma ternura raras, uma procura de beleza que era notável.

Celine estendeu o braço e pousou a mão na perna de Pete. O mundo privado dele – o mundo antes do nascer do sol que ela nunca presenciaria – era uma das coisas que ela adorava e valorizava naquele homem. Para Celine, o amor, o amor por um companheiro, era impossível sem mistério. – Não tem mal – dizia. – Eu sei que tu me trais de manhã cedo.

– Pensa nisso – disse Pete. – O Lamont é assustadoramente inteligente. Sabemo-lo, porque ele saiu de um liceu público e frequentou a minha universidade em Cambridge durante um ano e meio antes de desistir. Telefonei ao teu primo do Museu Peabody...

Celine ergueu a mão e acenou com excitação. – O Rodney! – Era o seu primo em primeiro grau preferido. Mais outro fora do comum: curador de manuscritos na biblioteca Houghton de Harvard e consultor no Museu Peabody – um dos postos de curadoria mais fantásticos do mundo – que fizera o bacharelato na Escola de Música de Manhattan e nunca chegara a licenciar-se. O que era inaudito na sua posição. Tocador entusiástico de viola e compositor amador. E maravilhosamente espirituoso. Celine adorava-o. Ia passar algumas semanas à ilha de Fishers todos os verões na infância e na juventude de Celine e desempenhava muito bem o papel de substituto de um irmão mais velho. Era uma daquelas pessoas que simplesmente pareciam fazer acontecer coisas mágicas. Uma vez, logo depois de Celine acabar os estudos no Colégio de Putney, e durante o seu romance de verão particularmente doloroso com um reconhecido canalha, Rodney foi de carro até à outra ponta da ilha numa noite de agosto e convenceu o meliante a dar a Celine uma carrinha. Com o título de propriedade assinado e tudo. Ela chorou, encantada, e atirou-se ao pescoço do primo e declarou que o carro era muito melhor do que o homem. É claro que Rodney faria qualquer coisa por ela, e ter um bibliotecário ao seu dispor para fazer investigações revelava-se por vezes extremamente valioso no seu trabalho.

– O Rodney – repetiu Pete, sem sinais visíveis de ciúme. – E ele arranjou uma transcrição do registo de Mr. Lamont em Harvard.

– E?

– Teve nota máxima a tudo, três com distinção.

– Em que cadeiras?

– Religiões Orientais, Introdução à Literatura Chinesa Antiga com o teu velho amigo Lattimore e História de Arte. Escreveu uma dissertação sobre Hiroshige.

– Que relevância tem isso? – Para o caso, queria ela dizer. Celine era tenaz.

– Bem, pensa na atitude mental do homem. Não só na sua atitude mental, mas também no seu *modus operandis*, até mesmo na sua orientação espiritual. Provém de uma cidade desordeira, desafiadoramente da contracultura, de um lugar um pouco como uma vila do Dr. Seuss, onde toda a gente vive num louco castelo de areia. À beira-mar, onde tudo dá a sensação de ser possível. Vai estudar para Harvard, provavelmente o primeiro da sua escola a ir para essa universidade, e não se concentra em nada prático como Medicina ou Engenharia, ou mesmo Ciências Políticas, estuda uma gama de cadeiras das Humanidades com tendência para o oriental e o exótico. Mas até mesmo isso é demasiado sóbrio. Desiste. Três anos depois, casa com uma brasileira. Ela é de uma família aristocrática, filha de um respeitado proprietário agrícola do Mato Grosso, um pai com uma ascendência considerável que remonta à Reconquista. Um antropólogo amador, e daí o poético nome guarani Amana. Mesmo assim... crioulo e asiático tinham-se misturado ao longo dos séculos. Ela era uma grande beldade, muito sossegada e reservada, e de pele morena. Imagina o estigma. Ou, no mínimo, a curiosidade e a atenção indesejadas. O casamento dele parece exprimir mais uma vez a sua atitude de Vão-se Lixar, ele ia fazer as coisas à sua maneira. – Pete trauteou umas notas de música. Era um dos seus tiques, algo quase à beira de uma gargalhada. Disse: – Ele estava apaixonado, não há dúvida, não se tratava

76

simplesmente de uma declaração política. Os retratos são, mais uma vez, extraordinários.

– Os retratos? – Celine passou por uma *VW Vanagon* com matrícula do Minnesota e bicicletas de montanha, e o jovem casal sorriu-lhe e acenou, de caravanista para caravanista. Celine retribuiu o aceno. As pessoas do Midwest eram muito simpáticas.

– Há um arquivo de cerca de duzentos nus, fotografias da Amana que ele tirou. E dúzias de retratos, só o rosto, as mãos, as orelhas, a nuca dela. Como eu disse, ela era muito bela. Outras dúzias de fotografias dela a fazer arranjos florais. Era mestra nisso, uma arte que aprendeu com amigas de ascendência japonesa quando andou a estudar em São Paulo.

– Hum. – Celine estava a viajar agora, ele bem o via. Quando uma história captava a sua atenção, deixava a imaginação divagar, um pouco como o que acontecia a Pete de manhã cedo. Os intelectos dos dois eram bastante diferentes, muito mesmo, na maneira como abordavam um problema: ele era analítico. Ela também conseguia sê-lo, mas confiava mais na sua intuição, no seu olfato, que eram quase infalíveis. Via o peculiar, o motivo que mais ninguém conseguia ver, o ocasional toque de graça; ele seguia as tendências de certos comportamentos, as probabilidades de efeitos que levavam a outras causas. Mas ambos pensavam criativamente e deixavam divagar a imaginação.

– Também sei algo sobre ela, sabes – disse Celine.

Pete ergueu uma sobrancelha farfalhuda.

– Enquanto me estavas a trair com as tuas fontes, telefonei à Cece. Lembras-te dela, vivia na zona de Richmond e tinha um filho no Colégio Franco-Americano? Falávamos com frequência naqueles primeiros tempos, porque o St. Ann também estava a começar. Ela disse-me que a Amana foi a uma reunião de encarregados de educação. Tinha de ser ela, uma brasileira deslumbrante com olhos verdes, muito reservada, com uma filha no segundo ano. Toda a gente andava excitada com aquela experiência na educação. A sensação era que estavam a dar o benefício da dúvida aos filhos, a um ponto que talvez não tivesse ainda sido experimentado, ao mesmo tempo que lhes proporcionavam uma educação completamente multicultural. Partilhariam todos a excitação de as crianças se revelarem ao mesmo tempo que as mergulhavam na língua e na cultura francesas e tinham o cuidado de as formar nas disciplinas esperadas. Matemática, Ciência, História, Inglês.

– E ela lembrava-se da Amana? – Pete inclinou-se para a frente. O seu interesse estava espicaçado.

– A Cece lembra-se que ela se sentava muito direita.

– E?

– Tem uma imagem vívida do contorno do cabelo escuro dela. Era uniforme, como uma curva da madeira mais exótica. Ela era assim... quase escultural. Muito refinada. A Cece pensou também que detetava um ceticismo quase ocultado. Os estudos dela, claro, deviam ter sido diametralmente opostos ao que estava a ser advogado.

– Mais alguma coisa?

Celine abanou a cabeça. – Realmente não. Ela tinha olhos verdes, como eu disse, e era muito calada. A Cece não se lembra de a ouvir dizer mais do que duas palavras. Lembra-se de um sorriso. Tímido mas sincero. De uma espécie de pureza. A Cece pensou que ela era uma das mulheres mais belas que alguma vez tinha visto. Não só no aspeto, mas também no porte, no indício do que se via no seu interior quando ela sorria. Deve ter morrido alguns meses depois daquela reunião de pais.

Prosseguiram viagem em silêncio por um ou dois minutos, provavelmente a matutar nas propriedades retumbantes do destino. Estavam na planície a norte de Denver, em paralelo com as montanhas à sua esquerda, as cordilheiras do Parque Nacional das Montanhas Rochosas polvilhadas com a neve nova de setembro. Os campos de feno estavam castanhos com o restolho deixado pela última ceifa, os lagos dos ranchos de um azul escuro e frio. As sebes de velhos choupos começavam a tornar-se de um verde delicadíssimo. Daí a um mês, estariam da cor de chamas. Celine acelerou acima do limite de velocidade de cento e vinte quilómetros por hora. O tráfego era agora escasso.

— E então em que estavas a pensar, Pete? — disse Celine finalmente.

— Bem, imagina. Este homem que se recusa a fazer tudo o que seja convencional. Casa-se com uma beldade sul-americana refinada e tímida que atrai a atenção e fala melhor inglês do que qualquer um dos seus amigos. Venera-a como só um artista pode fazê-lo, como só um amante com um olho perspicaz para a beleza. Ganha a vida como fotógrafo *freelance*, o que não surpreende, viaja para os locais mais exóticos e distantes e coloca-se em situações extremamente perigosas, o que, mais uma vez, não surpreende, para trazer fotografias dignas de prémios. Têm uma filha. Que ele considera igualmente bela. Há quase tantas fotografias da Amana com a Gabriela e da Gabriela sozinha como da sua esposa deslumbrante. Quando a filha chega à idade de ir para a escola, inscrevem-na numa escola experimental novinha em folha. Sabendo o que sabemos do homem, como poderia resistir a isso? E depois a Amana morre. De modo súbito e inesperado. A única coisa além da sua pequena filha que ele amou inequivocamente, sem reservas.

Pete fez uma pausa. A relevância do que acabara de dizer pareceu fazê-lo estacar. Demorou um segundo a pigarrear, a recompor-se. Celine lançou-lhe um olhar. Sob a típica reserva do Maine havia uma alma impressionável.

— Então... — Pete pigarreou mais uma vez. — O que é que ele faz? Sente-se literalmente perdido. Não consegue fazer mais nada a não ser beber, o que, a propósito, sabe fazer extremamente bem. Sente-se tão assoberbado com a perda e a dor que já não consegue cuidar da única outra coisa que ama. Imagine-se o terror daquilo. Adora a Gabriela, adora-a. Mas as suas faculdades, as que usamos para sobreviver no dia a dia, estão perdidas. Procurei Miss Lough, a professora do terceiro ano... — Nesse momento, Celine virou a cabeça, surpreendida. Comprimiu os lábios.

– Eu ia-te dizer, mas tu estavas numa pilha de nervos, a preparares-te para esta viagem. Pensei que era melhor esperar até me poderes ouvir realmente.

O rosto de Celine descontraiu-se. Perdoava-lhe. Que alívio!

– A ex-professora dela contou-me que ele se esquecia muitas vezes de ir buscar a Gabriela à escola, que ela lhe telefonava para casa e quando ele atendia estava muitas vezes com a voz arrastada da bebida e que quando aparecia por fim para ir buscar a Gabriela a abraçava e agarrava como se ela fosse uma boia de salvação. As palavras dela: «Agarrava-a como se ela fosse uma daquelas boias que se atiram a um homem que se está a afogar. E por vezes eu via que ele estava a chorar, embora tentasse escondê-lo.» Pensa no pesadelo, na perda que ele não conseguia suportar e na confusão e no ódio a si próprio causados pela sua incompetência como pai. Miss Lough, que é agora Mrs. Khidriskaya, disse que tinha comida na sala de aulas porque a Gabriela muitas vezes aparecia na escola com fome. Ele devia ver em clarões o dano que estava a causar à única outra coisa que adorava. Talvez fosse só a Gabriela que o impedia de se suicidar. Então, que mais faz ele, um homem desesperadamente agarrado a uma boia de salvação? Mete-se à toa no primeiro bote salva-vidas que lhe aparece. A Danette Rogers. Uma enfermeira dos cuidados intensivos. Especializada em devolver à vida pacientes à beira do precipício da morte. Uma mulher tremendamente *sexy*. Também falei com a supervisora dela no Hospital Geral de São Francisco... – Pete ergueu uma mão (tréguas!) e soltou uma risada. – Foi só anteontem. A Marie St. Juste disse-me que a enfermeira Rogers tinha a reputação de pôr médicos importantes em situações de que não conseguiam desembaraçar-se com facilidade. «Era uma devoradora de homens!», disse a Marie, perplexa, com a sua pronúncia do Haiti. «Perdi a conta aos médicos, meu Deus!» Gravei a conversa, foi maravilhosa, podes escutá-la mais tarde.

Celine remexeu no saco à procura de mais uma tira de carne seca. Aquilo era o máximo.

80

– A Danette gabou-se uma tarde de ter conhecido um fotó-grafo da *National Geographic* num bar em Haight Street. Ela vivia em Mission, mas vinha à caça a Haight, suponho. Quando se can-sava de médicos e queria um *hippie* grande e forte adepto do amor livre. – Pete conseguiu parecer perplexo. – Ela disse que o Lamont era o homem mais carismático que já tinha conhecido, um dos mais bem-parecidos, também, e o mais triste. E bêbedo. Gabou-se de ter feito sexo com ele na cabina telefónica nas traseiras do bar. Mas não conseguia deixar de pensar nele. A Marie St. Juste disse que ela estava mesmo apanhada por aquele homem. «Ela conseguia esquecer qualquer um!», declarou a Marie. «Descartá-los como a um lenço de papel, sabe? Mas aquele homem, mexeu com ela. Todos os dias ela falava sobre o tal fotógrafo. Um dia, disse-nos que ia ter de casar com ele! Ai, imagine! Bem, havia de ter visto as nos-sas caras!» Pa sorriu interiormente. Encantava-se sempre com as almas puras da Terra, onde quer que elas brilhassem.

– Casaram-se na conservatória...

– Encontraste a certidão de casamento – disse Celine em tom mordaz.

– Bem. – Pa pigarreou. A sua colega de investigação realmente tinha estado uma pilha de nervos nos últimos dias. Ficava sempre assim antes de uma viagem.

– Continua, por favor.

– Bem, a Gabriela, quando falou contigo, contou-te que vivia sozinha num apartamento. Que a Danette não suportava nem vê-la quase desde o princípio e a baniu, a ela e às fotografias.

– Tu falaste com a Gabriela!

– Ia-te contar ontem à noite, mas tu estavas sempre a pergun-tar-me onde estava o fio de gravação e a deitar sapatos do mezanino.

– Ah, ena. Acho que foi o que fiz. Ela falou-me sobre uma fotografia da mãe num *ferry*.

– A Danette despachou a Gabriela com uma caixa cheia de fotografias. Quase como ter a mãe numa urna. Os nus, tudo. Essas fotografias foram as que, em adulta, a Gabriela catalogou com tanto cuidado na Internet. Muitas tinham estado em exposições em São Francisco e em Nova Iorque, mas muitas outras não.

— OK, então que relevância tem isso? Para o desaparecimento dele?

— Não tenho a certeza.

— Mas fazes uma ideia. Não te feches em copas agora.

— Hum – disse Pete. – Dá-me um minuto. Ainda estou a organizar as ideias.

A organizar as ideias na sua mente como um dos interiores de escritórios que dantes decorava. Celine trincou um pedaço de carne seca e decidiu dar um tempo ao marido.

SETE

A zona de vales e cordilheiras do Sul do Wyoming não é para todos os gostos. Não era para o gosto de Celine. Escreveu a Hank numa carta daí a alguns dias: «Os quilómetros de arbustos de *Ericameria* e artemísia, os antílopes entrevistos, como pinceladas de tinta, vermelha e branca, as distantes montanhas secas e o vento incessante dão a sensação de algo remoto, de algum modo intocável. Fazem-me sentir remota. São como verdadeiras montanhas a que foi extraída toda a humidade e toda a cor, embora eu conheça pessoas que se fartam de falar sobre os cambiantes subtis dessa paisagem. Quase como uma compensação, uma desculpa. Bem. A mim cansam-me. Nunca quis conhecer uma paisagem, ou uma pessoa, que não fizesse um esforço para vir ao meu encontro. Se uma pessoa vai dançar, precisa de um parceiro de dança, não te parece? O que me fez pensar na Gabriela. Estava a ter a sensação de que, tal como estes montes ressequidos e distantes, ela estava a sonegar qualquer coisa.

«Era nisso que eu pensava enquanto atravessámos Rawlins, uma terra áspera e açoitada pelo vento, e quando parámos na velha rua principal num restaurante chinês em frente a um prédio pintado todo como um camuflado para a selva. Não estou a brincar, acreditas? Todo o prédio. Bem-vindo ao Oeste. Era no que pensava enquanto envolvíamos a carne de porco nos crepes e bebíamos o chá de jasmim a escaldar...»

Celine dizia frequentemente que era a única desvantagem de trabalhar de graça: quando as pessoas pagavam bom dinheiro por uma investigação, usualmente estavam empenhadas na sua decisão e era raro arrependerem-se. Mas se a única coisa que investiam era um telefonema e uma história, por vezes era muito fácil recuar. No entanto, era verdade que, envolvendo ou não dinheiro, muitas das pessoas que contratavam um detetive particular não estavam completamente preparadas para o que encontrariam. Mas Gabriela insistira em pagar e Celine nunca tivera a impressão de que ela estava naquela investigação com menos do que todo o empenho.

Quando Hank encontrou a carta da mãe na caixa do correio, vestiu um blusão e levou-a consigo numa caminhada à volta do lago. Estava um fim de dia fresco de outono, as nuvens sobre a montanha ardiam com sombras castanho-avermelhadas e púrpura e havia ainda um par de pelicanos brancos como a neve a deslizar lentamente na água escura, como escunas avantajadas. Hank adorava a maneira como aquelas enormes aves brancas adquiriam as tonalidades do pôr do sol. Vinham todos os anos para se reproduzirem, pescavam todos contentes lagostins e carpas, e ajudavam os visitantes do lago a fingirem que estavam na costa.

Levou o envelope para o seu banco preferido do outro lado da ilhota que era uma reserva natural e abriu-o lá. Ele e Celine ainda trocavam cartas manuscritas, um hábito iniciado quando ele foi para o ensino secundário no colégio em Putney. Era um laço entre os dois, frequentarem a mesma escola, e mais do que uma vez ela escreveu-lhe sobre lugares secretos de que nenhum dos seus colegas estava a par, como a pedra lisa para saltar para a água no ribeiro Sawyer. Ele recordava-se da alegria que sentia quando ia à sua caixa do correio no átrio do edifício do refeitório e encontrava um dos envelopes quadrados dela. Ela não lhe escrevia como outros pais escreviam aos filhos – sobre lugares-comuns, o tempo, os animais de estimação – escrevia-lhe sobre os problemas com que se defrontava no caso que tivesse entre mãos, e ele lia as cartas com a avidez com que algumas pessoas leem um romance policial. Ela pedia-lhe muitas vezes a opinião e por mais do que uma vez as ideias dele tinham conduzido a progressos na investigação. O seu colega de quarto, Derek, insistia que ele lhe lesse essas partes em voz alta para que ambos pudessem refletir sobre o quebra-cabeças, como jovens Watsons, deitados nas suas camas antes de adormecerem, com um vento de inverno a uivar no beiral da casa.

Não o surpreendia que a paisagem árida do Leste do Wyoming não agradasse à sua mãe. Ela ficaria mais contente quando avançassem para norte e para oeste pelas montanhas. No fundo, era da Nova Inglaterra, uma rapariga de ribeiros à sombra de arvoredos. Ele recordava a sensação quase vertiginosa que tivera de estar exposto quando viu pela primeira vez o vasto céu do Colorado. Sempre que se aproximava de um bosque de choupos grandes que recordasse um pouco as florestas do Vermont sentia-se aliviado. As colinas de Putney estavam-lhes no sangue.

No verão depois de acabar o liceu, e depois do choque da revelação parcial de Baboo, regressava mentalmente a Putney quase todos os dias. Fechava os olhos e voltava a estar no *campus*, de regresso aos caminhos e às veredas que conhecia tão bem; de regresso às salas de aulas e aos estábulos, às rotinas de tarefas e aulas e desportos, de refeições e atividades ao serão. Viajava na sua imaginação até aos campos e aos estúdios de arte, à fábrica de açúcar e à oficina do ferreiro, e tentava adivinhar quem teria sido o pai do seu irmão ou da sua irmã. Quem seria. Dois anos mais tarde, na faculdade no New Hampshire, foi de carro até ao colégio e levou consigo um gravador.

Entrevistou dois professores que tinham sido seus e também da sua mãe e o agricultor aposentado, agora um homem idoso, que vivia em Dummerston. Já nessa altura tinha instintos de jornalista e conduziu as entrevistas de uma forma que não despertou suspeitas quanto à verdadeira história que procurava. Disse-lhes que andava a escrever as memórias da família sobre Putney para um trabalho da faculdade. E não contou nada à sua mãe.

Celine não se descontraiu realmente até virarem para o vale Sweetwater e as montanhas de ambos os lados ficarem mais próximas, com as suas encostas enegrecidas com árvores, e os prados se tornarem verdes. Assim como os campos irrigados dos ranchos ao longo do rio, com as aprumadas casas brancas a despontarem de bosques de choupos exuberantes. Abriu a janela e deixou o vento do fim da tarde jorrar para dentro do carro e cheirava a alfalfa e a campos alagados e ao rio. Entraram em Lander quando o sol estava a pôr-se contra a escarpa longa da Cordilheira Wind Rivers.

Só mais três graus de latitude para norte já faziam diferença, ali, no final de setembro. O ar que jorrava pela janela trazia o frio do outono e ela sentia o cheiro de lenha queimada. Os álamos já estavam a mudar de cor nos cumes mais altos, rasgando as encostas dos montes com ocre e dourado. Maravilhosa. Aquela época do ano. Era bom estar fora da cidade naquela altura, era bom estar em movimento, a viajar, a deixar para trás as suas perdas. As correntes frias voltariam a trazê-las, com certeza; provavelmente nessa noite, enquanto dormia. E se acordasse com os estranhos silêncios de uma nova cidade e ficasse deitada no escuro a escutar, dar-lhes-ia as boas-vindas, e saborearia sem azedume a dor estranhamente doce de sentir a falta de quem se ama. Mas naquele momento era maravilhoso esquecer por umas horas, estar em viagem, ouvir os pneus rolar e bater nas brechas no asfalto, chegar a um entroncamento na estrada acima de um ribeiro cujo prado estava salpicado de cavalos, ruanos e *appaloosas*, e cheirar o fumo de lenha de árvores que nem sequer havia no Leste.

Celine não tinha vontade de cozinhar. Pa ofereceu-se, mas ela não aceitou.

– Vamos comer umas costelinhas – disse. – Não é o que comem no Wyoming? E depois vamos tentar encontrar um sítio algures para estacionar a nossa nova casa. Sinto-me um pouco como um caranguejo-eremita.

— Com a casa às costas?

— Tivemos um como animal de estimação, sabias? A Mimi trouxe-o um dia para casa de Simmons Point no estojo dos óculos. A mamã fez uma cena.

— Vocês todas tinham um fraquinho por animais perdidos.

— Ele não estava nada perdido. Tenho a certeza de que a minha irmã o arrancou a uma belíssima família onde ele era muito feliz. Fiquei furiosa. Foi uma espécie de lição para mim, não oferecer ajuda quando ela não é necessária.

— Obrigaste-a a levá-lo de volta?

— Não. Ela estava irracionalmente ligada a ele. No fim do verão, raptei-o e voltei a pô-lo na pocinha onde ela o tinha encontrado. Tinha estado com ela nesse dia. Seja como for, ao longo do verão ele foi bastante mimado. Ela deitava todo o tipo de comida para dentro do frasco de picles. Numa sexta feira à noite levou-o ao cinema. Jurou-me que ele rastejou até à borda do frasco e saiu da carapaça e pôs-se a ver o filme. Ginger Rodgers. Jurou sobre a Bíblia que ele mexeu as suas perninhas todas como se quisesse dançar. Disse que ele era um Almond e não tinha autorização para dançar. Acabei por compreender que ela queria dizer *amish*. Eu tinha aprendido sobre os *amish* com a nossa ama e tinha contado à minha irmã que eles não usam fechos-*éclair,* o que ela achou engraçadíssimo. Mudava a água salgada do *Bennie* duas vezes por dia. Quando se tornou óbvio que ele estava a crescer, ela foi procurar várias carapaças de caracol vazias e deitou-as dentro do frasco. Ele inspecionou-as e achou que não serviam. Eu disse-lhe que, provavelmente, não podiam ter buracos. Ela pensava que ele gostaria de ter janelas na sua nova casa. Por fim, encontrou uma carapaça linda, brilhante e simétrica, toda coberta de pintas pretas irregulares, como um pónei pintalgado, e sem buracos. O *Bennie* olhou para ela e mudou-se logo lá para dentro. Muitos anos depois, quando a minha irmã já era adulta, disse-me que considerava aquele momento como um dos de que mais se orgulhava. Não é estranho?

Pete fez um meio sorriso. Era a sua maneira de aplaudir entusiasticamente. Por fim, disse: – Eu sempre julguei que as costelinhas eram uma especialidade do Texas. Ou do Louisiana. Embora, agora que penso nisso, o meu tio Norwood as fizesse lindamente.

– Estavas a ouvir o que eu disse? É claro que estavas.

– O filho dele, o Norwood Júnior, teve uma lagosta como animal de estimação num verão. Essa história não acabou tão bem como a tua.

– Ah! – Como é que ela podia ter duvidado dele? De todas as coisas em que Pete Beveridge era muito bom, escutar era talvez a melhor. – Costelinhas do Maine? – disse ela. – Sabes, Pete, eu tenho-te estado a dar um desconto toda a tarde.

– Tenho bem consciência disso.

Era assim que discutiam. Era um cantar ao desafio, um pouco como os gritos que os búteos-de-cauda-vermelha emitiam pelos vales a chamar os seus pares: *Estás aí? Sim, estou aqui.*

Passaram pela Estalagem Pronghorn e desceram a colina até à rua principal, uma rua de um quilómetro e meio com edifícios de tijolos, na sua maior parte de finais do século XIX, com janelas altas e portas da rua ornamentadas. Passaram pelo restaurante Lander Grill, pelo Hotel Noble e por duas lojas de artigos de desportos ao ar livre, com tendas e manequins com polares nas montras. Passaram por um Loaf' N Jug, pelo supermercado Safeway, por uma estação de serviço transformada em hamburgueria e por duas lojas que exibiam artesanato índio. Era aquele momento do dia, ou da noite, que só acontece em algumas semanas do ano a certa hora e em certas partes do Oeste americano. O sol põe-se por trás das montanhas, mas o céu sem nuvens, que está mais do que sem nuvens, está límpido como uma lente – límpido como a água mais límpida – o céu mantém a luz inteiramente, mantém-na numa taça de azul-claro como se relutante em a deixar ir-se. A luz refina as orlas dos montes como se as limasse e as cores veladas dos pinheiros nas encostas, os campos encrespados de arbustos de artemísia, as casas no vale – as cores palpitam com o prazer da libertação, como se soubessem que daí a uma hora também elas descansarão.

Talvez Celine pensasse assim por se sentir exausta. Sentia-se exausta. Já há muito tempo que não conduzia tanto num só dia. A rua principal curvava à direita e eles passaram pelo Motel Double Ought – o que os fez rir, já que, provavelmente, haveria clientes a fazerem coisas que não deviam duplamente fazer[1] – e Celine girou abruptamente o volante e deu uma meia-volta que sobressaltou Pa e fez chiar os pneus.

– É para praticar – disse ela a sorrir. – Quarenta e quatro quilómetros por hora. Bastante bem. Nem pensei em capotar. – Voltou a sorrir. – Nunca se sabe quando poderemos precisar de o fazer. Estava a pensar que devíamos voltar ao Lander Grill. Talvez não tenham costelinhas, mas aposto que servem um belo bife.

O verão de *Bennie*, o caranguejo-eremita, foi o primeiro verão completo que passaram na ilha de Fishers. Foi também o verão em que Celine descobriu que os pais nem sempre se comportam como pais – que podem de facto optar por ficar bem longe das suas filhas.

Quando veio para aquele país tinha sete anos. Foi em meados de maio de 1940. Os nazis marchavam firmemente em direção a Paris e a época balnear na ilha de Fishers começaria daí a algumas semanas, e a mãe de Baboo, Gaga, disse Sim, claro que podiam vir mais cedo. Baboo e o pai das meninas, Harry, ainda estavam juntos e o plano era ele assegurar o funcionamento da delegação do banco em Paris até as coisas ficarem muito más e depois regressar para junto delas. Se Baboo tivesse planeado a sua fuga de Marselha a meio da noite não poderia ter escolhido melhor altura. Ao longo do período de sete anos em que viveram em França, tinham voltado à *villa* dos pais de Baboo na ilha de Fishers duas vezes, em ambas as ocasiões quando Celine era ainda demasiado pequena para se lembrar. Talvez se lembrasse. Tinha quatro anos na última

[1] O nome do motel pode traduzir-se como Duplo Devia. *(N. da T.)*

89

vez, e conseguia, quando fechava os olhos, recordar os sons das gaivotas, a sua risada crescente. Pensava que conseguia recordar-se de um cheiro a algas secas e do mar e do ataque frio das ondas. De uma varanda de madeira com vista para o topo das copas das árvores e para a água azul. Da sua avó Gaga a falar com ela num sotaque que, viria a descobrir, tinha vestígios de espanhol. Era tudo. As recordações eram de algum modo deliciosas. Algures no fundo de tudo estava o riso da sua mãe, o encanto da avó a soar logo a seguir, os dois a sobreporem-se como ondas. Agora eram uma espécie de refugiadas e estavam a regressar a casa de vez.

O que era perfeito no momento escolhido era que as três irmãs só falavam francês. Mimi tinha cinco anos e era precoce, tagarelando num solilóquio constante em voz baixa sobre o mundo à sua volta, Bobby tinha onze anos e já era delgada e alta para a idade e terrivelmente prática – e talvez melhor juíza de carácter dos adultos do que até a própria Celine viria a ser – e Celine era Celine: aos sete anos, era calada e tímida e guardava para si as suas muitas impressões, cantarolando enquanto desenhava figuras de aves e de cavalos, e usualmente só volúvel quando se tratava de animais. A silenciosa Celine tornava-se uma comentadora imparável e exuberante no Zoo de Paris, por exemplo. Mas. Só falavam francês. E por isso, passar um verão com Gaga e o avô em Fishers seria a aclimatação perfeita.

Baboo tinha a esperança de que quando entrassem para os seus respetivos anos em Brearley já fossem fluentes em inglês. Não eram. Provavelmente porque durante todo aquele verão conviveram quase sempre só entre si. Tinham a sua própria pequena praia abaixo da casa e os avós e a mãe convidavam frequentemente outras famílias para virem nadar e fazer um piquenique e assim as meninas só precisaram de aprender algumas expressões necessárias e continuaram a tagarelar entre si. Quando iam todos de carro à praia do clube no *Packard* e percorriam o areal com os cestos e as toalhas – «como Lawrence na Arábia», segundo Baboo – as meninas mantinham-se juntas. Bobby e Celine mantinham-se juntas, e Mimi corria atrás delas e ficava para trás, mas raramente chorava, e ficava tantas vezes coberta dos pés à cabeça com a fina areia branca que parecia um *doughnut* polvilhado com açúcar. Não era que não compreendessem inglês, compreendiam. Só se recusavam a falá-lo, ou não sabiam como o falar.

Durante esse verão, Celine lembrava-se, Baboo comunicou com o pai delas através de cartas, de telegramas e dos raros telefonemas que ele fazia, por causa das perturbações causadas pela guerra, da embaixada americana em Paris. Harry tinha ficado. Estava a salvaguardar os interesses do Banco Morgan no que restava da Europa e a fazer preparativos para a sua fuga final. Celine recordava-se de ver a mãe debruçada sobre a escrivaninha de tampa de correr no seu quarto a escrever cuidadosamente cartas ao seu marido. O quarto tinha uma pequena varanda, onde cabiam à justa duas pessoas, e estava virado a norte, na direção do estuário e da costa do Connecticut, que Celine podia ver sobre as árvores se alguém a erguesse. Através do mosquiteiro da porta da varanda vinha o ângelus perpétuo da sineta da boia no canal.

Celine tem uma imagem mental de Baboo debruçada sobre a pequena escrivaninha a compor a sua carta – a sua letra era perfeita, vitoriana: desdobrava-se nas páginas em linhas retas de traços e voltas, sem necessidade de régua. As maiúsculas muito grandes no início dos parágrafos tinham a formalidade de peças de xadrez. A assinatura por baixo de «A tua mulher dedicada,» *Barbara*, girava afoita pelos bês e rodopiava até ao ultimo á com a autodisciplina de uma grande dançarina de valsas – que ela era – e o floreado por baixo do nome tinha a audácia e a rapidez surpreendentes da paixão.

Celine pensaria mais tarde que todas as cartas de amor deveriam ter aquele aspeto: que o destinatário não deveria precisar de ler o seu conteúdo, bastando-lhe lançar um olhar à letra para sentir o seu impacto. E depois, a meio da escrita, a mãe levantava-se, espreguiçava-se, fletia os dedos perros e saía para a varanda a apanhar ar. Por vezes, parecia envolta num nevoeiro, vaga, distante. Por vezes, parecia pulsar como um pirilampo. Celine recordava-se.

E depois numa tarde, enquanto Celine estava a desenhar garças e caranguejos no seu grande bloco de desenho, sentada no chão do quarto de Baboo, a mãe dirigiu-se apressada à escrivaninha com uma carta de Harry – Celine reconheceu o envelope azul do correio aéreo, ouviu o tilintar das pulseiras da mãe –, pegou num corta-papéis de prata, cortou o topo do envelope, tirou uma folha translúcida e começou a ler.

Estava debruçada sobre a escrivaninha e Celine viu os seus ombros começarem a tremer. Um movimento que se espalhou pelos braços abaixo e acima da maneira como um súbito vento forte perpassa as árvores. E depois a mãe endireitou-se abruptamente, mantendo-se de costas para a filha, e encaminhou-se para a pequena varanda, cambaleando quase como um passageiro no convés de um navio em mares encapelados, e ficou sob o céu, com as mãos a agarrar o gradeamento de madeira como se estivesse a segurar-se para não morrer.

Só por um minuto. Celine viu as costas da sua mãe ficarem hirtas, expandirem-se com uma grande inspiração de ar, viu a mãe pôr-se muito direita e respirar. Viu as mãos dela erguerem-se para o rosto, que estava nessa altura virado para as águas azuis do estuário, e limparem as faces com um gesto que ela nunca esqueceria e só viu por trás: sem pressas, decidida, Baboo moveu as mãos em sincronia do que deviam ser os cantos dos olhos ou a cana do nariz – moveu-as sobre as faces para fora, na direção das têmporas, e depois ergueu-as, com as palmas para fora na direção do mar, e estendeu os dedos. Manteve-os assim por um momento, como se para os secar. Como as asas de uma ave marinha. E depois virou-se para a filha e, num tom de voz um pouco mais agudo do que o normal, disse: – O que estás a desenhar, Ciel? Aves outra vez? Que beleza.

O conteúdo da carta nunca chegou a ser debatido, mas as suas consequências tornaram-se aparentes ao longo dos meses seguintes. Baboo tornou-se mais atenta às filhas do que nunca. Levava-as com mais frequência às praias da ilha. Exploravam outras praias além do pequeno areal de Gaga e da familiar areia branca da praia do clube. Percorriam de carro alguns quilómetros para cima na ilha, além da grande peugada pintada na estrada, até à longa praia de seixos de Chocomount, que tinha sempre ondas mais bravas e parecia mais selvagem, e onde havia magníficos arbustos espinhosos de rosas bravas. Tinham de passar por eles no caminho estreito e Celine demorava-se sempre, a inalar a fragrância das delicadas flores cujas pétalas se dobravam para trás com o vento do mar. Colhia as bagas das rosas, que mastigava e cuspia. Gostava de fazer de conta que era noz-de-areca e que ela era uma mulher indiana a caminho da praia para apanhar caracóis. A Celine, a visão das flores de um rosa pálido e o seu perfume doce recordariam aqueles tempos para o resto da sua vida.

Se Baboo estava por vezes distraída e parecia mover-se numa névoa de tristeza, era também mais terna para com as filhas do que alguma vez fora. Lia-lhes livros com mais frequência quando se iam deitar (um dos mais recentes fora *Kim*, do qual Celine tirara a ideia da noz-de-areca); rejeitava muitas vezes a sala de jantar formal, com pedidos de desculpa a Gaga, e comia com as filhas à mesa comprida por baixo das janelas na cozinha. Levava-as a dar passeios para procurarem ninhos de aves e praticavam todas juntas como assobiar como uma codorniz-da-virgínia e um curiango e piar como uma coruja-das-torres. Bobby sabia imitar o feio grasnido de alarme da garça, o que provocava os maiores risos.

É claro que as meninas pressentiam a dor da sua mãe, mas não tinham nada a que a ligar e por isso reagiam-lhe com a sua ternura. Estendiam-lhe a mão quando caminhavam sobre as pedras irregulares em Chocomount e enroscavam-se no seu regaço para se abrigarem do vento e do sol na sombra fragrante que cheirava a protetor solar *Coppertone* de coco e à doçura salgada própria da pele sardenta da sua mãe, e inspiravam a sua tristeza juntamente com o seu amor.

Em meados de junho também Harry Watkins fugiu de Paris. Baboo sabia como as filhas tinham saudades do pai e gostava demasiado delas para alguma vez permitir que os seus problemas se metessem entre ele e as filhas; disse-lhes que o pai tinha deixado a casa na rue de Lille, estava a fazer a travessia do Atlântico num grandioso navio e trazia o gato, *Chat*. Vê-lo-iam em Nova Iorque no final do verão. As meninas ficaram fora de si. Seria difícil dizer o que lhes provocara mais encanto – a perspetiva de ver Harry de novo ou de apertar *Chat* ao peito, que, espantosamente, adorava ser apertado e parecia até gostar que Mimi lhe pegasse atabalhoadamente, por baixo das patas da frente, e corresse pela casa com ele, com os olhos arregalados e o corpo às riscas cinzentas pendente.

Bobby, que dificilmente se entusiasmava e não estivera a ouvir atentamente, perguntou toda excitada: – *Et quando va-t-il arriver ici?* Ele prometeu saltar comigo para a água da doca de Grayson!

E Baboo empertigou-se e disse que o papá tinha negócios urgentes em Nova Iorque e não viria à ilha, mas esperaria por elas na cidade.

As três meninas olharam umas para as outras. De muitas maneiras, apesar da diferença de idades, eram tão próximas como se fossem trigémeas. Como tinham um barómetro social muito sensível – mesmo Mimi, aos cinco anos –, pressentiam a importância daquela declaração sem fazerem ideia do que significava, e a pressão na sala desceu como antes de uma tempestade do nordeste.

Celine, que estava ainda mais ligada a Harry do que as outras, disse: – *C'est entendu. Il peut venir pour le weekend! Il nous emmenera pêcher!*

Baboo apertou-lhe a mão e disse que o veriam daí a só dois meses na cidade.

E aquilo assinalou o fim do Período de Ternura e das Semanas de Rosas Bravas.

Não do ponto de vista de Baboo. Ela reconheceu o início de uma transição que seria muito dolorosa para as filhas, e sentiu-se determinada a não lhes deixar marcas, ou, pelo menos, a minimizar os danos. Manteve-se tão atenta como sempre. Insistia em expedições até à vila para comprar cones de gelados na Diana's e livros de histórias aos quadradinhos no supermercado; organizava piqueniques só com as quatro em Simmon's Point e na casa da sua amiga Ty Whitney, onde havia uma piscina com prancha para saltos e um escorrega, que eram objeto de perene fascínio para as meninas. Mas as irmãs tinham uma consciência aguda de uma nuvem negra de catástrofe a pairar sobre a sua família deslocada, e, como não tinham nada tangível a que atribuir os seus receios, começaram a fazer fitas.

O Lander Grill servia de facto costelinhas. Ora aí estava. Celine sentia-se esfomeada. Mandou vir uma dose e Pa comeu uma salada cortada que, curiosamente, estava coberta por um hambúrguer bem passado. A única flora no prato de esmalte de Celine era salada de couve branca de frasco, que era a maneira como ela a preferia, mas Pete tirou uma folha de alface do seu prato e guarneceu a carne de porco dela, pousando-a delicadamente como uma rosa oferecida. – *Vedura* – disse.

– Eu não gosto de *vedura*.

– Bem o sei. – Era o ritual deles. Ela acabaria por comer a singela folha de alface porque o amava.

Era um domingo à noite e o restaurante estava cheio. A maior parte das mesas estava ocupada e dos altifalantes saía uma mistura de Mavis Staples e Dixie Chicks, o que era animado, embora um pouco desconcertante. A clientela era constituída por homens corpulentos do petróleo e do gás – sabia-o porque nos seus bonés havia dizeres tais como *McIntyre Drilling* ou *Hansen Well Services* – alguns *cowboys* jovens, anacrónicos nas suas calças de ganga *Wrangler* e nos seus chapéus; um grande contingente de jovens com um aspeto muito atlético e de quem pratica atividades ao ar livre, homens e mulheres; dois casais de índios vestidos de preto, à góticos; e um jovem sozinho com um aspeto agradável no canto mais afastado, de cabeça baixa, muito concentrado no seu hambúrguer duplo com queijo. Celine reparou que a sua camisa de flanela de xadrez era muito verde nos verdes e preta nos pretos e tinha um vinco no peito – era novinha em folha. E que ele tinha umas suíças de uma semana, mas de resto estava barbeado. Ela reparava nesse tipo de coisa.

Também reparou que as pessoas que se riam com mais vontade e pareciam estar a divertir-se mais eram os perfuradores. Talvez porque estivessem a beber o dobro dos outros clientes. Reparou também que os clientes desportistas com os seus blusões muito caros e coloridos e polares mandavam vir principalmente canecas de cerveja – a opção mais barata – e bebiam-nas comedidamente. Revelando talvez um cálculo subconsciente de decilitros-barra-dólares por minuto por nível de embriagamento divididos pelo tempo cada vez menor que lhes restava da noite. Dois dos rapazes estavam claramente a desatinar e prometiam, mas a maior parte daqueles jovens mostrava-se muito elegante e muito controlada. Havia uma mulher que era mais velha do que os outros, e mais bonita, muito magra, com as mãos morenas a mostrar sinais da passagem do tempo, e Celine examinou-a, a sua estrutura facial, os seus movimentos. Devia andar pelos cinquenta e poucos, com certeza. Celine sentiu o velho aperto no coração, mas sacudiu-se – nem pensar, era só um hábito, um velho hábito, era tudo – e continuou a esquadrinhar a sala.

Os homens do petróleo e do gás estavam a beber cervejas de meio litro, algumas acompanhadas por *shots* âmbares – devia ser *Jack Daniels*, não devia? – e aparentavam sentir-se extremamente confortáveis na sua pele. Bebiam o que queriam e não lhes importava o que custasse. Os índios estavam num dos cantos mais afastados, à mesa mais na penumbra, e pareciam distantes e desconfiados. Inclinavam-se uns para os outros quando se riam, como se estivessem a tentar encobrir o seu bom humor. O homem só com a camisa nova no outro canto afastado era difícil de interpretar. Estava a comer com determinação mas não exatamente com prazer, e parecia estar ao mesmo tempo a escutar, como um caçador se poria à escuta numa floresta ventosa.

Tudo aquilo era informação útil, provavelmente. Para o contexto de um novo território, pelo menos. Nunca se sabia. Quando Celine estava ocupada num caso, observava muitas coisas atentamente, era um reflexo – recolher tudo na peneira da sua inteligência. Mantinha-lhe a prática e por vezes também lhe proporcionava informações úteis, até mesmo cruciais. Quanto a ela e a Pete, ninguém parecia reparar muito neles, embora fossem claramente «de fora», como Pete diria, e também isso era bom. Uma das coisas que acontece às pessoas à medida que vão ficando mais velhas, especialmente às mulheres que já passaram da meia-idade, é que as pessoas se esquecem de reparar nelas. Se Celine quisesse ser virtualmente invisível, conseguia sê-lo. Era também linda e deslumbrante e se quisesse causar uma impressão podia fazê-lo. Também isso era útil.

Terminaram a refeição e Celine mandou vir uma bola de gelado coberta de molho de chocolate para rematar. O calor do restaurante, a refeição farta, o hiato do longo dia na estrada – infundiam em Celine aquilo que, ultimamente, era uma rara fadiga que dava um pouco a sensação de contentamento. Deu a volta à mesa e puxou uma cadeira para junto do marido. Tinha sido muito paciente com ele todo o dia.

– OK, Pete – disse. – Tens estado a «organizar» todo o dia, bem o vejo. Agora conta-me o resto.

Pete pousou os seus olhos castanhos delicadamente na mulher. A coisa maravilhosa de ter um casamento íntimo e longo é que certas reações são tão fiáveis como o nascer do sol. Comprimiu os lábios, o que só queria dizer que estava a encobrir outra expressão inescrutável, como por exemplo o princípio de uma gargalhada. Já estava a contar com aquele ajuste de contas.

– Bem – disse.

– Precisas de um café.

Pete acenou com a cabeça. Ela conseguiu chamar a atenção de um empregado de mesa, que lhes trouxe duas chávenas, uma de café e outra de café com leite.

Celine acenou com a cabeça. – Eu ouço-te, Pete. Mesmo com o barulho. Quando quiseres, começa.

Pete bebeu um gole de café e pousou a chávena na mesa de madeira com marcas. – O exílio da Gabriela. – Bufou. – O Paul Lamont deixou a sua nova mulher banir a filha. Só para o andar de baixo, mas de qualquer maneira...

Pete lançou-lhe um olhar. Ela inclinou a cabeça para a frente: Continua. Por vezes, Pete demorava um pouco a aquecer o motor.

– O cálculo talvez tenha sido algo do género: eu preciso desta mulher. Sem esta mulher, vou ao fundo. Ela está a manter o armário da comida cheio na cozinha da Gabriela, assegura-se de que ela vai à escola e de que volta, sabe que isso é o mínimo dos mínimos. É esse o acordo. Sem ela, a minha filha talvez não coma e eu talvez sucumba. Ao esquecimento. Era contra o esquecimento que ele estava a batalhar. Uma batalha mortal. Por ele e pela sua adorada filha. Adorada, sim. Pode não parecer à primeira vista, mas se olhares de perto... A Gabriela era a sua filha querida e também o repositório vivo do coração da mulher dele. E a sósia dela, em certo sentido. Era igualzinha a ela, havias de ver as fotografias.

– Bem, eu tê-las-ia visto, se...

– Eu sei, eu sei. Estou-te a pôr ao corrente agora. Não há mais nada.

– Sim, mas...

– Já lá chego. Ele devia saber logo desde o início que o seu pacto com o Diabo era um erro. Mas não tinha nenhum plano B. Sempre que podia, quando a Danette estava a trabalhar no turno da tarde ou da noite, ia ao andar de baixo e tentava ajudar a Gabriela a fazer os trabalhos para casa. Tentava. Mas, com frequência, estava demasiado bêbedo. E não era com a frequência necessária. Quando eu telefonei à Gabriela no outro dia... tu estavas a ter um ataque de nervos a tentar meter duas malas numa só... ela disse-me que quando ele a vinha visitar ela punha o trabalho para casa de lado e tentava levá-lo a jogar canasta com ela. Um jogo bastante avançado para uma menina de oito anos, os meus primos e eu jogávamo-lo horas a fio em noites de chuva no verão, no alpendre da tia Debbie em North Haven...

— Porquê em noites *de chuva*?

— Porque nas noites de verão em que estava bom tempo íamos à procura de rãs ou íamos pescar com luzes ou jogávamos às escondidas no cemitério de Beveridge.

— O Norman Rockwell estava lá? Ou vocês estavam a tentar reproduzir ao vivo os quadros dele?

— Estás-me a fazer perder o fio à meada.

Celine pensou na infância do seu marido e teve mais uma vez a sensação de pesar que têm as pessoas com infâncias imperfeitas quando confrontadas com uma que parece idílica. Ou até mesmo normal. Maravilhou-se mais uma vez com o facto de a juventude dele lhe parecer tão exótica, quando era *ela* que tinha sido criada em Paris e fugira aos nazis num paquete transatlântico. Salvador Dalí vinha no navio. Ela recordava-se dele, ele tinha um par de ocelotes com trelas cravejadas de joias, imagine-se.

— Desculpa. Estavas a falar de jogos de cartas.

— A Gabriela ignorava o trabalho para casa e tentava levar o pai a jogar canasta, porque, mesmo quando ele já estava toldado, era um filho da mãe competitivo e a canasta pode prolongar-se muito. A Gabriela queria que ele ficasse com ela tanto tempo quanto possível.

Celine animou-se. — Costumávamos jogar em Fishers! A mesma estratégia: quanto mais longo o jogo, mais tempo a mamã passaria connosco e mais tarde iríamos para a cama.

Pete acenou com a cabeça. — Ela disse-me que também visitava o pai no andar de cima. Punha-se à escuta do matraquear pesado das socas da Danette nos degraus... a Gabriela disse que ela era *sexy*, mas nada graciosa... e ia ao andar de cima. Disse que levou com ela o pequeno *Jackson* uma vez, mas só uma, porque quando a Danette voltou para casa e encontrou pelos de gato no sofá desatinou. A Gabriela disse que teve medo de que a madrasta se livrasse do gato enquanto ela estava nas aulas. Afinal, o próprio *Jackson* se encarregou disso.

– Ufa! – Celine mal conseguia suportá-la, aquela história. A situação confrangedora. O seu sentido de empatia extremamente afinado vibrava e tangia. Era a harmonia que dominava a sua vida. A criança pequena era visitada pelo pai como alguém que estivesse numa prisão ou num hospital. Ou pior, numa enfermaria psiquiátrica. *O que há de errado em mim?* Gabriela deve ter-se feito essa pergunta uma e outra vez. Sabia que Danette tinha ciúmes dela, dela e da sua mãe morta, Amana, mas o tipo de isolamento a que estava submetida é internalizado. Especialmente por crianças.

– Outra coisa – disse Pete. – Quando se visitavam e o pai já estava toldado, o que era praticamente sempre, ele contava-lhe um conto de fadas que tinha inventado: dizia que lá muito para norte, na fronteira com o Canadá, havia uma Montanha de Gelo e um lago da cor dos olhos do seu verdadeiro amor, e havia lá um castelo para princesas e as suas famílias e ele ia levá-la lá. Dizia-lhe que o lago soava como aves e a montanha era a rainha das montanhas.

– Eu quero odiá-lo – disse Celine –, mas por algum motivo não consigo.

– É isso mesmo. E é aí que eu quero chegar. Ele deve ter sabido imediatamente. Não era insensível, como eu disse. Era *demasiado* sensível. É o que estou a aprender sobre o homem. Estava com o coração *demasiado* despedaçado. Não conseguia encarar a vida nos termos em que ela se lhe apresentava depois da morte da mulher. Tentou de todas as maneiras: com o álcool, a imersão no trabalho, as viagens, um mergulho num caso sexual obsessivo que permitiu, infelizmente, que resultasse em casamento. Imagino que a Danette o enfrascou numa tarde, o levou para a cama e depois o arrastou para a conservatória. E ali estava ele. Apanhado na armadilha, primeiro do luto avassalador e depois do casamento. E estava realmente preso numa armadilha.

– O que queres dizer com isso? Houve um acordo pré--nupcial?

Pa soltou uma das suas interjeições discretas, entre o gáudio e o *pathos*. Adorava que a sua mulher estivesse muitas vezes um passo à sua frente.

– Sim, houve. Foi *ela* que o redigiu, não ele. A Gabriela moveu um processo para o ver depois de o pai desaparecer. O Lamont tinha rendimentos consideráveis dos direitos de autor de um punhado de fotografias icónicas, que estão por toda a parte. Mas, como tu pareces ter previsto, o acordo pré-nupcial anulou e inverteu as proteções usuais. Quero dizer que pensamos num acordo pré-nupcial como algo usualmente assinado para proteger os direitos da parte que tem um quinhão muito maior dos bens. Bem. Também protege a outra parte, a que tem muito menos, ao estipular uma série de pagamentos em caso de divórcio: um tanto ao fim de um certo número de anos de casamento, mais depois de mais tempo. Mas vê-me só isto. Naquele acordo pré-nupcial dizia-se... deixa-me ver se consigo lembrar-me da expressão exata... «Tendo em conta o facto de que a outorgada...» (a Danette) «...rejeitou numerosas opções lucrativas de casamento a favor do casamento com o outorgante...» (o Paul Lamont) «este acordo, válido segundo as leis e os estatutos do Estado da Califórnia, estipula os seguintes termos...»

Celine estava bem desperta. Inconscientemente, mexia o café, que não precisava de ser mexido.

– Tens de estar a brincar! – gritou.

– Não. Não estou a brincar.

– Por outras palavras – aventou Celine –, dizia que como ela fizera sexo com muitos cirurgiões no quarto de arrumos e os tinha fisgado de uma maneira ou de outra e podia ter escolhido entre uma panóplia de maridos médicos ricos... se o Lamont alguma vez se divorciasse dela, ela tirava-lhe a roupa do corpo. Limpava-o! Inacreditável.

– Pois é.

– Isso é *legal*? Quero dizer, um advogado qualquer escreveu mesmo essas palavras. Meu Deus.

Por vezes, a meio da noite, quando Pa não conseguia dormir, o que não era frequente, gostava de pensar em todos os trabalhos que havia no mundo. Gostava de dar uma volta pelas bancadas de trabalho na China ou na Índia, onde mulheres de dedos ágeis, que nunca veriam um riacho de águas soltas e muito menos um ribeiro com trutas, atavam moscas para a pesca. Imaginava alguém a cimentar as gárgulas aos parapeitos de igrejas reconstruídas. Alguém a ajustar os sistemas de navegação por satélite com que vêm agora equipados os carros. Conseguia imaginar muitos trabalhos, tanto maravilhosos como cruéis, mas mal era capaz de imaginar a conversa num qualquer gabinete de advogados – provavelmente tal e qual como aquelas que se travavam nos cubículos dos advogados duvidosos em Court Street – que levaria à redação daquelas linhas. Ena pá.

– Os termos apresentados, escusado será dizer, eram implacáveis. A Gabriela disse que o mais provável era que a Danette o tivesse embebedado e o tivesse manobrado até ao limiar, por assim dizer, do sexo, e depois o tivesse feito assinar o acordo. A maior parte dos rendimentos dele estava aplicada no apartamento do andar de cima, aquele em que viviam os dois. Se alguma vez ele iniciasse o processo de divórcio ela ficava com a casa, mais metade do valor em dinheiro e ações que ele tinha à data do casamento. Lamont tinha comprado o apartamento depois de vender um livro ilustrado sobre os cavalos selvagens do vale Monument. Tu já viste as imagens, algumas das fotografias da vida selvagem mais icónicas alguma vez tiradas. E há aquela famosa que se vê em toda a parte, do barco de pesca a galgar a onda gigante. A Gabriela ainda está parcialmente a viver dos direitos de autor e subsidiários. Como eu disse, são bastante consideráveis.

– A Danette também teria ficado com eles.

– Exato. Mas não se ele morresse.

Ficaram sentados em silêncio. As Dixie Chicks estavam a cantar o plangente «Travelin' Soldier». – Preciso de ar fresco, Pete – disse Celine. – Havia um banco junto à porta. Não está assim muito frio.

Pagaram a conta e abotoaram os casacos. Estava frio. Empurraram a porta pesada e saíram para a noite gélida. Porque era de noite agora, sem luar, e fileiras de nuvens carregadas tinham marchado sobre os campos só na última hora, e o ar parado cheirava a chuva. Nem uma só estrela. Mesmo assim, o ar fresco estava limpo e era bom.

Pete deu-lhe a mão e sentaram-se. – Estavas a falar sobre o que aconteceria se o Lamont morresse – disse ela.

Pa acenou com a cabeça. – A Danette julgava que também tinha isso previsto. A Gabriela disse que ela estava praticamente a lamber os beiços quando quebraram o selo do testamento no escritório do advogado na cidade.

– Ah.

– Pois. Ela lançou um olhar à Gabriela como que a dizer: «Sua pobrezinha. Eu vi o testamento. Tu sempre perdeste na batalha pelo afeto dele e vais perder agora, em grande.» A Gabriela disse-me que não se surpreenderia se a Danette tivesse segredado: «Não te preocupes, eu mando-te um postal de Acapulco, paspalhona.»

– E?

– E a expressão dela mudou gradualmente depois de o advogado quebrar o selo do documento e o ler e ela digerir as palavras *única herdeira* e depois *Gabriela Ashton Lamont*. A Danette saiu de rompante. Mais tarde, fechou-se à chave no apartamento e a Gabriela ouviu pratos a partirem-se. O conselho de administração da cooperativa demorou cerca de um mês a transferir o título de propriedade para o nome da Gabriela, e nessa altura a Gabriela expulsou-a sem mais. Só tinha vinte anos, mas sabia o que era preciso fazer. Os membros do conselho de administração da cooperativa, nenhum dos quais morria de amores pela Danette Rogers, tiveram de chamar a polícia para a arrastar dali. – Pete levantou o seu boné de *tweed* e esfregou a testa. A imagem era triste e divertida ao mesmo tempo. Surpreendia-o sempre que as pessoas gananciosas se atirassem de cabeça para atos que eram contra os seus interesses a longo prazo.

– Também havia uma apólice de seguro. Isso pô-la louca. Mais louca. Um milhão. Tudo para a Gabriela. Parece um estereótipo, não parece? Como o Dr. Evil dos filmes *Austin Powers* a pôr o dedo mindinho no canto da boca e a pedir um milhão de dólares como resgate do mundo.

– Estereótipo ou não – disse Celine –, é uma data de massa para uma estudante universitária com bolsa de estudos. Mas espera, quanto tempo demorou a que o Lamont fosse declarado morto? Foi bastante rápido, não foi? Acho que ela me disse que foi qualquer coisa como dois meses depois do desaparecimento dele. Não me parece correto. Sem haver cadáver.

– Pois não. – Ela fizera-o outra vez. Deduzira num instante o que lhe tinha levado a ele um tempo considerável a ponderar. – Um agente federal do Parque Nacional de Yellowstone, e depois um juiz do condado, assinaram. Foi encontrado um vestígio de sangue do Lamont num tronco de um pinheiro nas imediações. A teoria que prevaleceu foi a de um urso assassino. E havia aquela jovem pobre que seria a herdeira. A busca intensiva durou cerca de dez dias. Provavelmente, nunca teria durado tanto tempo se não tivesse sido incentivada pela cobertura dos meios de comunicação. A história era bombástica. O Lamont era o conhecido fotógrafo bem-parecido da *National Geographic* que tinha tirado a fotografia dos cavalos selvagens a chocarem um contra o outro à sombra das torres no vale Monument. Um plano geral de cima, os dois cavalos a erguerem-se nas patas traseiras e a parecerem minúsculos em contraste com as rochas. Já a viste.

Celine acenou com a cabeça.

– A Gabriela disse que havia carrinhas das televisões por toda a Cooke City. A cidade só tem uma rua pavimentada e dois motéis. Ela disse que os lenhadores e os eremitas barbudos se puseram a alugar quartos a jornalistas todas bem penteadas e de meias de vidro. – Pa soltou um som que lhe era muito próprio, algo entre uma risada e um cantarolar. – Há outro pormenor.

Celine olhou com atenção para o marido, mal se dignando erguer uma sobrancelha. Ele fizera muito trabalho de sapa sozinho num par de dias. Enquanto ela, tinha de se admitir, andava na sua azáfama horrenda para ficar pronta e sair porta fora. Aquela não era a maneira usual de fazerem as coisas, no entanto, e ela sentiu um misto de mágoa, ou mesmo traição, bem como admiração pela exaustividade dele. – Sim? Outro pormenor?

– Talvez seja melhor dizer uma perceção. O Lamont desapareceu mesmo do outro lado da fronteira do Parque Nacional de Yellowstone. A oitocentos metros. Se o carro dele tivesse sido encontrado mais a sul, dentro dos limites do parque, o caso, assim como a busca, seriam automaticamente federais.

– Ah!

– Estás a ver? Ele evita ao mesmo tempo o FBI e o prodigioso aparato de busca e salvamento do parque nacional e do governo federal.

– Evita?

– Sim. Quer dizer, se aquilo foi premeditado, se não foi de facto um ataque de um urso assassino. Só que...

– O quê?

– A Gabriela foi de avião da Sarah Lawrence mal soube pela Danette que o seu pai tinha desaparecido. Falou com os professores dela e obteve adiamentos para os primeiros testes e trabalhos de grupo. Foi uma sorte não ter provas práticas. Aterrou em Bozeman, alugou um jipe e dirigiu-se para Cooke City. Disse que falou com toda a gente, com os biólogos, o rastreador, os polícias e os encarregados da busca, com os funcionários do parque, até mesmo com as pessoas que geriam o bar que o Lamont frequentava em Cooke City. Tirou apontamentos meticulosamente e escreveu um diário. E estava sempre a dar com um par de agentes que lhe palpitava serem da polícia federal e que se recusavam a falar com ela. A Gabriela disse que eles a evitavam.

– Ela levou os apontamentos quando foi lá a casa jantar – disse Celine. – Mas não na segunda vez que foi lá. Não te importas de me passar o meu telemóvel?

Pa ergueu e baixou a sobrancelha, um pouco como uma onda da costa do Maine. Sabia que a sua mulher era inatamente incapaz de se manter fora da refrega e que não se manteria nos bastidores nem por mais um minuto.

Gabriela atendeu ao primeiro toque. – Olá, é a Celine. Espero não a ter apanhado a meio do jantar.

– Não, não, já comemos. – Aquela voz límpida, como água da montanha, pensou Celine. Uma voz para amar.

– Por favor, pode-me mandar por estafeta uma cópia do seu dossiê de apontamentos? Aquele com que a vi na outra noite?

– Não consigo encontrá-lo. Eu... eu não sei onde o pus.

– Como? Lembra-se? Pode dizer-me mais alguma coisa sobre isso?

– Não. – Nem uma nem a outra estavam com disposição para se porem com rodeios. Celine sabia que havia mais alguma coisa naquela história, mas também pressentia que aquele não era o momento para a esclarecer.

– Estou a ver. Bem, diga-me: falou de certos boatos sobre o seu pai. Sobre as suas... as suas, ah, viagens. Todos aqueles lugares a que ele voltou, à Argentina, ao Peru, ao Chile. Pensa que esses boatos tinham fundamento?

– Não tenho a certeza, mas...

– Mas o quê?

Gabriela hesitou. A rapariga estava claramente a debater-se com um conflito. – Mencionei na doca que havia uma coisa...

– Sim, eu lembro-me.

– Disse-lhe que depois... que me mudei para o apartamento maior no andar de cima.

– Certo.

– Mudei-me nas férias do Natal. No primeiro ano na Sarah Lawrence. Não foi o Natal mais divertido...

– É claro que não. Muito sombrio. Posso imaginar.

– Bem, eu estava a limpar a fundo o apartamento do andar de cima, a tentar livrá-lo dos vestígios da Danette antes de me mudar para ele, e...

– E?

– E levantei o tabuleiro dos talheres, daqueles que têm espaços para facas, garfos...

Celine acenou impacientemente com a cabeça ao telefone. Sabia o que era um tabuleiro dos talheres.

– Levantei-o e por baixo havia um plástico fino manchado. Estava marcado com os contornos de um retângulo. Descolei o plástico e por baixo estava um passaporte americano atualizado. Tinha a fotografia do meu pai. Mas o nome era Paul Lemonde Bozuwa.

Celine sentiu um acesso de excitação, quase como se tivesse acabado de beber um café duplo. Gabriela disse que tinha voltado a pôr o passaporte onde o encontrara, não sabia bem porquê.

Dirigiram-se para oeste pela rua principal e depois de atravessarem metade da cidade viram uma tabuleta à esquerda na qual estava escrito «SINKS CANYON – ACESSO DOS SERVIÇOS FLORESTAIS DOS EUA». Viraram aí. Percorreram um caminho acidentado durante dez minutos e estacionaram num pequeno prado. Quando Celine abriu a porta, o som de um ribeiro num leito de pedra encheu a noite, e o cheiro de pedras frias e de água e de artemísia, e ela sentiu-se estranhamente exultante.

OITO

Acordaram com chuva. Tamborilava no tejadilho de alumínio da caravana e matraqueava as paredes de lona da sua cama de beliche. Ela adorava aquilo tanto como a presença do ribeiro. Há quanto tempo fora? Chuva num telhado de alumínio? A não ser o pequeno incidente durante a noite, sentia-se abençoadamente ...qualquer coisa. Felicidade não era uma palavra que parecesse aplicar-se ainda, quando ela perdera tantas pessoas que lhe eram próximas. Havia um contentamento que dava a sensação de ser mais profundo, que reconhecia e aceitava as oferendas mais discretas de pequenas alegrias – do amor e da ocasional paz numa vida que estava cheia de dor.

No verão antes do anterior, entre os funerais das duas irmãs, tinham voltado para a propriedade da família de Pete em North Haven e ficaram na Casa das Bonecas, mesmo junto à enseada – era uma simples cabana de madeira com janelas recicladas de diferentes tamanhos, velas, uma lanterna, um fogão a lenha – e ela adorara aquele período sem saber quanto, porque toda a estadia foi pesada e ensombrada pelo luto. Devia tê-lo adorado. Chovera lá, uma chuvada forte, duas noites seguidas, e se ela estava em condições de adorar alguma coisa era a sensação de Pete, uma presença quente ao seu lado na cama minúscula, a ressonar com a paz de um homem de idade que voltou para casa depois de uma longa ausência, e o som da chuva a varrer as telhas cobertas de musgo. E caminhar lentamente pelo caminho relvado entre bosques de abetos, de mãos dadas com Pete, caminhar lentamente e parar para recuperar o fôlego – o caminho era íngreme, o enfisema dela um aborrecimento – até à Casa Grande, que era só uma casa estilo *saltbox* revestida de tábuas com divisões pequenas e prateleiras cheias de primeiras edições bafientas. E uma vista pela clareira, da baía azul-acinzentada e de um arquipélago de pequenas ilhas.

Talvez não restasse uma medida de felicidade na vida, mas podia haver beleza e graciosidade e amor infindo.

Alguns quilómetros acima de Lander, a parte de montar o acampamento fora surpreendentemente fácil. Desapertaram os seis fechos exteriores e Pete entrou, agachado, nas suas molas e empurrou o teto para cima, a contar com alguma dificuldade, mas a coisa ergueu-se ao primeiro toque. Travou os suportes com duas pequenas alavancas e as paredes de lona ficaram retesadas. A cama já estava feita, graças a Hank, com a colcha dos alces e um edredão fino. Só precisavam de atirar um par de almofadas lá para cima. Um pé em cima de um armário e estavam lá em cima, aconchegados.

Celine dormiu bem, melhor talvez desde aquelas noites no Maine. Acordou uma vez com a necessidade de urinar, e, enquanto estava ali deitada debaixo das mantas quentes a ganhar ânimo para pegar na pequena lanterna e descer da cama, sobressaltou-a a luz de uns faróis a varrerem a lona.

O seu primeiro pensamento foi que eram relâmpagos, mas depois ouviu o som de pneus na estrada de terra batida a uns trinta metros. Seria isso o que a tinha acordado? E não a sua bexiga, que era sem dúvida minúscula? Bem, estava-se na época da caça ao tetraz ou de tiro ao arco ou lá o que fosse em todos aqueles estados, não fora isso que Hank lhe dissera? Algum caçador devia estar a voltar para casa tarde das montanhas mais acima ou a sair mais cedo para a caça.

Ela era quem tinha o faro mais apurado e nada daquilo lhe cheirava bem. Tateou à procura da *Glock* no seu coldre, que avisadamente tinha prendido à beira da plataforma da cama, e desceu sem luz, identificando o armário e depois o chão com os pés descalços e encontrando os chinelos de pele de ovelha. Enfiou um polar que pendurara no puxador de um armário alto, também à mão. Encontrou o trinco e o puxador da porta sem problema e saiu para a noite fria e húmida. Os cheiros a artemísia, a água e a nevoeiro eram ainda mais fortes agora. Como se a escuridão lhes tivesse permitido respirarem. Ainda não estava a chover, mas a pequena clareira encontrava-se agora nas nuvens que tinham descido para o vale, sentia-lhes o toque húmido. E então viu o clarão esfumado vermelho de faróis traseiros a afastarem-se da vista por entre a neblina. Hum. Quem ia a passar não estava simplesmente em viagem, o tempo entre o primeiro clarão dos faróis e o dos faróis traseiros a desaparecerem era demasiado longo. Alguém estava curioso, ou a fazer uma visita de reconhecimento.

Urinou, acocorada na erva acamada, e escutou as águas do ribeiro a correrem no escuro. Era espantoso quantos sons se ouviam se uma pessoa os isolasse: gargarejos e jorros, um riacho como uma flauta, golfadas e tambores, até gongos baixos.

Espantoso, pensou: as camadas de qualquer coisa. Os elementos constituintes que se revelam quando se para e se presta atenção.

Não mencionou nada a Pctc até estarem ambos completamente despertos. Fizeram café com a porta da caravana aberta, o cheiro de grãos muito torrados a encher-lhes a pequena casa. Um cortinado de chuva à porta. O silêncio sustentado. Celine sentiu-se maravilhada. É só o que é preciso? Para reordenar o mundo? Para sentir de novo que tudo está a funcionar como devia? Sentaram-se no que Hank chamara o *side dinette*. Não pudera deixar de ver a expressão passageira de ceticismo de Celine quando o dissera.

– Nunca na minha vida pensei que jantaria num *side dinette* – tinha murmurado ela. – Soa como Danette[1]. – Hank viu-lhe o ligeiro estremecimento.

---

[1] *Side dinette* é um pequeno espaço de refeição. *(N. da T.)*

111

Mas ali se sentaram, a tomar café à mesa coberta com um plástico, e tão em casa nas ondulações das colinas como marinheiros num pequeno barco. Ela falou a Pete da carrinha, tinha a certeza de que era uma carrinha, e disse: – Sabes, pode-se descobrir muita coisa a partir do som dos pneus numa estrada. Estão apressados ou a passar o tempo? Inconscientes do que os rodeia ou a prestar muita atenção? Pode-se até saber se o condutor está furioso. Decididamente, este condutor não estava furioso. Muito calmo. Havia um tom distintamente furtivo no som daqueles pneus.

Já há muito tempo que Pete tinha arredado a ideia que tivera nos primeiros tempos de que estava a condescender com a imaginação ativa da sua mulher. Bebeu um gole do café. – Hum – disse.

– Sinto algo – disse Celine. – Alguma coisa não bate certo. Esta coisa de a Gabriela ter perdido o dossiê cheio de apontamentos.

– Ela não disse que o perdeu, disse: «Não sei onde o pus. Não consigo encontrá-lo.» Foram as suas palavras exatas. Parece-me que há uma diferença.

Celine trincou a haste dos seus óculos grandes de ver ao perto com armações de tartaruga. – *Pode* haver uma grande diferença, não pode?

– Ela parecia bastante incomodada – disse Pete. – Mas como se estivesse a tentar encobrir alguma coisa.

– É isso mesmo. Esta sensação de que estava a encobrir. Um encobrimento. – Celine bebeu um gole do café. Delicioso. Porque é que o café com leite e mel sabia melhor ali? – Não tenho a certeza de nada – disse. – O que é quase maravilhoso.

Tomaram o café lentamente e Celine escreveu a sua carta a Hank. A seguir, *abotoaram* a carrinha e Celine pegou num osso de animal que parecia uma pequena máscara – provavelmente uma pélvis, usá-la-ia para alguma coisa – e dirigiram-se para norte, para Jackson Hole. A chuva atenuou-se e depois parou e os bosques de álamos de troncos negros nas encostas pareciam ser de um amarelo mais intenso e os campos de feno tingiam-se de um ténue verde. Chuva de outono. Pararam para tomar o pequeno-almoço no Fort Washakie Diner, que estava cheio de índios a tomarem o pequeno-almoço depois, talvez, dos seus turnos noturnos no casino. Um *pit bull* castanho com manchas dormitava todo satisfeito a um canto e uma índia de rosto redondo serviu-os com quatro curtas sílabas: – Que desejam? – Era quase tão lacónica como Pete.

Recebeu o pedido deles sem sombra de sorriso, mas quando veio servir-lhes café de novo não conseguiu resistir: – São de Los Angeles? – disse. – Ele não parece, mas você sim. – Apontou com a cafeteira, não propriamente a acusá-los.

Aquilo fê-los rir, e a rapariga finalmente fez um sorriso rasgado que iluminou a sala toda.

– De Nova Iorque – disseram eles.

– Calculei que sim – disse ela.

– Como se chama o cão? – perguntou Celine.

– *Orchard.*

– *Orchard?* Por que raio lhe chama Orchard?

A rapariga torceu os lábios. – Porque ele parece uma maçã[2]. – Os seus olhos brilharam.

Celine olhou para o cão musculoso e corpulento a ressonar. – Hum. Ele é a coisa menos parecida com uma maçã que eu já vi na minha vida.

– Eu disse *Richard* – retorquiu a rapariga.

Quando se levantaram para pagar ao balcão, Celine reparou num homem branco, relativamente jovem e com uma barba bem cortada, sentado a uma mesa no canto, com uma camisa de xadrez com vincos e de cores ainda não desbotadas, dessa vez em tons de vermelho. Não lhe viu o rosto, porque ele estava com um boné de basebol e muito concentrado numa omelete coberta de *ketchup*, de cabeça baixa.

---

[2] *Orchard* significa pomar. *(N. da T.)*

NOVE

Todos vimos já os cartazes e as fotografias das curvas do rio Snake no seu leito sinuoso abaixo das torres de granito da cordilheira Teton. A água é negra e os picos estão polvilhados com neve fresca e os choupos ao longo das margens são amarelos, as suas fileiras ardentes a realçarem a escala das montanhas. Porque as árvores altas parecem minúsculas na parte de baixo da imagem. Talvez seja de manhã e o rio esteja coberto de neblina que se move sobre a água como fumo, e talvez haja um homem a pescar, com a sua cana dobrada para trás a meio de um lançamento. Se ele está ali é só para nos recordar que a grandiosidade e a beleza chocante não são da escala humana. Que a beleza mais indiscutível talvez seja aquela em que as pessoas não poderão nunca tocar. Que Deus existe lá em cima de algum modo, nos picos e nos lagos remotos e no vento agreste.

Quem sabe porque aquela imagem desperta júbilo? É uma lembrança da nossa impermanência e pequenez.

Esses eram os pensamentos de Celine enquanto conduzia ao longo do rio numa manhã dessas. A neblina esfumava-se e subia, os picos erguiam-se altaneiros, os choupos apanhavam o sol do sul e ardiam e flamejavam. Era quase demasiado grandioso. Não podia ser real.

– Olha, Pete – disse ela. – Há um homem a pescar lá em baixo no nevoeiro. Parece tal e qual aquele cartaz do Hank.

– *Aye-yup*. – Pa estava a falar à moda do Maine nessa manhã. Claramente, a empregada de mesa do Washakie, na sua reticência, tinha-lhe recordado a sua primeira língua.

Avançaram para um vale relvado aberto onde uma manada de centenas de uapitis pastava de cabeça para baixo, sem receio de caçadores com arcos. – É o Refúgio Nacional de Uapitis – disse Celine, apontando. – Lembro-me de tudo isto. Trouxe a Mimi a esquiar aqui quando ela fez trinta anos. Lembro-me de que fomos num grande teleférico até ao cimo, àquela montanha ali, consegues vê-la? E depois de chegarmos acima do nevoeiro estava um sol radioso e um céu azul, azul, e quando nos aproximámos do cume ouviu-se anunciar no teleférico qualquer coisa sobre «Se não sabe esquiar muito bem, volte para baixo». Era maravilhoso esquiar lá em cima, todas aquelas descidas íngremes. E lá em baixo, todo o vale ocultado por uma camada de nuvens. Quando descemos todo o caminho até cá abaixo para almoçar, esquiámos por entre aquele chão de nuvens, por entre o nevoeiro e a neve! Éramos como dois pequenos aviões!

– Hum – murmurou Pete.

– Não ouves nada do que eu te digo hoje! – gritou Celine, embora soubesse, evidentemente, que não era verdade.

– Hum.

– Hum, mesmo. Temos rede aqui. Quando chegarmos à cidade, vou telefonar outra vez à Gabriela.

– Boa ideia.

Subitamente, estavam nos arredores da movimentada cidade. Contornaram o centro recreativo, as primeiras lojas de esquis e cafés, e entraram no fluxo de trânsito à volta da praça central. A cidade estava apinhada de gente. Carrinhas carregadas com caiaques e bicicletas, caravanas com malas com artigos de pesca no tejadilho. Toda a gente parecia estar a caminho da Terra da Diversão. Uma manhã fresca e soalheira de setembro, a preparar-se para o outono a sério, mas sem vontade de largar o verão, o tipo de dia de outono que só pode acontecer num par de semanas por ano. Havia turistas a posarem para fotografias nos cantos da praça, junto a arcos altos feitos de chifres de uapitis, com grandes sorrisos, nada falsos.

— Até parece que é o Quatro de Julho — exclamou Celine. — Meu Deus! Estas pessoas não trabalham?

— É difícil de dizer.

— Vamos estacionar.

Mal ela disse aquilo, um jipe com uma canoa começou a sair de um dos lugares de estacionamento cobiçados. Mesmo diante deles. Pete não comentou: era outro dos talentos da sua mulher, tinha Anjos do Estacionamento.

Saíram, esticaram as pernas e atravessaram lentamente a rua, com as articulações dos joelhos, perras até um dos arcos de chifres.

— Pete, espera um segundo. Deixa-me recuperar o fôlego aqui. É de estar tanto tempo sentada. Não te importas de me ir pôr esta carta no correio? É para o Hank. Há ali um marco do correio. — Que maçada, o enfisema. Ela pensava que ainda estava longe de ter de andar com a botija de oxigénio atrás, mas as altitudes elevadas podiam tornar as coisas mais difíceis, especialmente quando estava cansada, o que era o caso. Dormira mal depois de ver aquela carrinha a desaparecer na neblina. Não era produto da sua imaginação, e tinha a certeza de que quem ia a conduzir o veículo andava a segui-los. Sabe Deus porquê.

Pete voltou para junto dela e ela lançou um olhar para trás, para o arco de chifres. — *Vêm os Sonhos Verdadeiros pelos Portões de Chifre* — disse ela.

Pete segurou-lhe a mão, ao de leve. Apoio moral. — *E os Falsos pelos Portões de Marfim* — Olhou para cima. Decididamente, podem considerar-se chifres — disse.

— Hum. Tomaremos isto como um sinal. A velha Penélope era ainda mais sábia do que o marido, não te parece? As mulheres costumam ser. — Apertou a mão a Pete, um sinal de que ele podia soltá-la. – Vamo-nos sentar naquele banco à sombra. – Foi o que fizeram. Celine tirou o telemóvel de uma pequena bolsa de pele que trazia à cintura. Telefonou a Gabriela, deixou tocar. Quando já julgava que a chamada iria para o correio de voz, a jovem atendeu. Celine pensou que ela devia ter hesitado – *atender ou não atender?* –, ouviu-o no som do seu «Estou?».

– Gabriela, olá, é a Celine. Estamos em Jackson, a caminho de Yellowstone. Está bem?

– Bastante bem. Sim.

– E o seu filho?

– Ele está... está na escola. Sim. – Soava nervosa.

– Ótimo. Antes de chegarmos a Cooke City eu gostaria de saber se já conseguiu encontrar o seu dossiê com as pesquisas. Sabe, seria tremendamente útil.

A conversa começou aos solavancos, o que era mais uma pista. Celine insistiu na questão do dossiê. Como é que ela podia não saber onde o tinha posto? O que é que isso queria dizer, de qualquer maneira? Ao princípio, Gabriela mostrou-se evasiva. Tentou soar animada e perplexa. – Meu Deus, não faço ideia. Pergunto-me se não o terei deixado no café da esquina, eu estava a passá-lo em revista, a tentar organizá-lo antes de fazer uma cópia para lhe enviar, não sei mesmo. Já passei pelo sítio uma meia dúzia de vezes! – e quanto mais desventurada tentava parecer, mais seriamente perturbada dava a impressão de se sentir.

– Só um segundo – disse Celine. Interrompeu a rapariga sem cerimónias. Não tinha paciência para maus mentirosos. Um bom mentiroso, por outro lado, era alguém com quem aprender. Procurou na bolsa do cinto e tirou um inalador vermelho de plástico. Inspirou uma, depois duas doses completas e reteve-as nos pulmões. Expeliu-as por entre os lábios semicerrados. – Ah. Está melhor. – Inspirou duas golfadas de ar da montanha. – Ora bem. Eu sou uma mulher idosa, que sabe quanto tempo lhe resta. O que é certo é que não tenho tempo que chegue para tolerar enganos das pessoas que deviam contar-me a verdade. Gabriela, pode-me dizer o que raio é que está realmente a acontecer?

Gabriela disse que honestamente não sabia. Soou franca.

– OK, conte-me – disse Celine.

– Eu... eu não sei se posso. Ou se devia.

– Está assustada.

– Um pouco, sim.

Era difícil para Celine imaginar aquele intrépido feixe de energia que conhecera na doca, aquela mulher com um riso límpido e um perfume floral, assustada. Mesmo a tristeza que a suavizava parecera desprovida de medo. – Bem. – Celine esperou. Um compasso, dois. – É por estarmos ao telefone?

– Sim. Talvez.

Celine pensou por um segundo. – Sabe – disse por fim –, provavelmente não há nada que me possa dizer agora, sobre o dossiê, que A Quem Diga Respeito não saiba já.

Gabriela riu-se, nervosamente, mas aquilo aliviou a tensão. – Sim, suponho que isso é verdade. Bem, eu pu-lo em cima da mesa de apoio aos sofás no apartamento há uma semana. Para o passar em revista, como disse. Fui ao clube atlético na zona de Mission para uma aula de ioga e quando voltei não consegui encontrá-lo em lado nenhum. Passei-me completamente. Tinha a certeza de o ter deixado ali. E...

– Sim?

– A minha fotografia da Amana estava caída. Aquela em que ela está no *ferry*. Nunca cai. Está numa prateleira sozinha. O Nick nem sequer lhe chega. E na cozinha o tabuleiros dos talheres estava no lado direito da gaveta grande. Eu tenho-o à esquerda. E...

– Continue.

– Aquele passaporte tinha desaparecido.

O telemóvel estava em alta voz para Pete poder ouvir. Ele tinha tirado o boné de *tweed* e aproximado a cabeça, do lado onde usava aparelho auditivo. Aos vinte e dois anos, tinha-se alistado no exército antes de ser recrutado para a Coreia, e, embora a guerra

119

terminasse antes de ele ter ordem de partida, ficou quase surdo do ouvido direito com o disparo de uma espingarda *M1C*. Tinha sido treinado como franco-atirador, o que era uma especialidade estranha para um homem com o seu carácter pacífico, mas talvez não muito estranho quando se tem em consideração a sua infância e adolescência numa ilha do Maine, a atingir marmotas de distâncias impressionantes com uma .22. Os instrutores da carreira de tiro de Pete tê-lo-iam notado imediatamente. O seu irmão Charles disse a Celine uma vez que Pete era capaz de atingir um objeto de cinco centímetros por dez no ar com uma .22 como se estivesse a usar uma espingarda. Um talento que ele nunca mencionava, o que não surpreendia, já que ele nunca mencionava grande coisa.

Celine refletiu. Se o dossiê tinha sido roubado, o que parecia ser o caso, então aquela investigação acabara de se tornar muito mais interessante. E mal tinham ainda começado. Percorreu-a um estremecimento de excitação.

Os amigos íntimos de Celine há muito tempo que tinham decidido que ela não era como as outras pessoas. Em situações em que outras pessoas poderiam retrair-se ou entrar em pânico, ela parecia ficar maior, adquirir mais concentração. Talvez fossem os anos que passara com o almirante Halsey, o companheiro de longa data de Baboo, que era conhecido e temido por ir direito à refrega. Era um traço que os seus críticos dissecavam com entusiasmo. Mas o que frequentemente não detetavam nas suas análises de batalhas e de táticas era uma veia de imaginação e criatividade que provinha diretamente de um gosto pela travessura típico de um garoto. Celine devia ter contado a história a Hank meia dúzia de vezes: quando Halsey era oficial em Annapolis foi-lhe dado o comando de uma fragata de patrulha durante um exercício de combate com munições reais no Chesapeake. Havia duas equipas. Havia também um denso nevoeiro. As munições reais eram torpedos de borracha. Halsey usou o comboio do seu inimigo como disfarce do radar – eles partiram simplesmente do princípio de que o sinal era deles, já que nenhum inimigo no seu perfeito juízo se meteria no meio da frota como um pato – e manobrou sem ser detetado tão perto de um contratorpedeiro *Farragut* – pertíssimo, nem a metros de distância – que quando disparou o seu torpedo de borracha fez um buraco no casco do navio novinho em folha. Foi repreendido e louvado pelo mesmo comandante – que tinha um distinto brilho-zinho nos olhos ao fazer a repreensão ao seu cadete.

Hank, que adorava pensar sobre carácter, por vezes pergun-tava-se se esse espírito em face de probabilidades muito remotas e uma abordagem pouco ortodoxa se poderiam ter transmitido a Celine quando ela era criança. Pensava neles os dois a caminharem por aquela estrada de terra batida enlameada na época da chuva no Vermont, na menina perturbada a dar a mão ao velho almirante, o vento frio por entre os bosques despidos a despentear-lhe o cabelo de tal modo que ele lhe cobria o rosto manchado de lágrimas, o idoso marinheiro mal reparando, com a sua mente a divagar, talvez a concentrar-se por fim na sua jovem pupila, naquela missão do momento: consolar e proteger. Educar. Amar. O que ele fazia. Adorava Celine – Baboo tinha-lho dito. Talvez ele tivesse visto na menina magricela – na sua coragem, valentia e imaginação – um pouco de si próprio. O que poderia ter-lhe dito naquela tarde: algo como que, quando estamos com mais medo, é o momento de recorrer à nossa concentração mais clara e avançar, não recuar.

Uma das histórias preferidas de Hank sobre Celine passara-se anos depois da morte do almirante Bill. Ela tinha quarenta e tal anos. Um dos seus primos, Billy, o irmão mais novo de Rodney, o curador, estava a morrer de cancro no pâncreas no Hospital de St. Luke, no Harlem. Ela foi lá despedir-se dele. Tinham crescido juntos e partilhado muitos verões na ilha de Fishers, e ele estava a passar o que, provavelmente, seria o seu último dia na Terra, e ela ficou até tarde e não se deixou ir abaixo no quarto do hospital. E perdeu a noção do tempo. Eram duas da manhã quando final-mente beijou a face dele e disse: – Até breve, Billy – e saiu para a noite de novembro. Estava ventosa e fria, como naquele dia com o almirante Bill anos antes. Ela ia absorta em recordações da infância enquanto descia uma Amsterdam Avenue deserta. Foi na época em que aquela parte da cidade de Nova Iorque era muito mais perigosa do que é atualmente. Ela tinha a vaga ideia de que poderia apanhar um táxi em 110th Street. O lixo voava pela rua. Os tacões do seus sapatos martelavam o pavimento e as suas pulseiras tilintavam. Subitamente, dois homens grandes saltaram de um portal e apareceram-lhe à frente. Tinham um aspeto bastante brutal. Sem pensar, Celine disse: – Oh! Devem estar gelados! – Dirigindo-se ao maior dos dois, disse: – Ainda apanha uma constipação que o leva desta para melhor. Tem a camisa toda rasgada. Deixe-me ver se tenho um alfinete de ama. – Ao dizer aquilo, abriu *a mala de mão* e começou a remexer dentro dela.

Os homens fitavam-na. Estavam siderados. – Aqui está, encontrei um! – disse ela, e tirou-o da mala, ergueu a mão, dobrou com jeito a parte rasgada da camisa, alisando-a cuidadosamente para formar uma borda direita que pudesse prender com o alfinete, fez o mesmo do outro lado do rasgão e com uma concentração maravilhosa enfiou o alfinete em ambas as partes e apertou-o. Deu uma palmadinha na parte do rasgão a endireitá-lo. – Aí tem – disse. – Vai-se sentir muito mais quente. – Os homens continuavam a fitá-la. Quando conseguiram falar, disseram-lhe que aquela... ah... aquela zona era mesmo, mesmo perigosa e perguntaram-lhe o que é que ela estava ali a fazer sozinha.

– Fui ao hospital despedir-me de uma pessoa que era muito especial para mim.

Eles insistiram em acompanhá-la à esquina e esperar com ela por um táxi. Hank imaginava os dois homens grandes como torres todos andrajosos e a pequena Celine com o seu casaco comprido de fazenda de lã e gorro e brincos de ouro. É claro que nenhum táxi parava, os homens eram demasiado assustadores. Por isso, ela acabou por se virar para eles e dizer: – Vocês os dois iam a caminho de fazer qualquer coisa, porque é que não vão à vossa vida? Eu fico bem. Nem sei dizer-vos o quanto agradeço a vossa ajuda. – E mal eles foram embora ela fez paragem a um táxi.

Não estivera a comandar uma fragata nessa noite e não a motivava vencer fosse o que fosse, mas o instinto de avançar sem hesitações para onde outras pessoas nem sonhariam avançar parecia coadunar-se com o seu padrasto.

Agora tapou o telemóvel no colo por um segundo e estava prestes a dirigir a palavra a Pete quando pegou nele outra vez e disse: – Eu telefono-lhe daqui a um minuto. Prometo. O Pete está aqui ao meu lado e precisamos de falar sobre o assunto – e desligou.

DEZ

A conversa talvez tenha durado uns cinco minutos.
As deduções eram óbvias. Se alguém tinha roubado a Gabriela
o seu dossiê já com vinte e três anos das pesquisas sobre o seu pai
desaparecido, então: 1) a ocasião sugeria que essas pessoas não queriam que Celine e Pete lhe tivessem acesso, e 2) não podiam saber
que os dois estavam naquele momento a iniciar uma investigação,
a não ser que Gabriela tivesse contado a alguém ou que o seu telefone estivesse sob escuta. Esclareceriam isso daí a um minuto.

No banco de jardim ao lado, em pleno sol, estava uma família
de quatro turistas a dar pipocas a gansos-do-canadá. O rapazinho
lançava as pipocas por cima da cabeça como se estivesse a tentar
atingir as aves com chumbos e na outra mão tinha um cone de
gelado de chocolate que estava a derreter-se por todo o seu pulso.

— É muito difícil ser rapaz — comentou secamente Celine. —
Nunca sabem ao certo se devem amar alguma coisa ou matá-la.
— Pete seguiu o olhar dela. — Esta cidade tem muito brio, Pete. Os
pombos aqui são gansos selvagens.

— Hum.

— Lembra-me para te contar mais tarde uma história sobre
furar umas aves com chumbos.

— Hum.

– O que, se parares de me interromper, nos leva a mais ideias sobre a questão. É muito difícil concentrar-me quando tu estás a ser tão efusivo.

Ele pegou na mão de Celine e esfregou-lhe as costas com o polegar.

– Partamos do princípio de que o dossiê não se levantou e saiu por iniciativa própria do apartamento da Gabriela. E que ela não se esqueceu dele no café. Surpreender-me-ia muito se ela o tivesse sequer levado para lá. Trataria algo como o dossiê com extremo cuidado.

– Foi roubado – disse Pete inexpressivamente – E não acredito que ela tenha contado a alguém que nos contratou. Não fiquei com a impressão de que tivesse um círculo alargado de confidentes.

– Certo. E fazemos-lhe a pergunta daqui a um minuto.

– O que significa que o telefone dela está sob escuta...

Pete foi interrompido por uns guinchos e uns grasnidos alarmados. O rapazinho, não conseguindo despertar amor nos gansos ou infligir-lhes a morte com os seus arremessos de pipocas – eles limitaram-se a comer aquilo todos contentes –, atirou o gelado ao chão e avançou de cabeça para o pequeno bando. Bateu com o dedo do pé na raiz de uma árvore e foi projetado qual míssil infantil contra as aves, que eram pelo menos tão grandes quanto ele. Essa foi a primeira crise. O ganso dominante, se existe tal coisa, atirou-se para cima do rapazinho deitado por terra num abrir e fechar de olhos, batendo as suas grandes asas, a silvar e a bicar-lhe o pescoço. Via-se que o ganso tinha perdido as estribeiras. Psicologicamente. Fartara-se de rapazinhos irritantes e de comida de plástico, aquele ganso estava cego de raiva. Não aguentava mais. Essa foi a segunda crise. A mãe gritou, o pai levantou-se de um salto e correu para o filho; o ganso, verdade seja dita, não se rendeu e arremessou-se pelo ar contra o rosto do homem. O pai parecia que estava a bater em si mesmo, na cabeça e nos ombros. O ganso caiu na relva, cambaleou de lado, recuperou as forças, esticou o seu tremendo pescoço, deu dois passos e, sincronizado com a sua tribo, bateu as grandes asas, dessa vez para o voo, e com dignidade e uma lentidão improvável partiu. Ele e o seu bando ergueram-se acima das árvores a resmungar e viraram para norte, desaparecendo de vista.

No silêncio chocado que frequentemente se segue a um combate mortal, Celine e Pete olharam um para o outro.

– Ganso dois, Smiths zero – disse Pete em voz baixa.

– Não fazia ideia de que as asas deles rangem como dobradiças ferrugentas. Não foi tal e qual como soou, Pete? Os rapazes parecem estar bem – acrescentou, sarcástica, referindo-se ao miúdo e ao seu pai, que estavam a descarregar a sua humilhação um no outro.

– Uma lição valiosa de Não Dar de Comer aos Animais. Poderia salvar vidas numa zona de ursos.

– Nós vamos para uma zona de ursos, não vamos, Pete?

– Vamos, pois. Estou ansioso por lá chegar. Sinto-me um pouco cansado de estar no topo da cadeia alimentar.

– Lembras-me aquele poema de Neruda que adoro: *Acontece que estou cansado de ser homem...* A certo ponto do poema ele derruba uma freira com um lírio. Desculpa, o que estavas a dizer?

Pete apertou-lhe a mão. – O telefone dela está sob escuta.

– Hum. Provavelmente há já algum tempo, sabe Deus porquê. E nada acontece, não se desencadeia nada, até ela nos contratar para encontrar o pai.

– Certo. Ele desapareceu há vinte e três anos. Penso que há uma boa possibilidade de que alguém ande à escuta desde então.

– Uau!

– *Uau!* – repetiu Pete teatralmente.

– À espera que ele telefone. Porque também não acreditam que ele esteja morto.

– Certo. E há ajustes de contas a fazer.

– Dívidas a pagar, pelo menos.

– Hum.

Escutaram a irmã mais velha do rapazinho vencido ralhar-lhe por ter sido derrotado por uma ave e por ter deitado para a relva um gelado de chocolate perfeitamente comestível, e viram a Família Smith marchar para o seu carro e para novas aventuras contra o mundo.

Celine disse: – Em vez disso, nós é que desencadeámos a ação. Então, porquê...? – Celine usava óculos grandes com armações de tartaruga. Eram um pouco como os óculos de sol de Jackie Onassis, mas maiores, ainda mais espampanantes. Não era intenção dela, evitava tudo o que desse nas vistas, mas tinha um sentido de estilo inato e indiscutível. Tirou os óculos, olhou-os criticamente como se estivessem sujos, o que não era o caso, e voltou a pô-los, instalando-os no seu nariz aquilino, nada minúsculo. – Porque é que eles não quereriam que tivéssemos acesso ao dossiê?

– Queres dizer se eles quisessem encontrar o Paul Lamont? – Os dois começavam a pronunciar «eles» com uma vaga repugnância.

– Sim – disse ela. – Podiam simplesmente seguir-nos até ele. Afinal, temos uma taxa de encontrar pessoas mais alta do que a do FBI. – O que era verdade.

– Mas temos uma taxa mais alta do que a CIA?

Olharam um para o outro. – Provavelmente – disse Celine. – É isso mesmo. Eles não conseguem encontrá-lo. Quem quer que eles sejam. E viram o dossiê. Podes apostar que já tinham entrado no apartamento antes e o tinham copiado. A Gabriela não sabia, mas sabe agora, porque eles *queriam* que ela soubesse. Queriam que *nós* soubéssemos. A fotografia tombada, *etc...* tudo isso foi um aviso. – Celine tirou um espelhinho da bolsa e verificou o batom. – Não, eles já espremeram bem espremidas as pistas todas. Para eles, o dossiê não passa de um artefacto. E chegamos nós com a nossa folha de serviço impecável. Não querem que o encontremos, ou deixavam-nos ter acesso ao dossiê. O risco, seja ele qual for, é simplesmente demasiado grande.

– Qual é o risco? – perguntou Pete.

– Não tenho a certeza. – Fechou o espelho com um estalido e sorriu ao marido. – Pensei que o facto de o tabuleiro dos talheres ter sido mudado de lugar era um pormenor interessante, tu não? As manhas dos espiões são o que são, suponho.

Já trabalhavam juntos há tanto tempo, já tinham travado tantas daquelas conversas exploratórias, que conheciam o ritmo até às últimas notas prolongadas. Como músicos que acenam com a cabeça uns aos outros antes dos acordes finais, trocaram um longo olhar que significava: *É tudo por agora. Também isto será revelado.* E a seguir Celine pegou no telemóvel e voltou a telefonar a Gabriela.

ONZE

Jackson Hole era agradável. Nada mais. Celine comentou que uma cidade inteira dedicada aos tempos livres e ao divertimento era muito cansativa.

– Retiro o que disse – afirmou enquanto se dirigiam para o Cowboy Bar para almoçar. – *Procurar* o divertimento é fatigante. Divertirmo-nos é só divertido. É muito mais relaxante uma pessoa dedicar-se ao seu trabalho, não achas? Quer dizer, quando se gosta do que se faz.

– Bem – disse Pete. Deu-lhe a mão para atravessarem a rua. Parecia um pouco deslocado na cidade, mas só porque se vestia sempre como se fosse construir um barco. No Maine. A sua indumentária não mudava em situações formais para além de, ocasionalmente, vestir um velho casaco de *tweed*. O que usava no verão e no inverno, para os seus trabalhos de marcenaria na oficina, para jantar com uma das amigas de infância chiques de Celine era calças largas de caqui, frequentemente manchadas de verniz ou com salpicos de tinta, sapatos de vela de pele já velhos, muitas vezes sem meias; uma camisa de sarja azul, verde ou vermelho-escura, da *L.L. Bean*. Era tudo. Um pouco como Fidel Castro, que usava sempre fardas militares. Pete não chegava a citar Thoreau, mas dissera uma vez a Hank que a maneira como se vestia lhe poupava muito tempo, energia e despesa.

131

Agora disse: – É por isso que sentia sempre que voltar para os Estados Unidos depois de viajar era um pouco stressante. Quer dizer, aparentemente, a nossa obrigação como cidadãos é procurarmos a felicidade. Algo para que tenho sempre de me preparar. Preferia de longe simplesmente *ser* feliz, ou não.

A provar a observação de Celine sobre a procura do divertimento, tiveram de esperar por uma mesa por trás de um grupo de ciclistas com calçado de ciclismo que fazia barulho e calções de ciclismo justos que não escondiam o suficiente. Segundo Celine. – Uma pessoa nunca será verdadeiramente feliz se usar aqueles calções – disse ela. – Está a dizer aos seus órgãos masculinos que gostava que eles fossem internos. – Um dos homens ouviu o que ela disse, começou a rir e insistiu que eles os dois passassem para a frente do grupo na fila.

No reservado de madeira gasto onde pediram os seus hambúrgueres, o jovem empregado de mesa disse-lhes que Celine parecia uma estrela de cinema dos velhos tempos. *Era?* Não, não era.

– Pá, podia ser – disse ele. – E digo isto como um elogio. Temos uma data deles na cidade.

– É o que ouço dizer.

– O Harrison Ford esteve cá no outro dia.

– Não me diga.

– É um tipo normal. Até esteve na patrulha do esqui.

Celine estava mesmo a precisar de um chá frio. Mas o rapaz começava a entusiasmar-se com o assunto. Disse-lhes que um esquiador do Texas ou de algum outro sítio bateu contra uma árvore e ficou inconsciente e quando acordou viu Harrison Ford debruçado sobre ele, a atá-lo a um trenó. O homem começou aos berros, porque sabia que estava morto. O rapaz achava que aquilo era muito engraçado.

Os hambúrgueres eram excelentes. O balcão no meio do restaurante estava apinhado com pessoas da terra a beberem cerveja como se estivessem numa missão, e Randy Travis cantava sobre como o seu amor era mais profundo do que o desfiladeiro.

132

O ruído era tão alto que Pete bem poderia ser oficialmente surdo. Perfeito.

Celine inclinou-se para a frente e quase lhe berrou ao ouvido em que ele tinha o aparelho auditivo: – Pete, estamos a ser seguidos. Tenho a certeza. Para tua informação. – Inclinou a cabeça na direção de um jovem com um boné de basebol e barba escura de uma semana que estava ao balcão. Pete acenou com a cabeça. Só ela poderia saber que o ligeiro trejeito dos seus lábios era um sorriso: chegara à mesma conclusão.

Celine queria ver os retratos de Lamont. Pete trouxera o seu portátil e depois de comer metade do hambúrguer passou para o lado dela à mesa e abriu-o, e usando só a rede aberta de *wi-fi* do bar encontrou o primeiro arquivo de fotos de Amana tiradas por Lamont.

O primeiro retrato, a preto e branco, encheu o ecrã. O que Celine notou imediatamente foi a calma. Uma calma essencial irradiava da mulher e formava uma redoma de silêncio no clamor turbulento à volta deles. Era uma fotografia de perfil, pescoço delgado e ombros nus, cabeça inclinada, cabelo preto preso atrás.

Onde estava a beleza, onde começava? Celine, que compreendia a necessidade e o poder do mistério, não saberia por onde começar.

Podia começar na inclinação da cabeça, o ângulo, a ligeira tensão que punha no pescoço, de modo que ela parecia ao mesmo tempo em pose e descontraída, como um violino – ou uma ave. Celine pensou na garça-azul-grande no canavial de Baboo, logo abaixo do alpendre. Como a ave parecia ficar parada horas a fio, de pescoço esticado para os baixios num equilíbrio sem esforço, entre a imobilidade e um ataque iminente. Porque o ataque viria, inevitavelmente. Celine costumava pensar que se a eternidade se encontrava algures, estava de algum modo contida na atitude daquela ave. Tudo o que a garça fizera, e faria, e estava agora tão perfeitamente a não fazer, estava contido na sua postura. Tal como Amana. Ao inclinar a cabeça estava a fazer uma vénia ao tempo – não tem misericórdia, isso é claro – mas também a preparar-se, a preparar a sua concentração para algo que ultrapassava a aceitação: agira e agiria, e haveria amor na sua ação, e imaginação. No que quer que fizesse. Também isso era claro.

De modo que num mundo cuja ofensiva era quase insuportável haveria algo novo e adorável. O ângulo da sua cabeça sugeria uma promessa.

E depois havia o plano da sua face e onde se suavizava e se rendia para dar lugar ao olho, à têmpora. Tinha maçãs do rosto salientes mas não severas. Pronunciadas mas não insensíveis à pele macia abaixo delas. Sugeriam autodisciplina e submissão ao dever – se lhe pedissem que fosse uma guerreira, seria uma guerreira – mas também compaixão e tolerância. Estarei a ver demasiado?, pensou Celine. Não. Isto é o que eu faço. Nem sempre tenho razão, mas usualmente tenho-a.

A sua boca, a metade que Celine conseguia ver, estava descontraída, fechada. Celine poderia ter ficado ali mesmo. Poderia montar o acampamento, por assim dizer, e demorar-se neste aspeto do fascínio daquela mulher. Do ligeiríssimo descaído dos cantos, o seu lábio superior erguia-se num longo duplo arco rematado por um topo cheio que era sensual, mas transmitia também um leve sentido de humor. Havia muitos prazeres sérios que aquela boca teria provado, mas o seu favorito talvez tivesse sido o riso. O lábio inferior parecia o irmão mais novo, sério – resolvido a acompanhar o outro na diversão, mas disposto também a ficar um pouco para trás, e a ser mordido. Dava vontade de beijar aquela boca. De uma pessoa se inclinar e beijar nem que fosse o seu canto. Mas era o olho de Amana que atraía constantemente o observador: a inteligência e a calma nele. A concentração relaxada. A sensação de que ao que quer que fosse visto e decidido se seguiria uma rápida ação. As fotografias eram a preto e branco, mas Celine imaginava que os olhos dela eram de um verde esfumado.

Celine nem sequer pensara no belo nariz, nos ombros suaves, nem nunca se dera conta de como a linha de um maxilar pode evocar tal pureza. A têmpora de Amana trespassava-a. A vulnerabilidade ali, os fios de cabelos mesmo antes do perfeito e estranho náutilo da orelha. Recorde-se que Celine era pintora. Desenhava e pintava figuras humanas desde pouco depois de começar a andar. Quando sentira alguma vez que um rosto poderia tão facilmente prender a sua atenção?

Sentia-se relutante em deixar a imagem, mas acenou a Pete e apareceu a seguinte, e a seguinte. Retratos de Amana a olhar diretamente para a objetiva – a mesma serenidade essencial, mas de rosto inteiro, a beleza agora em cheio, intenso, os olhos afastados a olharem a direito para o observador, que sustém a respiração – ou Amana a pensar em algo divertido ou vagamente triste, ou algo interior e distante, quase custava olhar para as imagens, não porque exigissem alguma recalibração do observador, obediência, inveja ou fosse o que fosse, mas apenas porque a simples beleza pode ser difícil de suportar. Havia nus, Amana estendida de barriga para cima e fotografada de um ponto por trás da sua cabeça, a ver-se quase o que ela poderia ver. Ou de lado, um joelho quase no peito, ou a mulher inclinada a testar a água numa banheira como num quadro de Degas. Mas aquelas fotografias não eram quadros de Degas, o enquadramento não se destinava a transmitir uma imagem lisonjeira. Eram declarações visíveis de assombro. Algumas vezes, Celine teve de se lembrar de respirar.

Deu por si a perdoar um pouco a Paul Lamont. Santo Deus. Ela conseguia compreender perfeitamente o que quer que o homem tivesse feito depois da morte da mulher. Um homem mais fraco ter-se-ia simplesmente matado. E aqueles eram momentos com Amana captada em relativa imobilidade. Como seria fazer amor com uma mulher como aquela? Receber os seus beijos? Saborear a sua pele? Fazê-la rir? Escutá-la a contar histórias à filha que ele lhe tinha dado? Pegar na criança dos seus braços? Partilhar uma refeição? Darem as mãos e passearem na vizinhança já tarde numa noite

135

de agosto, o som mais próximo o ligeiro bater das solas das sandálias? Vê-la despir a roupa e mergulhar num lago e nadar, afastar-se num ritmo constante – ela era uma boa nadadora, aprendera, isso era evidente nas muitas fotografias dela numa piscina, num lago – deixando atrás de si uma ondulação a espalhar-se e minúsculas ondas que tocavam os pilares do cais e a praia muito depois? Celine era incapaz de conceber o que ele sentira. Para Lamont, que claramente era muito sensível à beleza, talvez tivesse sido como passar por uma espécie de vida depois da morte ainda em vida. Certamente não teria sido fácil.

Ele ter-se-ia perguntado com frequência se não estaria a sonhar. E se o sonho não desapareceria um dia.

Foi ela quem fechou o portátil. Já bastava.

No Mundo Segundo Celine e Pete, a parte melhor de qualquer cidade era a biblioteca. E a seguir a sociedade de estudos históricos, se a houvesse. A não ser, claro, que houvesse uma loja de armamento em saldo (Celine) ou uma loja de ferramentas para trabalhar a madeira (Pete) que vendesse belas plainas manuais e cinzéis. A biblioteca de Jackson ficava a pouco mais de um quilómetro e meio. Tinham passado por ela a caminho do restaurante e Celine reparara no cartaz pousado num cavalete no passeio com os dizeres: «VENDA DE LIVROS HOJE! REVISTAS!»

Agora, enquanto se encaminhavam para a carrinha, Celine meteu à boca uma tira de pastilha elástica *Juicy Fruit* e disse: – Pete, gostava de ver mais fotografias tiradas pelo jovem Paul Lamont. Tive uma ideia... só um segundo. – Num banco no exterior de uma galeria de arte estava sentada uma rapariga atlética com *leggings* e *top* para correr. Celine teve o palpite de que era bonita, mas não tinha a certeza, porque ela estava com o rosto entre as mãos e os seus ombros muito vermelhos estavam a tremer. Celine aproximou-se e tocou-lhe nas costas palpitantes. A cabeça da rapariga ergueu-se de súbito. Os seus olhos estavam cheios de lágrimas e com uma expressão confusa, e furiosa agora, a tentar fixá-la.

– Um rompimento? – perguntou Celine. Já vivia há tempo suficiente para saber que o motivo dos soluços da rapariga só podia ser um.

A moça vacilou. Quanto mais se apercebia de que se tratava de uma bonita mulher mais velha, menos furiosa ficava. Acenou com a cabeça.

– Posso? – disse Celine.

A rapariga hesitou, acenou com a cabeça.

– Tem o tipo de beleza que vem de dentro – disse Celine. A rapariga quase sorriu. – O que significa que ele é um tolo rematado, não acha?

O sorriso rompeu, trémulo. Que diabo, estaria a sonhar?

Celine estendeu a mão para a mão molhada da rapariga, pegou nela. – Sabe, eu perdi três grandes amores. Amores que eram capazes de fazer a Terra sair do seu eixo. Verdadeiramente. De cada vez, pensei que a minha vida tinha acabado. – A rapariga estava imóvel, estava a escutá-la. – Finalmente encontrei aquele com que estou destinada a morrer. É um amor tão profundo que nem posso tentar sondá-lo, e não quero fazê-lo. Gostava de poder ter dito isso ao meu eu mais jovem, de coração destroçado. Que tudo se resolveria, mais do que se resolveria, que seria verdadeiramente glorioso. Por isso, estou a dizer-lho a si. Um dia, vai sentir-se grata por este novo capítulo.

A rapariga escutava-a. A sua mão estava agora pousada na de Celine como uma ave que não tivesse mais nenhum sítio onde preferisse estar. – Olhe – disse Celine. Procurou na sua bolsa com a mão livre e encontrou uma pequena bisnaga de protetor solar de fator 50. – Por favor, aplica isto para chegar a uma provecta idade? Parece uma lagosta muito bonita. – Apertou-lhe a mão e regressou para junto de Pete. Não viu, mas Pete sim, que a rapariga parecia ter sido atingida na cabeça por um lírio – ou atacada por um anjo. Um dia típico, pensou Pete. Já há muito tempo que reconhecera que quando uma pessoa andava pelo mundo com Celine, bem... era simplesmente mais divertido. Um conceito estonteante para um homem cuja família vivia há sete gerações no Maine.

– Onde é que nós íamos? – disse Celine. – Oh, tive uma ideia. Passámos pela biblioteca há um quilómetro e meio. Parece que estão a desfazer-se de livros. Devem ter exemplares atrasados da *National Geographic*, não achas? Talvez até possamos comprar alguns.

A Biblioteca do Condade de Teton County era um edifício baixo e comprido com paredes de toros que parecia um pouco uma casa de estilo *ranch*. Não te deixes enganar por isso, pensou Celine. Aquele era um dos condados mais ricos do país e o interior não a dececionou: a zona dos computadores, a sala infantil, o móbile de Calder pendurado no átrio fariam a inveja de qualquer cidade. Recordou-lhes os liceus muito chiques em Fishers e em North Haven: onde há muita gente rica de outras partes, o imposto municipal tem de se aplicar nalguma coisa. No pátio nas traseiras, à sombra mosqueada de um jardim de álamos, havia mesas e mesas com livros velhos e papéis colados a dizer «$2 CADA». Passaram por elas quase sem olhar. Sobre as mesas articuladas mais distantes, ao lado de um venerável abeto azul e não longe do gargalhar de um pequeno ribeiro, estavam pilhas de revistas doadas à biblioteca.

Muitas eram tão velhas que as suas capas estavam jaspeadas pelo uso. Havia as esperadas *Popular Mechanics* e *Better Homes and Gardens*. A *Modern Architecture* e a *FlyFlish Journal*. Celine passou por elas sem ponta de remorso, mas teve de se obrigar a ignorar a pilha surpreendente de edições da *Soldier of Fortune*. Bem, de facto não conseguiu. Parou e observou o exemplar no topo da pilha, com uma imagem de um comando com um chapéu da selva e rosto pintado a sair de um rio crepuscular com uma espingarda camu-flada com mira telescópica e a legenda: VISÃO NOTURNA COMO NUNCA ANTES. Pete deu-lhe um encontrão. – É uma caravana muito pequena. Mas, Pete, só uma? – A sobrancelha dele fez um movimento minúsculo que era a sua versão de um encolher de ombros e ela pegou na revista. Aquilo de que estavam à procura encontrava-se em caixotes no relvado. Caixotes e caixotes. Claramente, a elite local estava a afogar-se em edições da *National Geographic*.

Demoraram uns dez minutos a localizar a dúzia de anos em que Paul Lamont esteve ativo e a esquadrinhar os índices e pegar nos números em que ele tinha reportagens. Celine decidiu que seria uma boa ideia anotar as datas das revistas desse período que deixaram ficar. Pegaram em mais algumas de anos posteriores, por via das dúvidas, e foram embora com um braçado de trinta e uma revistas a cinquenta cêntimos cada. A funcionária com a caixa do dinheiro junto às portas de vidro usava quase tantas pulseiras de ouro como Celine. Olhou por cima dos seus óculos de meia-lua e, reconhecendo alguém como ela, descontraiu-se visivelmente, sorriu e disse: – Oh, não adora essas revistas? Forrámos as paredes da divisão dos esquis com capas antigas. Cinco dólares chega, leve quantas quiser. – Distraidamente, folheou as velhas revistas e estacou ao ver a *Soldier of Fortune*. – Oh! – guinchou. – Como é que esta veio aqui parar? Lamento muito, posso voltar a pô-la no sítio, se quiser...

– Nós levamo-la – disse Celine com um sorriso rasgado. – Nunca se sabe quando se precisará de um mira de visão noturna. – Pegou nas revistas e saíram da biblioteca.

Encaminharam-se para norte ao longo do lago Jackson, atravessando o Parque Nacional. As folhas caídas cobriam as margens, pilhas de galhos trazidos pela corrente luziam prateadas ao sol. Epilobios cor-de-rosa ruborizavam os prados e as montanhas erguiam-se acima dos seus próprios reflexos na água escura. Celine perguntou-se de novo o que havia na beleza e o que ela tinha a ver com o amor. Pensou que, provavelmente, era tão sensível ao seu poder inebriante como Lamont. Os artistas, como tribo, tendem a partilhar essa perigosa suscetibilidade. Ela compreendia-o. Também ela teria enlouquecido. O homem percorrera a Terra a testemunhar a beleza através da lente da sua máquina fotográfica e Amana talvez tivesse sido a coisa mais requintada que alguma vez vira. Mais ainda do que aqueles dois cavalos a darem patadas no céu ao nascer do sol. Ela era mais deslumbrante do que o seu famoso barco na crista de uma onda que parecia um *tsunami*. É fácil amar uma pessoa assim tão bela. É fácil ficar obcecado.

E quando Amana estava a ser puxada pela corrente para mar alto, ele virou-lhe as costas e agarrou na filha e correu com ela pelo trilho acima.

Para Celine, aquele era o ato mais corajoso de verdadeiro amor. Poderia parecer o contrário, não poderia? Talvez ela fizesse essa pergunta a alguém que escutasse a sua história. *Não, a mim não*, responderia. Porque ele se tornou uma extensão da vontade da sua mulher. Indo contra todos os seus instintos gritantes, fez o que ela quereria, o que ela insistiria que ele fizesse. E fê-lo num instante abnegado, sem hesitação. Celine não conseguia imaginar um ato mais verdadeiramente heroico.

O que ele fez depois: desaparecer na bebida, exilar a sua filha pequena para o seu próprio planeta, talvez abandoná-la completamente dez anos mais tarde. Ela quase o perdoava. Depois de ver as fotografias da sua primeira mulher e a qualidade da atenção que ele lhe dera, compreendia.

Teria ele finalmente abandonado Gabriela para sempre na fronteira entre o Wyoming e Montana? Ou teria sido levado por um urso? Era o que eles tinham vindo descobrir. Qual era o pior resultado? Qual magoaria mais a filha? As revelações sobre o dossiê desaparecido apontavam para uma imagem um pouco mais complicada do que um simples ataque de um urso. E ela sabia que uma morte simples é por vezes a forma menos dolorosa da ausência.

DOZE

Naquele primeiro verão, quando as irmãs tiveram finalmente a certeza de que o seu pai realmente não faria a viagem de três horas de comboio de Nova Iorque e a travessia de quarenta e cinco minutos de New London no *ferry* para as visitar na ilha, começaram, nas palavras dos adultos, a extravasar. Bobby foi a primeira a ir parar ao hospital. Las Armas, a casa de Gaga, era uma *villa* espanhola trazida do velho país tijolo a tijolo pelo avô Charles. Tinha um pátio que dava para o estuário e uma varanda no andar superior que dava a volta a todo o segundo andar e de onde se podiam ver a fonte central e os canteiros de flores. Às divisões no andar de cima chegava-se por duas escadarias interiores – uma da cozinha e da zona de serviço e a outra da entrada principal – e por duas escadarias exteriores com corrimões pesados, envernizados.

Las Armas contava com um pessoal de verão reduzido. Era mais uma questão de estética do que de economia. Gaga trazia com ela para Fishers um mordomo, que desempenhava também as funções de secretário e criado de quarto; uma cozinheira; uma criada de servir, que tratava da casa; e uma lavadeira, um motorista e um jardineiro. Para os trabalhos de jardinagem pesados que eram empreendidos antes da chegada da família e depois da sua partida para Manchester era contratada uma equipa da ilha, que se ocupava de uma série de casas. Na casa no Connecticut aquele pessoal reduzido era consideravelmente aumentado, incluindo dois moços de estrebaria; embora a família fosse a todo o lado no *Rolls-Royce*, ninguém conseguia imaginar uma casa sem cavalos.

Bobby, por ser a neta mais velha, tinha o seu próprio quarto no andar de cima, a dar para os relvados que se estendiam até à praia. Celine e Mimi partilhavam um quarto ao fundo de um corredor que dava para o caminho de conchas esmagadas e os jardins da frente.

Em regra, as duas irmãs mais novas eram as primeiras a se levantarem de manhã. As meninas faziam dois anos de diferença, mas, como se fossem gémeas, tendiam a acordar no mesmo minuto, os seus pés descalços tocavam no soalho de ácer a um ritmo de quatro batimentos, despiam as camisas de noite e enfiavam calções e camisas num instante, da torneira na casa de banho ao lado saía água durante vinte e oito segundos, o autoclismo era puxado duas vezes e estavam prontas. O que traria a manhã? Não que lhes «trouxesse» alguma coisa. Não eram seres passivos. O primeiro ponto da ordem de trabalhos era arrastar a irmã mais velha para o dia.

Bobby tinha onze anos, quase doze. Sentia-se protetora em relação às irmãs e as três mantinham-se a uma distância cautelosa em qualquer grupo fora da família, mas ela era também uma menina prestes a entrar na adolescência e como tal vivia dentro e fora de um reino que era remoto para as suas irmãs mais novas, misterioso, um pouco digno de uma rainha e de certo modo inspirador de respeito temeroso; e por vezes ela tinha pouca paciência para entusiasmos infantis. Celine e Mimi pressentiam a partida iminente da sua irmã para a neblina do mundo adulto e estavam decididas a mantê-la na terra dos pés descalços e das marias-rapazes enquanto pudessem. A sua atividade preferida antes do pequeno-almoço era entrar à socapa no quarto da irmã enquanto ela ainda dormia, aproximarem-se da sua presa como dois leopardos e saltarem-lhe em cima.

A batalha que se seguia acabava muitas vezes em lágrimas. Alguém podia ser projetada pelo ar, alguém podia quase fazer chichi por causa das cócegas, a cabeça de alguém podia bater contra o cotovelo de alguém, alguma outra podia soltar um grito de fazer gelar o sangue, que era imediatamente abafado por mãos ou almofadas – porque o pior resultado possível seria despertar a atenção de um adulto.

Por isso, quando Celine e Mimi finalmente abriram a porta do quarto de Bobby – ela tinha tentado barricar-se com uma cadeira, mas as duas conseguiram arrastá-la – e encontraram a cama vazia e o mosquiteiro da janela encostado à parede, sentiram-se chocadas, como irmãs, mas excitadas, como caçadoras. Espreitaram pela janela e viram que a pereira em espaldeira formava um escadote perfeito, que acharam irresistível e desceram sem acidente – Mimi sabia trepar às árvores como um macaco. Correram como presidiárias em fuga pelo relvado até à praia, onde o nevoeiro ainda se movia numa nuvem viva. Pensaram que encontrariam Bobby a apanhar vidrinhos, mas não a viam em lado nenhum. Voltaram a subir a praia. Ainda estavam em modo de caçadoras e por isso não chamaram por ela, mas não tiveram de o fazer: ouviram, entre os gemidos de duas sirenes de nevoeiro no estuário, um gemido mais ténue.

A doca de Grayson ficava na ponta sul da praia e formava um paredão. Na maré vaza, estava entre dois metros e meio e três metros fora da água. O pai delas sempre adorara mergulhar da plataforma e, embora nunca tivessem estado todos juntos na ilha, ele prometia nas suas cartas pôr cada uma delas às costas e saltar. Dizia-lhes que seria como saltar de para-quedas sem para-quedas, o que, por alguma razão, as punha loucas de expectativa. Mimi e Celine seguiram os soluços até à doca e encontraram Bobby na praia como um barco afundado que tivesse vindo dar à costa, com o rosto coberto de sangue.

Tinha mergulhado da ponta, como imaginava que o seu pai mergulhava. Atirara-se, sem saber que Harry só mergulhava quando a maré estava alta e conhecia o fundo suficientemente bem para evitar as rochas maiores.

De qualquer modo, ela não se importava realmente se morresse. O pai tinha feito a grande viagem de regresso de França e em vez de ir diretamente para Fishers para comemorar a reunião da família, como ela esperaria, parecia estar a contorná-la. Parecia estar a evitar a própria família. Por que motivo faria aquelas manobras para as evitar? Ultrapassava qualquer compreensão. Talvez estivesse furioso com ela, ou magoado por ela não ter respondido prontamente ou com suficiente frequência às suas cartas. Seria isso? Talvez em Paris, em algo tão grave como uma guerra mundial, ele tivesse perdido o gosto pela paternidade. Talvez as filhas pequenas fossem agora uma coisa demasiado trivial.

Quanto mais tentava coadunar aquele comportamento com o pai que adorava e de que sentia tantas saudades, mais duvidava que fosse o que fosse pudesse continuar a funcionar como devia – a sua mãe, por exemplo, o mar, as estrelas ou o sol. E isso enfurecia-a. Por isso. Se ele não ia voltar como prometera e pô-la às costas e saltar da doca de Grayson, fá-lo-ia ela.

Nessa manhã, acordou mais cedo do que o costume. Mal tinha ainda amanhecido e o noitibó ainda estava a atacar o nevoeiro com o seu chamamento incessante. Bobby estivera a chorar. Sabia que sim porque a fronha estava molhada. Vestiu o fato de banho em vez dos calções e desceu pela árvore para não se arriscar a encontrar a criada Anna, que também se levantava muito cedo. Correu para a praia, atravessou-a até à doca e executou um impressionante salto de anjo da ponta. Esfolou o braço num rochedo um metro e vinte abaixo da superfície da água e bateu com o lado da cabeça. Foi uma grande sorte que o rochedo estivesse coberto na sua maior parte por um tapete espesso de algas escorregadias. Mesmo assim, o embate fê-la ver relâmpagos e ela recordou-se de um pensamento súbito: «*Ne pas s'évanouir!* Não desmaies! Afogas-te!»

De qualquer modo, era uma menina muito prática e calma em todas as circunstâncias que não tivessem nada a ver com o seu pai, e embora estivesse desatinada com a mágoa e a fúria não tencionara realmente matar-se. Bateu na rocha e viu relâmpagos e tudo ficou negro e depois deu consigo a esbracejar para vir à tona, onde o nevoeiro era mais luminoso do que o escuro do leito do mar, e engoliu água e ar e engasgou-se e tossiu e continuou a nadar até dar com os pés no fundo e os cortar nas lapas e de algum modo conseguir arrastar-se até à areia da praia da família. Estava sufocada e a soluçar. Tentou pôr-se de joelhos e vomitou na areia e voltou a deitar-se. Enroscou-se. Chorou. O seu pai já não gostava dela. Tentara provar que realmente não tinha importância, que era capaz de sobreviver sozinha, mas evidentemente não era. Era um fracasso total. Soluçou. Nem sequer conseguia chorar, porque estava sempre a engasgar-se. Onde é que estava, de qualquer maneira? Odiava a América.

Celine correu para fora do nevoeiro e encontrou a sua irmã enroscada e ensanguentada. Com o clarão de intuição em que viria a apoiar-se ao longo de toda a sua vida, compreendeu toda a cena. Também era precoce, nos cuidados que prestava a aves caídas do ninho e a gatos vadios, e sabia como pressionar uma ferida que estivesse a sangrar. Não entrou em pânico. Mal viu a cabeça da irmã, tirou a camisa e pressionou-a contra o golpe acima da têmpora esquerda de Bobby. «*Même chose!*», disse despachada a Mimi, que só queria ser como a sua irmã mais velha e tirou a camisa, e Celine pegou na camisa às riscas e, sem deixar de pressionar a ferida, enrolou-a três vezes, pô-la à volta da cabeça de Bobby e apertou-a tanto quanto possível.

– OK – disse a Mimi em inglês. – Agora corre! *Vite*! Vai buscar a mamã! – Mimi correu praia acima e desapareceu no nevoeiro.

Celine sentou-se ao lado da sua irmã que chorava e muito delicadamente ergueu-lhe a cabeça, pô-la no seu regaço e acariciou-lhe o ombro nu. O nevoeiro dissipava-se e voltava a formar-se lentamente e minúsculas ondas batiam na areia. As rãs coaxavam tranquilamente no pantanal, a sirene do nevoeiro gemia. A sua irmã chorava baixinho e tremia sob a sua mão. Celine baixou a cabeça quanto podia, de modo que o seu cabelo pendeu sobre o rosto molhado de Bobby, e murmurou-lhe ao ouvido: – Ele ainda gosta de nós. Gosta mesmo.

*

O próximo a ir parar ao hospital foi Alfonse, o jardineiro. Ninguém gostava dele. As meninas não conseguiam compreender porque Gaga o mantinha ao serviço. Usava um fato-macaco de caqui manchado com sujidade e óleo, e tossia e cuspia, e era mau. Elas diziam «Olá» e «Bom dia» e ele só lhes fazia má cara. Espiavam-no por vezes da sombra escura sob as copas de uns pinheiros. Rastejavam pelas ervas altas nas margens do relvado como leopardos. A luz por entre a vegetação varria-lhes as costas e elas faziam de conta que tinham pintas. Punham-se a ver Alfonse arrancar ervas daninhas. Arrancava-as como se estivesse furioso com cada uma delas. Corria o boato de que em tempos tivera mulher e filho, mas que tinham ido embora ou morrido. As meninas viam porque é que eles talvez tivessem fugido. Por vezes, enquanto o espiavam, ele erguia a cabeça e olhava a direito para elas, com os olhos semicerrados. Oh! Também fumava cachimbo quando se sentava sozinho à sombra do seu barracão das ferramentas à tarde. O barracão fedia. De certo modo. Ele fumava e tossia e cuspia.

Alguns dias depois do acidente de Bobby, as irmãs decidiram ir à pesca. Mais um aliciante que o pai mencionara. Tinham anzóis e pesos e precisavam de minhocas. As três foram ao barracão de Alfonse à procura de pás para cavar. Enrugaram o nariz. O barracão cheirava a terra e a musgo e talvez também a tabaco baunilhado de cachimbo. Tinham acabado de encontrar uma pá ferrugenta quando a porta ficou escura com a sombra encorpada de Alfonse. – Que *diabo* – disse ele. – Deviam-me pedir primeiro. – Não pediram, esgueiraram-se dali e correram como veados sobressaltados e acrescentaram a praga dele à sua lista de condenações. No dia seguinte, Bobby disse: – Vamos pregar uma partida... *une farce*... ao estúpido homem. – Estavam na divisão do telefone junto à despensa, debaixo das escadas. Havia um quadro de cortiça na parede do minúsculo quartinho no qual os avós tinham afixado números de telefone importantes. Um meio cartão de tachas brilhantes

146

estava pousado na prateleira. Bobby pegou nele e ordenou: – *Venez! Vite!* – Ainda impunha respeito e lealdade, apesar do lado da cabeça rapado e dos vinte e três pontos.

Alfonse tinha um pequeno trator *Harvester International* que usava para aparar os grandes relvados e para transportar o composto e a palha. Estacionava-o num bosque de áceres num simples alpendre na extremidade mais baixa da propriedade. As meninas percorreram o caminho como se fossem para a praia, mas desviaram-se e correram para o alpendre do trator. Bobby entregou as tachas – duas a cada uma – como um combatente da resistência a distribuir balas. Perguntou a Mimi se o caminho estava livre. Livre! A seguir, pôs as suas tachas com a ponta para cima no assento do trator e acotovelou Celine. Celine não tomou nenhuma decisão, limitando-se a imitar a irmã mais velha. Mimi fez o mesmo. Celine contaria a Hank, décadas mais tarde, que no momento em que pôs as tachas no assento do trator soube ou viu – disse que foi tal e qual como ver uma paisagem noturna no clarão de um relâmpago – que o mundo estava dividido. – Num lado está o bom e o justo, no outro o mau e o cruel. Tão simples como isso. Senti o mal a respirar-me na nuca e mesmo assim avancei. Era uma carga elétrica, uma excitação, talvez como uma dose de heroína é para algumas pessoas. Imagino que seja. Não compreendia nada sobre o vício, mas sentia que uma pessoa poderia voltar a procurar aquela excitação. Foi um falhanço moral muito grande.

No dia seguinte, a cozinheira encontrou Alfonse pendurado de uma trave no teto ao lado do seu trator mudo.

A terceira pessoa a ir parar ao hospital foi Celine. Pelo menos voltou. Alfonse, claro, não voltou. A cozinheira, Aggie, contou às irmãs numa manhã que ele tivera de facto mulher e filha e que elas tinham morrido de tuberculose. Ele também contraíra essa doença, mas sobreviveu, embora tivesse os pulmões fracos, a razão por que só fumava cachimbo ao fim da tarde e não tinha ido para a tropa combater na guerra. Tentara quatro vezes alistar-se, mas descobriram-lhe sempre a fraqueza.

Harry Watkins, o pai de Celine, acabara de estar no eclodir da guerra. Fugiu imediatamente antes de os Alemães marcharem sobre Paris, trocou o seu *Hispano Suiza* por uma bicicleta nas estradas entupidas, pedalou na berma da autoestrada com uma grande sacola de couro com os documentos mais importantes do Banco Morgan e, já fora de Paris, foi mandado parar por um *Bentley* preto.
– Harry Watkins, é o senhor? Entre! Entre! – Era o embaixador da Espanha em França, e mandou Harry acocorar-se no chão do compartimento traseiro, cobriram-no com uma manta de viagem e ele atravessou clandestinamente a fronteira para Espanha.

Um final adequado, excitante e arrojado do capítulo francês para aquela estrela do hóquei de Williams, aquele dançarino lendário. Harry era um homem de ação, não de palavras. Quando chegou a Nova Iorque estava-se em meados de julho. Alojou-se no Yale Club, que estava aberto a homens de Williams, e telefonou às filhas. Não telefonaria à mulher. O que Baboo e Harry tinham a dizer um ao outro foi escrito numa troca de seis cartas, três cada. Mimi atendeu o telefone. Estava por acaso no quartinho do telefone à procura no bengaleiro ao canto de alguma coisa que pudesse transformar em para-quedas. Sabia-se lá que método estava a congeminar para a sua ida às urgências.

– Papá! – gritou. – *Papá! Viens! Quand est-ce que tu viens?* – Harry não era expansivo, mas gostava mais das filhas do que, possivelmente, de qualquer outra coisa no mundo. Isso transparece nas suas cartas a Baboo, que Celine leu finalmente depois da morte da mãe. Ele e Baboo tinham chegado rapidamente a um acordo. Não era só devido à maneira como tinham sido criados, mas também ao seu tipo de temperamento que prefeririam a morte a fazer uma cena. Quaisquer objeções que um ou o outro tivessem ao acordo final – informalmente descrito em poucas linhas nas suas últimas cartas – engoliram-nas. O último argumento de Baboo foi recordar-lhe o dever para com as filhas: *Suponho que poderias vir.*

Estaríamos todos juntos uma última vez como família. As meninas, claro, ficariam fora de si. Adoram-te; és a estrela mais brilhante no firmamento delas e só posso encorajar-te a fazer os possíveis por manter o afeto delas e reforçar o seu amor por ti. Não quereria vê-los tolhidos. Mas não tenho a certeza, francamente, se tenho a força ou o élan necessários para desempenhar o papel. Receio que se desmoronasse tudo de alguma forma horrível que deixaria marcas em todos nós. E depois há a questão de onde tu dormirias.

Ao telefone, Harry perguntou a Mimi se ela andava a nadar e ela respondeu que oh, sim, andava, aprendera a nadar de bruços e conseguia respirar para os dois lados e ganhara a prova no Clube Hay Harbour. – *J'ai gagné une médaille!* – gabou-se. Ele disse que se sentia muito orgulhoso dela e que gostava muito dela. – Por favor, lembra-te disso –, acrescentou.

– Alguma das tuas irmás está por perto? – perguntou.

– *Un moment...* – Ouviu-a gritar por Bobby. Ouviu um grito abafado em resposta – imaginou a sua esgalgada filha mais velha ao cimo das escadas. – *O papá!* – gritou Mimi em resposta. Um silêncio, um berro, de tom mais baixo, e depois Mimi: – Papá... – uma hesitação. – Ela disse para te dizer que está indisposta. – Que era a expressão que usavam para indicar que estavam na casa de banho.

– E a Celine? – conseguiu perguntar.

– Está na praia a aprender a velejar com o Gustav.

– Oh, ótimo. Ótimo. Bem, diz a ambas que gosto muito delas. Agora é melhor eu desligar. Gosto muito, muito de ti. Lembra-te de, quando respirares na água, manteres a cabeça baixa. Vira-a só para o lado como se ela estivesse sobre um eixo.

– Sim, eu faço isso! Eu faço isso! – disse ela, esperando manter a conversa um pouco mais de tempo. E o telefone fez um clique e ela ouviu a nota contínua do sinal de marcação.

Mais tarde, pensaria que certos sinais de marcação e o de uma paragem cardíaca soam quase iguais.

*

Ele não voltou a telefonar. Só falou com elas daí a meses, e passaram a ser telefonemas formais e encontros em dias de anos, no Natal. Só Baboo poderia ter compreendido que o grau da sua reticência disfarçava a profundidade da sua sensação de perda. Nunca fazia nada na vida pela metade a não ser o cumprimento dos seus votos de casamento, e não sabia como gerir esse tipo de situação. Era também um homem de ação, físico, não um homem de conversas ou de atitudes verbais. Adorara as suas filhas *fazendo* coisas com elas, e num regime de visitas ocasionais aos fins de semana nunca conseguiria ganhar o ímpeto necessário para que as coisas corressem sem sobressaltos ou bem. Houve uma tentativa em novembro desse ano para as levar todas ao Jardim Zoológico de Central Park, que terminou com longos silêncios embaraçados e Bobby a tentar dar o seu braço a comer aos leões. Abdicou a favor de Baboo. Provavelmente, sentia que era menos confuso para as filhas e menos doloroso a longo prazo se elas começassem a ter independência do pai mais cedo em vez de mais tarde. Provavelmente, também estava errado.

Na manhã do telefonema, Celine saiu dos arbustos de madressilva e *Myrica* no caminho para a praia para descobrir por uma confusa Mimi que o pai tinha telefonado de Nova Iorque. A sua irmã mais nova estava no relvado das traseiras a olhar de testa enrugada para um guarda-chuva partido. O seu rosto era varrido alternadamente por excitação, confusão e uma tristeza passageira. Celine disse que ela se parecia exatamente com uma encosta ventosa de uma colina a ser varrida por sombras de nuvens e a luz do sol. Conhecia melhor a sua irmã do que o seu próprio reflexo e entrou imediatamente em pânico.

— O que foi? O que foi? — insistiu. — *Dis moi! Qu'est-ce que s'est passé?*

— Não sei — respondeu Mimi. — O papá telefonou. Queria falar contigo. Não sei. — Mimi ergueu os olhos do guarda-chuva estragado, fitou a irmã e desatou a chorar.

Celine não queria acreditar que tinha perdido a chamada. Correu para dentro de casa. Baboo estava no andar de cima, no seu quarto, a enrolar o seu magnífico cabelo escuro diante de um espelho triplo. No cabelo saía a Gaga. Evidentemente, não soubera do telefonema: a Fina Linha Cor-de-Rosa estava já a ser traçada: as suas filhas estavam já a começar a procurar o que culpar pela ausência crescente do seu pai. Mas quando Celine disse à mãe que tinha perdido o telefonema do pai, o rosto de Baboo contou quanto bastasse da história. A fúria e a dor nele – pior: a confusão. Talvez não para outra criança de sete anos, mas a Celine disse muito.

Desceu as escadas aos tropeções, abriu a porta de rede e correu a toda a velocidade na direção da praia. O vento tinha-se levantado. Gustav, o instrutor de vela, voltara para Hay Harbor. O minúsculo barco que tinham acabado de usar estava posto no areal e atado com cordas de algodão a um toro pesado que o mar trouxera. Celine desatou-o e empurrou-o pela proa, impelindo-o sobre a areia com todo o seu peso e enterrando os pés como um jogador de râguebi numa formação ordenada, e quando o barco ficou apontado na direção da água ela pegou na corda, lançou-a por cima do ombro e puxou-a na direção da areia molhada. O vento oeste soprava forte e atirava-lhe o cabelo contra o rosto. A água verde junto ao areal deu rapidamente lugar a uma água de um azul muito escuro, profunda, e ao largo o estuário estava encrespado e as vagas erguiam-se contra o vento, debruadas a branco. Ela esperou por uma onda maior para pôr a flutuar o barquinho sem quilha e empurrou-o mais uma vez; e mais uma vez na onda seguinte, e o barquinho começou a flutuar.

Estava com água pela cintura, de costas para a praia, a ser batida pelas ondas enquanto tentava soltar as amarras que prendiam a vela dobrada à retranca de madeira, e deu um grande empurrão final como Gustav lhe mostrara e saltou para dentro do barquinho libertado. Pegou no patilhão envernizado com ambas as mãos e encaixou-o na sua ranhura. O barco estava a oscilar perigosamente mesmo junto à rebentação menor e a inclinar-se para o lado. Como precisava de avançar naquele momento, assegurou-se de que a escota estava solta, içou a adriça e empurrou a cana do leme com a anca, com pressão suficiente para forçar a proa a entrar na corrente. Com os dois a velejarem, ela não se dera conta de quantas coisas havia a fazer ao mesmo tempo para lançar na água o seu pequeno barco. Sempre içara a vela com a ajuda do grande holandês e o seu peso surpreendeu-a, assim como o adejar súbito e vivo da lona ao erguer-se contra a brisa. O barco tornara-se subitamente um poderoso animal vivo e assustava-a.

Mas Celine era Celine. Andara a esforçar-se muito por aprender a velejar, não só porque as águas abertas e tempestuosas a atraíam e sempre adorara histórias do mar, mas também porque o seu pai prometera velejar com ela e ela queria muito mostrar-lhe que sabia manobrar o seu próprio barco. A vela bateu e estalou violentamente, esvoaçou enquanto se erguia, enfunou-se por um instante enquanto a retranca oscilava para um lado, depois para o outro, retesou-se e ela prendeu a linha rapidamente como uma profissional e pensou *Escota e cana do Leme!* e começou a travar a linha frouxa rapidamente enquanto mantinha a cana de teca do leme afastada com o joelho, a vela prendeu-se e enfunou-se, a retranca afastou-se e bateu com força contra a escota e o barco ergueu-se para estibordo e galgou o mar como um cavalo selvagem libertado de um cercado.

Por reflexo, inclinou-se para trás saindo do *cokpit* pouco fundo para contrariar o movimento, prendeu a escota rapidamente na ranhura e estendeu a mão às cegas para a cana do leme. Agarrou-a e sentiu-se de novo surpreendida com a pressão viva contra a palma da sua mão enquanto forçava a proa a furar o mar que vinha sobre ela, e inclinou-se ainda mais para trás. E surpreendeu-a o estrondo do casco a bater contra as ondas e a colisão e o chuveiro que se levantou ao atingir a crista da onda. Ficou toda molhada, mas não importava. Mesmo assim, continuou a manter o barco de feição ao vento. Tirou a escota da ranhura onde estava presa e agarrou-a com a mão esquerda. O barquinho voava e desabava sobre as ondas. Ela sentia-se mais aterrorizada e excitada do que alguma vez se sentira na vida e estava a dirigir-se para as águas negras do estuário.

Celine estava a uma distância suficiente no canal para conseguir avistar Las Armas e a doca de Grayson e os contornos de outras casas nas suas clareiras no cume baixo, e para ver Simmons Point e para além dele o Atlântico. Sabia o que tinha de fazer para virar, para se desviar do vento e abrandar a velocidade e voltar para trás, mas não conseguia obrigar-se a seguir esses passos. Quando se agarrou à crina de um cavalo desenfreado em Blois teve a mesma sensação. Com a diferença de que queria aquilo. Parte dela queria-o. Afastar-se de tudo o que tivesse a ver com o facto de o pai as ter deixado. Quando uma rajada levantou a proa para o céu e lhe queimou a mão com a escota e a expulsou do *cockpit*, ela gritou o nome dele.

Por isso, Celine sabia o que era ser abandonada por um pai. E o que faria uma filha – mesmo uma filha adulta – para o trazer de volta. Depois de anos a dirigir a sua grande capacidade de empatia para Harry Watkins, compreendia também o desespero que poderiam sentir alguns pais que tinham tomado a opção de partir.

TREZE

A norte de Jackson Hole, a carrinha *Toyota* passou por cima de uma raiz de árvore e parou. O parque de campismo que tinham escolhido ficava na margem do lago Jackson. O crepúsculo avançava sobre a água com uma quietude que transformava metade do mundo em vidro. O muro de montanhas estava na sombra, assim como os reflexos aos pés deles. Na quietude, os anéis das trutas a saltitarem apareciam como gotas de chuvas. Lentamente, em silêncio, a água escura desviava-se da luz do dia que ainda restava. Celine desceu da carrinha, espreguiçou-se e encaminhou-se para a água, sentindo o cheiro da sua frialdade e da fogueira de alguém que estava a cozinhar. Viu um homem mais velho a lançar a linha de pesca no ponto mais próximo e um homem mais novo a tirar uma tenda do saco a três lugares de distância para acampar. Pensou que a paz reinava no mundo – poderia reinar. Mas só onde o amor não tivesse nenhuma ferocidade. Onde houvesse o amor entre mães e pais e filhos não haveria paz.

Pete aproximou-se por trás, pôs-lhe as mãos nos ombros e teve a sabedoria de não dizer uma palavra. Talvez não fosse sabedoria: a ideia de dizer fosse o que fosse depois de chegar a um parque de campismo a seguir a muitas horas na estrada provavelmente nunca lhe ocorreu.

Ao fim de algum tempo, Celine disse: – Recorda-me o lago Como.

– Quando um conde te pediu em casamento? Naquele ano nos tempos da faculdade em que voltaste a França?

– Ele era duque.

– Hum.

– Não seria agradável sermos simplesmente aposentados? – perguntou ela. – Como aquele casal ali? E acolá? Podíamos vir até à água amanhã de manhã e lançar um flutuador e um anzol com uma goma presa e sentarmo-nos numa cadeira de praia.

– Hum. Não tenho a certeza que usem gomas.

– Podíamos dizer àquele jovem que nos anda a seguir que acabou o jogo, já não queremos jogar, que ele pode ir para casa para junto da família, onde provavelmente há uma menina pequena que sente terrivelmente a falta dele.

– Aquele homem ali?

– Sim, aquele. Ao lado da carrinha, a desenrolar a tenda com muito afinco à sombra do pinheiro grande.

A segunda noite na caravana foi mais tranquila do que a primeira. Fizeram um bule de chá Lapsang Souchong que beberam lentamente sentados à pequena mesa e folhearam os exemplares das revistas *National Geographic* à luz imperfeita da pequena lâmpada na parede. Celine virou as páginas de uma longa reportagem sobre o Chile com fotografias de Lamont, e chamou-lhe a atenção a sensibilidade que impressionara Pete. A capacidade de se maravilhar claramente não se confinava à sua mulher. Havia uma imagem de um *huaso* chileno com umas perneiras de pelo de cabra e um chapéu de abas montado num ruano cinzento à chuva. Estava a cavalgar por bosques verdes ao longo de um rio com uma corrente forte, com uma serra atada atrás da sela e um bebé num dos braços. Havia algo no à-vontade daquela cena, na sua adequação, nas árvores verdes e no rio de águas turbulentas, no homem e no cavalo que a afetava como um poema. Talvez fosse simplesmente a atitude do homem: a sua postura balançada ao ritmo do passo do cavalo; o seu chapéu inclinado para o trilho, para todo o trabalho a fazer. Mas era mais do que isso: havia algo totalmente protetor na sua postura. Acontecesse o que acontecesse, naquele momento ou em qualquer outro, ele protegeria aquele bebé. Nada poderia ser mais claro. Celine soltou um suspiro e virou a página.

Na seguinte havia uma imagem do Palácio Presidencial e da Galeria Nacional, que observou por alto, mas no fundo da página estava uma fotografia que a fez parar de novo. Era a reprodução de uma pintura: parecia ser uma cortina de chuva sobre umas montanhas. Uma tempestade no final da primavera, talvez, verdura e um céu preto fendido por um risco de luz. Se é que se tratava do céu. Não tinha a certeza, mas também naquilo sentia um ritmo, uma música, e uma afinidade com os elementos naturais, e compreendeu que a mesma sensibilidade que apreciara o vaqueiro apreciava agora o carácter abstrato da cena. A pintura recordava-lhe Clyfford Still, a mesma surpresa e o mesmo mistério. Fernanda de Santos Muños era o nome da artista, e, segundo a legenda, ela era uma das personalidades mais diletas do Chile. Celine conseguia ver porquê.

– Pete – disse Celine.

– Sim, querida.

– Olha para esta pintura. Devia ser estranho fazer fotografia no Chile na década de setenta. No Chile, na Argentina, no Peru. Foram tempos sombrios. Tive um primo que era adido económico na nossa embaixada em Buenos Aires e que costumava falar sobre isso. Não era nada reacionário e dizia que era horrível.

– Hum – disse Pete.

– Não foi o nosso melhor momento, pois não?

– Não.

– Ditaduras terríveis, terríveis, e nós conluiados com elas. Tantas pessoas assassinadas, torturadas, desaparecidas. O Ward disse que vários dos seus amigos argentinos desapareceram. De repente.

– Tirou os óculos de ver ao perto, limpou-os à bainha da camisa e olhou de relance para o marido, que estava com uma expressão particularmente pensativa e séria. Pete abriu a boca para falar, fechou-a. Por vezes, quando estava muito perturbado ou furioso, fazia isso – fechava a boca com força. Como se a fúria do que estava prestes a lançar para o mundo pudesse causar mais danos. Ele voltou à leitura. Também ele estivera a ver fotografias de Lamont, mas não tardou a embrenhar-se num artigo intitulado «Ataques de Ursos!». O artigo aparecia numa das revistas do período que não tinha uma reportagem com fotografias do pai de Gabriela. Leu que mais do que uma pessoa tinha sido atacada por um urso por ter deixado comida no seu veículo, que o urso-pardo abrira como se fosse uma lata de sardinhas. – A tomar nota – murmurou. – Não deixar latas de atum vazias na caravana.

Celine olhou por cima dos óculos de ver ao perto. – O que disseste, Pete?

– Nada – respondeu ele. Não queria meter-lhe ideias na cabeça. – Ouve isto. Vou parafrasear: No verão de 1974, uma turista da Carolina do Norte estava em Denali com os seus dois filhos pequenos. Viram um urso-pardo com duas crias junto a um prado e pararam e, claro, aproximaram-se. Confrontaram-no. O urso, claro, não ficou nada satisfeito e fez vários ataques falsos, a preparar-se para o ataque a sério. Pensando rapidamente, a mulher pegou no seu *spray* de gás pimenta para ursos e borrifou os filhos com ele. Julgou que funcionava como um repelente de insetos. Tiveram de ir à urgência do hospital.

– O que é que o urso fez?

– Fugiu. Quem quereria comer alguém assim tão burra?

Beberam o chá. Celine disse: – Reparei que temos um catálogo bastante completo dos anos em que ele fez fotografias para a revista. Talvez devêssemos fazer uma lista e ver que meses nos faltam.

– Boa ideia – disse Pete. Não tinha a certeza se era ou não, mas não faria mal ver todas as reportagens de Lamont, e já se deixara há muito tempo de questionar os palpites dela. Pegaram no bloco de apontamentos dele, onde anotaram os meses e os anos das reportagens que tinham e acrescentaram as datas das revistas que já tinham verificado na biblioteca e deixado porque não apareciam nelas fotografias de Lamont. Descobriram que só lhes faltavam cinco. – Gostava de as encontrar – disse Celine.

Acabaram o chá, subiram para o mezanino e foram embalados dessa vez não pela chuva, mas pelo bater suave da água do lago contra a margem e o murmúrio do vento nos pinheiros altos. Mantiveram a porta aberta, fechando só o mosquiteiro, e deixaram todas as janelas de rede à volta da cama na parte superior da caravana abertas à brisa. Celine levantou-se para urinar uma vez e ficou durante muito tempo parada, envolta no xaile, no escuro frio – haveria geada de manhã, pensou – a maravilhar-se com a profundidade e a textura das estrelas. Como um tecido infinito. Que era. A Via Láctea perpassava-o como um motivo imaginativo do seu tecelão. Havia uma grande quietude. Deu um pequeno passeio, uma espécie de deambulação, e finalmente, com os dedos dos pés dormentes, voltou para a cama. Nenhuma carrinha os acordou a meio da noite porque, claro, a carrinha estava estacionada a uns quarenta metros. Celine manteve a *Glock 26* debaixo da barra da almofada.

Pete levantou-se antes de Celine e ela acordou com o cheiro de café forte e a primeira luz através do mosquiteiro a fazer uma taça luminosa de céu onde três e depois duas estrelas brilhavam. Estava frio, o frio do outono, que ela adorava. Respirou – sentia os pulmões desimpedidos hoje, apesar da altitude. Quase se sentia contente. Tenho sorte, pensou. Muita. Podia morrer agora mesmo, debaixo desta flanela quente, com o aroma do café e um par de patos a resmungar no lago e o meu marido a cirandar lá em baixo. Morrer realizada.

Talvez. Havia um caso a resolver e algo a incomodava na sua teoria provisória sobre Paul Lamont. Que consistia em duas possibilidades alternativas: 1) que Lamont tivesse sido comido por um urso; ou 2) que quisesse livrar-se – do seu casamento, dos deveres de pai nos quais fracassara e talvez até do nosso Grande Jogo de espionagem nas Américas – queria tanto livrar-se de tudo que encenara a sua própria morte e passara à clandestinidade.

Mas deitada ali, a escutar o dia a despertar, ocorreu-lhe outra possibilidade: Lamont talvez não tivesse abandonado Gabriela, afinal. Talvez tivesse sido raptado. Sentou-se na cama.

Pete ficou contente por a ver levantar-se tão cedo. Ela agarrou o puxador ao lado da cama, encontrou o cimo do armário com o pé direito e ele deu-lhe a mão para a ajudar a descer. Cantarolando, serviu-lhe uma chávena de café simples, abriu o pequeno frigorífico elétrico debaixo da banca, tirou um pacote de leite e deitou uma porção generosa na chávena.

– Obrigada, Pete – disse ela. – Porque é que, na tua opinião, todas as pessoas que acampam têm de ter canecas de esmalte azul?

– É a tradição.

– Hum. – Sentou-se na cadeira na *side dinette*. As suas dimensões reduzidas e a pequena mesa recordavam-lhe uma carteira de escola, daquelas a que as crianças se sentavam no primeiro e no segundo ano. – Estive a pensar – disse. Inclinou-se para a frente e olhou pela janela aberta. O jovem de aspeto agradável já estava a pé. Estava a soltar a aba da tenda das estacas. Trazia um boné de basebol e um casaco de sarja verde da *Carhartt*. – Aquele homem está-me a incomodar. Começa a dar-me a sensação de um moscardo. – Deixou a chávena em cima da mesa e levantou-se. – Pete, onde é que arrumaste o coldre de pôr ao ombro?

Celine enfiou a alça do coldre com a facilidade adquirida pela prática, meteu a *Glock* no coldre e pôs o roupão aos quadrados pelas costas. Com o padrão Bell, o padrão da sua família, do ramo escocês. Estava com pantufas de pelo de carneiro. Alisou com as mãos e deu um jeito ao seu cabelo branco e pegou na caneca de esmalte. Não, assim não podia ser. Voltou a pousar a caneca e pegou na sua bolsa, que estava pendurada num gancho. Tirou uma caixa de pó de arroz e um batom e aplicou a maquilhagem cuidadosamente, comprimindo os lábios e olhando para ambos os lados do rosto no minúsculo espelho. Encontrou um lápis e aplicou um risco nos olhos. Demorou... o tempo necessário. Essa era a coisa maravilhosa ao aplicar a maquilhagem de manhã: o tempo desaparecia; era uma espécie de meditação. Pete observava-a sem fazer comentários. O que poderia dizer? Ficas com um aspeto ótimo de *Glock*, querida?

– Volto daqui a um minuto – disse ela finalmente.

Desceu o caminho de terra batida de roupão, levando o café na mão sem problemas, à vontade no mundo, e nos passos lentos de quem não está ainda bem desperta e está a dirigir-se à casa de um vizinho familiar. No caminho, parou para pegar numa pena de um azul-vivo. Nunca vira nada assim – era pequena, delicada e brilhante, passando de cinzento a azul e a verde. Perfeito. Usá-la-ia para adornar o topo de uma máscara de carapaça de tartaruga que estava a fazer em casa. Enfiou-a no bolso do roupão.

O jovem estava concentrado a dobrar a tenda de *nylon* cor de laranja no sentido do comprimento no chão acidentado, mas apercebera-se da presença de Celine, ela bem o via. Ele tinha uma ótima visão periférica. Como um jogador de basquetebol, pensou ela.

– Bom dia – disse.

O homem pôs-se de pé. Era alto, talvez com um metro e oitenta e cinco, magro mas com ombros largos. Tinha a barba preta aparada, mas não demasiado definida.

– Minha senhora. – Não sorriu. Celine viu pela primeira vez que os olhos dele eram cinzentos, quase azuis, mas não azuis. Como lousa. Eloquentes, na medida em que transmitiam uma sensação de aguda inteligência, mas nada calorosos. Como os olhos de um *husky*. Não, como os de um lobo. Celine examinou-os por um longo momento, sem se deixar intimidar.

– Quer um café? Acabámos de o fazer. É muito bom, de torra escura, muito melhor do que a mistela que todos temos andado a beber nos restaurantes.

161

Ele nem pestanejou. – Minha senhora, não, obrigado. Já tenho o café em marcha. – Lançou um olhar à porta traseira da sua carrinha. Ela reparou no silvo do fogão de campismo e na cafeteira de pistão, em pírex, ao seu lado. Uma embalagem de café moído *Peet's*. Que diabo. Provavelmente, estava colocado nalguma cidade cosmopolita algures e acostumara-se às coisas boas da vida. Mas o seu sotaque tinha um toque de territórios a sul da Pensilvânia. E tinha dito «em marcha». E o uso irritante de «minha senhora» indicava que talvez tivesse sido militar.

– OK. Provavelmente também tem flocos de aveia ou ovos ou coisa do género?

– Tenho sim, minha senhora.

– Sim, estou a ver, aquele insípido velho quacre na embalagem dos flocos de aveia. Aposto que faz uns flocos de aveia muito bons, mas prefere ovos com *bacon*. Como o pobre homem naquele conto do Hemingway, não me lembro do título.

– «O Brigão».

Celine ergueu uma sobrancelha. – Não disse minha senhora.

– Pois não, minha senhora.

Tinha na mão um saco de lona cheio com o que deviam ser dez estacas. Trazia aliança de casamento, um simples anel de ouro, tão riscado e sem brilho que parecia de latão. Havia isso. Ela tentou imaginar aqueles olhos a fitarem os olhos da sua amada. Não conseguia imaginar o seu cinza mineral a transmitir qualquer calor real, mas é claro que talvez mudassem de cor nos braços dela. Celine sentia-se agora genuinamente intrigada. Ele não só era erudito, como tinha espírito, ou mesmo sentido de humor. Talvez ambos. Claramente, aquela gente, fosse ela quem fosse, tinha grandes recursos humanos.

– Aposto que sabe que trago mais do que uma chávena de café – disse ela.

– Sim, minha senhora.

– E que se continua a dizer minha senhora talvez eu saque dela. Transformo-me numa doida varrida. – Tossiu. A tosse ergueu-se no seu peito e contraiu-lhe a garganta. Ergueu o braço para tapar a boca, mas a tosse ganhou força e sacudiu-a com tal violência que a fez derramar a chávena meio cheia. Que diabo. Os seus pulmões andavam tão sossegados desde que eles tinham aterrado em Denver. O ar seco fazia-lhes bem. Quando a tosse convulsiva acalmou, ela recompôs-se e limitou-se a respirar de lábios comprimidos. Tinha grande classe: não pediu desculpa ao homem nem sequer deu sinal de reconhecer a presença dele ali. Aquilo era um assunto privado. Recompôs-se e concedeu-se o tempo suficiente para voltar ao seu estado normal de elegância. A seguir, bebeu um gole de café do fundo da chávena.

Graças a Deus, pensou, ele teve o tato de não dizer nada. Tinha na mão o saco com as estacas.

– Quer ajuda para dobrar a tenda? – perguntou ela.

– Acho que já consegui.

– Sabe – disse ela –, tem aqui quase tudo para cozinhar na perfeição. Exceto. Só um segundo, tive uma ideia... – Enrugou o nariz, rodou nos calcanhares, despejou o resto do café no chão e abalou. Ele pestanejou. Ela não demorou muito tempo. Quatro minutos depois, estava de volta.

– Precisa de um destes – disse ela. – Na caravana do meu filho havia um, por isso temos este de sobra. Vá, aceite. Eu diria que o café sabe duas vezes melhor. – Estendeu a mão. Ele hesitou, pegou na coisa, virou-a na palma da mão calejada. Era um moinho de café a pilhas.

– Foda-se – murmurou ele.

– Não o ouvi bem – ripostou ela.

Os olhos dele brilharam, uma luz passageira – de diversão, de gratidão ou de desconfiança, ela não tinha a certeza. Talvez as três coisas. Ele acenou com a cabeça uma vez a agradecer, supôs ela, e os seus olhos voltaram ao nível anterior, aquele que parecia um pouco como granito. Bem, ela tinha anos de experiência a lidar com homens taciturnos.

– Se sabe aonde vamos, porque não encontrar-se lá connosco? – perguntou ela.

Ele não disse nada. A sua expressão não se modificou. Estava a olhar para ela com a mesma firmeza neutra. Ela compreendeu que aquele era um homem que conseguia sossegar os batimentos do seu coração e não se demoveria facilmente com as distâncias vistas através da mira de uma espingarda.

– Quero dizer, se não está a tentar intimidar-nos. Claramente, quer que saibamos que está aqui, mas não me parece assim muito intimidativo. – Celine sorriu-lhe. – Digo isso no sentido mais positivo. – Suspirou. – Bem, acho que se calhar devia ser delicada e perguntar-lhe se prefere tomar o pequeno-almoço no parque de campismo ou num café à beira da estrada. Mas isso seria pôr o carro à frente dos bois, na verdade. – Virou-se para se afastar, e voltou a virar-se.

– O que é? – disse ela.

– Minha senhora?

– Ah! – Sorriu de novo, dessa vez o seu sorriso mais rasgado e verdadeiro. – O que trago no coldre?

– Uma *Glock 26*.

Celine estava excitada no caminho para a Estalagem do Lago Jackson. Tomariam ali o pequeno-almoço, em deferência para com o seu companheiro de viagem.

– Ele é demasiado magricela – dissera Celine. – Não pode sobreviver só com flocos de aveia cozidos nas traseiras da carrinha. Não olhes assim para mim.

Pete não se apercebera de que estava a olhar para ela de alguma maneira particular. – Seja como for, ele obviamente pode apresentar despesas – disse ela. – Pode mandar vir o Pequeno-Almoço à Lenhador. Quando chegarmos lá todos, acho que vou mandar um desses pequenos-almoços à mesa dele.

Não mandou um pequeno-almoço à mesa dele. Mas escreveu uma mensagem nas costas de um recibo cor-de-rosa da lavandaria e pediu à empregada de mesa que lho entregasse. Escrevera: «Afinal, não consegui suportar a ideia de você só comer flocos de aveia.»

Acenou com a cabeça ao homem quando ele se foi sentar a uma mesa num canto – a mesa do pistoleiro, pensou, de onde se podia ver toda a sala e sem ângulos de tiros de trás; devia ser um hábito – e ele leu a mensagem e fez um gesto de saudação, tocando na pala do boné. Ela e Pete beberam café e comeram ovos e panquecas debaixo de um maciço alce macho que olhava com nostalgia para os salgueiros novos na margem do lago. Celine simplesmente não conseguia conformar-se com o facto de que o homem tinha reconhecido a sua arma, marca e modelo, através do roupão.

– Quer dizer, não era um *négligé* – objetou. Ou a gente dele já tinha posto a casa de Hank em Denver sob escuta quando ela lhe pediu a arma, o que parecia bastante inverosímil, ou ele tinha adivinhado. – Suponho que ele sabia que o que eu tenho em casa é uma *Glock* e de todas as armas é aquela com que me sinto mais à vontade. E, claro, se fosse uma *19* seria mais volumosa. Por isso: uma *26*. Ele *não* é vidente.

– Hum.

– É um filho da mãe arrogante. Conhecia *Os Contos de Nick Adams*. Provavelmente, é um estudante de Literatura Inglesa frustrado que se licenciou com qualificações para conduzir um táxi.

Fizeram menção de ir embora, mas ficaram de pé junto à mesa e Celine esperou cortesmente até o seu pau de cabeleira beber o último gole de café e pegar na sua conta antes de avançar para a caixa na parte da frente. Pagaram a conta, saíram para o átrio da estalagem e Celine esperou de novo até ver o homem entregar a sua conta à pessoa na caixa. A seguir, disse a Pete: – Vai indo, eu tenho de fazer uma última paragem. – O que era um eufemismo. Encaminhou-se para a porta pesada de madeira da casa de banho das senhoras e acenou ao jovem quando ele seguiu Pete pelas portas de vidro da rua, e a seguir deu meia-volta e foi direta à caixa. Tinha a máquina fotográfica digital numa das mãos.

– Desculpe – disse –, pode-me passar um recibo do pequeno-almoço? – Celine via as cópias das contas espetadas junto à caixa registadora.

– Não lhe dei um? – suspirou a empregada. – Tem sido uma daquelas manhãs... A minha mais pequena fez-me passar a noite em claro com dores de barriga.

– Ela come bastante fruta? – perguntou Celine. Olhou com atenção para o rosto da rapariga. Uma quarentona jovem, um pouco jovem de mais. Era um hábito olhar com atenção para todas as mulheres que pudessem ter nascido em 1948. De qualquer maneira, a estrutura óssea dela não condizia nada.

– Agora que penso nisso – disse a mulher –, ela não come fruta nenhuma. Se não forem flocos de chocolate ou tiras de frango frito é um objeto não identificado.

– Bem.

– Espere aí, eu imprimo-lhe outro recibo.

Celine inclinou-se no balcão, empurrou uma caixa com embalagens de rebuçados, à venda para ajudar obras de caridade, até à borda do lado da empregada e depois fê-la tombar. A caixa caiu ruidosamente no chão. – Oh! – gritou a empregada. – Oh, peço imensa desculpa! – retorquiu Celine. A mulher baixou-se para apanhar as embalagens de rebuçados e Celine inclinou-se de novo, virou o espeto com os dedos até o recibo de cima ficar à vista e tirou rapidamente três fotografias com a sua máquina. Enquanto a mulher ainda estava acocorada e a mostrar as costas largas, Celine viu as imagens calmamente, enrugou a testa e, pensando melhor, simplesmente arrancou o recibo de cima do espeto e meteu-o no bolso do casaco.

– Já está – disse a empregada num tom bem-disposto, voltando a pousar a caixa no seu lugar. – Se o dia continuar assim, à hora do almoço vou precisar de uma camisa de forças.

– Encontrei-o – entoou Celine, mostrando o recibo do homem e tapando o furo com o polegar. – Asneira minha. – Fez o seu sorriso de estrela de cinema à rapariga, pagou mais do que o necessário por uma embalagem de rebuçados fora de prazo e saiu.

Pa ficou impressionado. – Porque é que não tiraste só uma fotografia do recibo com a tua máquina? – perguntou quando se aproximavam do portão na entrada sul de Yellowstone. Uma fila curta de cinco carros estava à sua frente.

Celine chupou o rebuçado que tinha na boca. – E tirei, mas a cor ficou terrível. E se tu deixasses cair a minha máquina fotográfica na taça do gato? – Ui. Era o que ele tinha feito um mês antes com a sua nova *Canon mini* – caiu-lhe do bolso do peito para a taça da água de *Big Bob*. *Big Bob* pesava à vontade uns dezasseis quilos. Estava naquele momento no Hotel para Gatos em Red Hook, onde era uma celebridade.

– William Tanner – disse Celine, lendo de novo o recibo do pequeno-almoço do homem. – Um pseudónimo, é mais que evidente. Não é um nome real, não pode ser. Na geração dele chamam-se todos Jacob. Vamos ter de fazer uma pesquisa. Achas que Cooke City terá Internet?

Pete compreendia agora que a visita dela em roupão nessa manhã e a preocupação maternal com o facto de o homem que andava a segui-los não tomar um bom pequeno-almoço eram só para irem a um restaurante e ela obter o nome dele. Pela enésima vez, maravilhou-se com os recursos da sua mulher. No entanto, pensou, provavelmente ela sentira-se mesmo preocupada com o consumo de calorias do jovem caçador.

CATORZE

Celine aprendera aquelas técnicas ao procurar a sua filha. Hank tivera essa suspeita toda a sua vida adulta, mas receava voltar a perguntar à mãe. E depois a tia Bobby voltou para casa do hospital com o tumor cerebral para morrer. Antes de falecer disse-lhe que fora sempre Celine quem mantivera a família junta. Esse era frequentemente o papel da filha do meio.

– Sempre manteve a cabeça no lugar – disse Bobby. A irmã mais velha estava deitada confortavelmente numa cama de hospital na sala de estar da sua casa de pedra nos arredores de Lancaster, na Pensilvânia, onde o seu marido, David, era diretor de um grande banco regional. Celine tinha ido à loja comprar o gelado preferido de Bobby, de rum e uvas-passas, que era tudo o que lhe apetecia comer. Hank viera de avião de Denver para se despedir da tia. Eram bastante chegados. No primeiro ano do secundário, quando a sua mãe andava particularmente afetada pela bebida, Hank ficou com Bobby e os primos nas férias do Natal e depois durante metade do verão. A sua tia não era sentimental, tinha regras estritas que fazia cumprir com justiça, e ele acabara por apreciar a consistência implícita do seu amor. Das três irmãs, pensava ele, Bobby era a mais parecida com Baboo – na autodisciplina, nas rebeliões refletidas contra a convenção. Usava o cabelo curto, por baixo das orelhas; e tinha o nariz e o queixo fortes dos Watkins, mas os seus traços pareciam um pouco mais duros do que os das irmãs.

Bobby não tinha dores, nada mais do que uma dor de cabeça, e estava lúcida, embora exausta. Sempre racional e prática, havia nela agora uma suavidade que Hank nunca vira. – A Celine tinha de ser forte, suponho – disse ela. – Usualmente, eu estava lá no meu mundo e ela sentia que precisava de olhar pela Mimi. Praticamente criou-a. Durante a nossa infância e adolescência nada realmente a fez descarrilar a não ser a partida do papá. E perder aquela criança.

Hank tinha a certeza de que ela não viu o choque que o percorreu. Estava a olhar pela janela para o relvado amplo que se estendia até à fila de velhos áceres e carvalhos espalhados ao longo do ribeiro. No que ele reparara no final: aquele olhar para trás. Vira-o com Baboo e vira-o com Mimi. Na lenta dança final com a Morte havia os longos olhares por cima do ombro. Porque não haveria? Hank não era uma pessoa ardilosa, mas deixou passar um momento e disse: – A criança que teve de dar em Putney?

– Ela contou-te? Ainda bem, eu não devia ter mencionado nada. – Hank não respondeu. Os olhos dela tinham uma expressão vaga e estavam ainda postos em algo para lá do ribeiro de verão. – Foi depois. Depois. Tirou um ano para ter a criança. Foi um bebé de Natal. O mesmo dia de anos que a Mimi. Não é estranho?

– Já nada parece estranho.

Ela virou a cabeça, os seus olhos encontraram os dele e voltaram a focar-se. – Ámen – disse.

Ao longo dos dias seguintes, Bobby contou-lhe a história: sobre Celine ir consultar o médico, sobre Mrs. Hinton e Baboo e o almirante Bill, sobre a saída da escola de Celine. E sobre o seu regresso. Queria contá-la, precisava de a contar. Era como se Bobby estivesse a tentar aligeirar-se para a grande travessia. Contou-a nos pedaços que conseguia contar quando Celine não estava no quarto, o que era frequente. A irmã mais nova estava frequentemente no escritório de Bobby nas traseiras, a falar ao telefone com médicos e a unidade de cuidados paliativos, ou fora a comprar gelado e medicamentos. Hank nunca teve a sensação de que Bobby achava que estava a trair a irmã, mas antes que estava a destacar a dificuldade das decisões que Celine tivera de tomar e o estoicismo quase heroico com que as tomou. Em tão tenra idade. Mas Hank compreendeu, enquanto ela contava a história, que Celine fora menos estoica do que fiel ao seu próprio ideal de proteger os vulneráveis, não culpar ninguém e sobrecarregar o menor número possível de pessoas. Naquilo havia uma verdadeira graciosidade. Bobby repetiu que a sua irmã mais nova nunca revelaria a identidade do pai do bebé. O que fez Hank pensar que devia ser alguém igualmente vulnerável. Se tivesse sido um professor a abusar de uma aluna, por exemplo, Celine não daria tréguas e forçá-lo-ia a assumir a responsabilidade. Hank pensava que a sua mãe, como a mãe dela, tinha um sentido infalível do que era correto e do que devia e não devia ser feito. Deixar um professor predador à solta para vitimizar outra jovem encontrava-se decididamente na categoria do que Não Se Devia Fazer.

Por isso, enquanto Hank tentava compreender Celine e ficava sentado a fazer companhia a Bobby na elegante sala de estar com as estampas de caçadores e de cães de caça, a lareira de pedra com a madeira por acender posta em cima de cães de latão, as janelas de guilhotina abertas com mosquiteiros para os sons dos grilos de julho – enquanto estava ali sentado a ver a tia dormir, a sua imaginação viajava de novo para aquele monte do Vermont no princípio da primavera onde ele e a mãe tinham frequentado o colégio: farrapos de neve sobre lama, os primeiros rebentos de erva viva; as velhas casas de madeira a precisarem de uma demão de tinta, o cheiro da terra molhada e de folhas a apodrecerem – os alunos nos caminhos entre os edifícios, um grupo a parar para falar com um professor de casaco de fazenda de lã de xadrez que leva cinco livros – a mente de Hank a perscrutar a cena, a perscrutá-la à procura do culpado. Quem seria? Quem é que Celine nunca trairia? Alguém igualmente vulnerável e em risco, não necessariamente jovem nem velho, mas essencialmente inocente, como ela. Seria outro aluno? Talvez. Um professor? Talvez. Mas se fosse um professor, esse homem teria uma fragilidade ou vulnerabilidade que faria com que não aguentasse ser denunciado. Precisaria, por alguma razão, de mais proteção do que ela. Celine trabalhava todas as manhãs na quinta e voltava à tarde para cuidar de um cordeiro. Seria o agricultor mais velho, que carregava consigo a tristeza de um viúvo? O rapaz magricela da zona que se encarregava de mungir as vacas logo de manhã?

Quem, quando ela regressou à escola, evitou então com afinco? Que olhos se encontravam com os dela e se desviavam enquanto ela percorria o caminho empedrado entre a biblioteca e o edifício das ciências?

O pai do seu bebé saberia ou suspeitaria sequer? Interrogar-se-ia sobre o súbito rompimento?

Ao fim e ao cabo, talvez o que importasse fosse que ela andou grávida, entrou em trabalho de parto, deu à luz e deu o bebé. Seria menino ou menina? Hank tinha um irmão ou uma irmã?

Também perguntou a Bobby sobre o acidente de barco. Ela animou-se com a recordação. Premiu o botão na cama articulada e ficou sentada. O seu sorriso fazia-a parecer mais nova. O sangue acorreu-lhe às faces.

Disse: – Lembras-te de quando estavas connosco e de tu e o Ted passarem com a canoa por cima da represa e quase se matarem?

Hank sorriu. Ted era o terceiro filho de Bobby e um bom amigo de infância. Hank estava a sorrir, mas ainda sentia um aperto no estômago ao recordar como tinham andado às voltas no sistema hidráulico por baixo da represa, sabendo que iam morrer.

– Lembras-te de como eu fiquei furiosa?

Hank acenou que sim com a cabeça.

172

– Bem, tens a quem sair. Vou contar-te outra história sobre a tua mãe. Tens consciência de que tu e o Ted destruíram a canoa de lona feita à mão do vosso avô.

– Lamento muito. – Ele estendeu a mão e pegou na mão delgada da sua tia.

– Ouviste contar como eu mergulhei do paredão da doca? – disse ela.

– Toda a gente gosta de contar a história dos outros.

Passou-lhe uma sombra pelo rosto. – Soubeste do jardineiro? Do Alfonse?

Ele acenou que sim com a cabeça.

– Oh, pá.

Ele aguardou.

– A ideia foi minha – disse ela. Ele acenou com a cabeça. – Já me fartei de rezar por causa disso. Não só por causa do que fiz ao pobre homem, mas por ter recrutado as minhas irmãs pequenas para o que equivale a um assassínio. – Estendeu a mão para o copo e bebeu um longo gole de sumo de maçã. Hank reparou que o copo tremia quando ela o pousou. – Sabes, a tua mãe e eu fomos criadas a acreditar no Inferno.

– A Baboo disse-me que a Gaga a batizou como católica. O que escandalizou os Cheney. Ainda acredita agora?

– Em certos infernos, decididamente. – Virou-se para a janela. No relvado havia três veados a pastarem como se fossem donos daquilo tudo. O macho era jovem, só com um ano de idade. Quando chegasse a época da caça, por lei não poderia ser caçado. Um adiamento temporário.

– Não penso que tenham assassinado o homem. Foi uma partida. Naquela altura, qualquer coisa poderia ter servido de gatilho. Já tinha abandonado qualquer esperança de felicidade.

– É esse o objetivo? A felicidade?

Hank não disse nada, porque não sabia. Ela virou a cabeça de novo para ele e disse: – Por vezes, agora, penso que o objetivo é chegar ao fim do dia. Praticamente um triunfo, não te parece? Não

173

se ir abaixo, não matar alguém ou simplesmente não desistir? Se por acaso uma pessoa for bondosa, ajudar alguém ou criar algo belo, bem, fez alguma coisa de que se orgulhar.

Ele apertou-lhe a mão. Bobby fora fotógrafa de arte e ele achava que algumas das suas fotografias eram magníficas. Havia um autorretrato, uma imagem dela refletida no brilho metálico da parte de trás de um forno – dela com a máquina fotográfica na mão, claro – que ele considerava um dos melhores retratos de um artista que jamais vira. Algo na forma como o objeto tentava esticar e dobrar a sua figura – a dobrava de facto – e como ela estava bela e concentrada, de qualquer maneira. Havia ali uma metáfora sobre o que a imaginação faz ao mundo e o que o mundo lhe faz a ela, mas ele não tinha a certeza do que seria. Ela parecia perplexa com o seu riso. – Vais ter uma medalha – disse ele. – Que artista és!

– Vou-me encontrar com o homem – disse ela. – Não tenho a mínima dúvida. Podemos assar no espeto os dedos dos pés juntos. – Disse-o num tom ligeiro, mas ele adivinhou que não estava a brincar.

– Não te parece – disse Hank por fim – que as crianças são perdoadas até certo ponto? Vão para o limbo, não é? Prados verdes e tristeza.

– Não – disse ela. – As crianças é que aguentam sempre com o pior.

Bobby pediu chá, chá verde, fraco, numa chávena em condições, e brincou sobre o ponto a que a vida tinha chegado quando a única coisa que uma pessoa queria era chá verde. Tinha sido uma grande apreciadora de uísque escocês *single malt* antes de deixar de beber e apreciava um charuto ocasional. Não um charuto qualquer, mas um Churchill forte ou um *torpedo*. O que os homens achavam ligeiramente aterrador, mas também *sexy*. Foi assim que conheceu David – a fumar na varanda numa festa de casamento. Ele não se deixou intimidar, aproximou-se dela, encostou-se ao gradeamento e acendeu o seu *Partagás*. Depois de fumarem em silêncio durante uns minutos, a desfrutar da surpreendente lacuna e a apreciar os seus charutos, Bobby disse por fim: – Troco consigo. – E trocaram de charutos e daí a dez meses estavam casados.

Hank trouxe-lhe o chá. Celine tinha saído para umas compras demoradas, de alimentos para os próximos dias. Só voltaria daí a algum tempo.

– Perguntaste-me sobre a escapada no barco dela? – disse Bobby, pousando a chávena.

– Perguntei.

– Foi na tarde em que descobriu, ou talvez o tenha intuído, não sei bem. De qualquer modo, foi quando soube que o casamento da mamá com o papá estava verdadeiramente acabado.

– Certo.

– Não direi que ela era impulsiva. Era, éramos todos. Mergulhar da doca para águas pouco fundas foi impulsivo. Ah. No caso da Celine, o *mot juste* poderia ser *intratável*. Quando se lhe metia uma ideia na cabeça, era teimosa como tudo. Mas as ideias dela tinham sempre um certo... não sei... um *rigor*. Não se limitava a precipitar-se. Havia sempre uma certa lógica poética no que a tua mãe congeminava.

– Entendo isso.

– Aquilo teve algo a ver com o facto de o Harry ter prometido levá-la a velejar, mas também com a ideia de que uma pessoa poderia conseguira navegar para outra terra onde os pais e as mães se mantivessem juntos para sempre. Ela correu para a praia e lançou à água o barquinho. Sabes que ela tinha andado a ter lições com um holandês lindo de morrer. Todas achávamos que era.

Hank tinha-se servido de uma chávena do chá verde dela e ergueu uma sobrancelha por cima da borda da chávena.

– Ele era terrivelmente sério. Não fazia ideia do que sentíamos. Porque é que a tua mãe e eu por vezes simplesmente fitávamos o Gustav como coelhos quando devíamos estar a recolher a vela ou a virar o barco? Ele achava que nós estávamos aterrorizadas.

– Riu-se, com o riso rouco e constrangido que Hank já não ouvia há algum tempo. – Bem, claro que estávamos! Aterrorizadas por podermos perder um só movimento dos seus incontáveis músculos! Ou aquele perfil! Aquelas mãos! Meu Deus. Ele não fazia a mínima ideia. O que nos deixava ainda mais desatinadas. Ele ficava muito severo quando nós parecíamos estar na lua. Pensava que precisávamos de mais compenetração. «Velejar» dizia ele, «é um assunto sério!» Era o lema dele.

Bebeu um longo gole sequioso, conseguindo derramar muito pouco chá. – Era a pessoa mais concentrada numa tarefa que jamais conheci. Maravilhoso... uma ausência absoluta, total, de qualquer sentido de humor. Tornava-o muito fiável. – Sorriu como se lamentasse esse facto.

– Apesar destas distrações, a Celine aprendia depressa. Velejava três vezes por semana, e na altura do acidente era quem comandava o barco na maior parte das vezes e ele andava a ensinar-lhe os pormenores de içar e controlar a vela. Incrível, para uma criança de sete anos, mas ela sempre foi surpreendentemente forte. Tinha acabado de ter uma lição e correu para a praia e conseguiu lançar o barquinho à água e içar a vela. Havia um vento bastante forte no estuário. Por isso é que o Gustav tinha acabado a aula mais cedo. Ela dirigiu-se para nordeste, para fora do estuário, contornou o Simmons Point e estava a caminho do mar alto. Imagina. Pergunto-me se estaria a planear ir até à Gronelândia. – Bobby abanou a cabeça. – Refratária, é a palavra. O Eliot usa-a em relação aos camelos.

Hank lembrou-se de novo de como as três irmãs eram eruditas. Bobby frequentou Vassar, como a mãe dela, e estudou Literatura Comparada. Abandonou os estudos quando casou com David. Um corta-relvas começou a trabalhar do outro lado da casa, abafado, um som reconfortante de verão.

– Evidentemente, ela estava a abusar da sorte desde o princípio. É incrível que tenha conseguido içar a vela e controlar o barco. O barco virou-se. Uma rajada imprevista, penso. Ela teve a presença de espírito para agarrar com força a escota. Içou-se com ela e voltou a meter-se no barco. Tentou até endireitá-lo da maneira como Gustav lhe tinha mostrado, pondo-se de pé no barco e puxando a adriça... espantoso. A coragem dela. Mas não tinha o peso ou a força para isso. Num dia menos ventoso talvez tivesse conseguido, nada me surpreende nunca no que diz respeito à tua mãe.

Bobby parecia subitamente muito triste, e Hank perguntou-se se seria porque estava a sentir o quanto não tardaria a sentir saudades da irmã.

Ela sorriu. – Se não houvesse a regata à volta da ilha naquele dia, tenho a certeza de que tu não existirias. Contornaram o cabo quando ela estava a debater-se com o mastro. Por sorte, o colete salva-vidas que ela deveria estar a usar estava preso ao barco e era de um cor de laranja vivo. Um *Mae West* do tempo da guerra. Penso que esses coletes eram a razão porque o almirante Bill nunca quis velejar connosco nos anos seguintes: porque não conseguia olhar para aquele colete salva-vidas. Recordava-lhe todos os marinheiros que tinha deixado ficar na água.

«Seja como for, embora estivesse a quase uma milha do percurso da regata, soltou o colete e pôs-se de pé no casco naquele mar revolto, usando a adriça para se equilibrar, e acenou à chalupa da frente. Por Deus!

«Depois de o barco da frente virar, todos se devem ter perguntado o que lhe estaria a passar pela cabeça, mas a seguir devem tê-la visto também. Nessa altura, salvar alguém deve ter-lhes parecido mais excitante do que vencer a regata. Quem me dera ter visto aquilo, a fila de umas trinta chalupas e ioles e galeotas a desviarem-se do seu curso para acorrer à minha irmã. Não era uma regata de classes, era só por divertimento. O Jib Rafferty era quem ia à frente. Muito atraente, ruivo como todo o seu clã. Literalmente pegou nela em peso. Lançou um olhar à menina magricela a tremer, obrigou-a a vestir a camisola de lã áspera dele e disse: 'Tu és uma Cheney, não tenho a mínima dúvida. Sei exatamente onde é a tua casa.' Afinal, ele tinha crescido com a Baboo. Suponho que temos um certo ar de família. Rebocou o barquinho e deixou a Celine na praia em Las Armas. A casa dos Rafferty era só duas docas a sul. Suspenderam a regata, toda a gente atracou e fizeram uma festa nessa tarde e nessa noite que ficou para a história da ilha.

Hank adorou ouvir aquela história. Coadunava-se com tudo o que sabia sobre a sua mãe e adorou a transformação que Bobby sofreu enquanto a contava, como parecia transportada da sala. Como ela voltara ao passado, ele disse delicadamente: – Tia Bobby, sabe alguma coisa mais sobre o bebé da minha mãe?

Ela olhou-o com atenção. Os olhos de um fotógrafo devem estar sempre a enquadrar e a focar, e ele achou que o olhar suave com que ela contara a história estava agora a concentrar-se no rosto dele, a tornar os traços mais nítidos e a calibrar as distâncias, a profundidade de campo. Que parte do pano de fundo por trás dele deveria ser revelada?

– Ela não te contou nada, pois não?

Ele abanou a cabeça.

– Nem sequer que tens uma irmã.

– Uma irmã?

– Sim. Isabel. Foi o que ela lhe chamou.

– *Isabel* – gaguejou Hank. – A minha mãe sabe onde ela está? Manteve contacto com ela?

– Não. Não faz ideia. Foi por isso que se meteu naquela coisa toda da investigação privada, acho eu. Encontrar a filha era a única coisa em que pensava. Tentou durante anos.

– Não tem pistas nenhumas? Quero dizer, deu-a e não faz ideia de onde esteja?

– Ela tinha concordado com o plano todo, sob pressão, nota bem, e depois, quando lhe puseram a bebé nos braços pela primeira e última vez, enlouqueceu. Teria fugido com ela. Mas estava sob o efeito de um sedativo e com os lençóis a manietá-la como é costume e só lhe puseram a bebé em cima do peito uns dois minutos e depois levaram-na. A toda a pressa. A Celine gritou em desespero. A mamã disse-me antes de morrer... parecemos ter uma tradição de confissões no leito de morte, não parecemos?... ela disse-me que os gritos da Celine se gravaram a fogo na alma dela. A mamã nunca se perdoou.

– Mas a quem é que a deram? A minha mãe não fazia ideia?

– Havia uma única pista...

A porta que dava para a cozinha abriu-se e Celine entrou. Trazia uma embalagem de litro de gelado com rum e passas e três colheres. Estava fatigada, Hank via-lho à volta dos olhos, mas parecia bem-disposta e trazia com ela o cheiro a relva cortada. Lançou um olhar à irmã e ao filho e soube que não tinham estado em conversas fiadas.

– Vocês os dois parecem uns conspiradores. É demasiado cedo para gelado de rum e passas? Dizem que o álcool se dissipa com a cozedura ou coisa do género, mas eu fico sempre um bocado toldada. Talvez seja só por ser tão bom. Tomem. – Passou-lhes as colheres e tirou a tampa da embalagem de gelado.

Bobby morreu nessa noite. Hank nunca chegou a saber mais nada sobre a única pista.

QUINZE

— Vou parar, Pete. Quero conhecer melhor Mr. William Tanner. Achas que a estalagem tem *wi-fi*?

— Não vejo porque não.

— Porque estamos no meio de Yellowstone? E acabei de quase colidir com um bisonte?

— Hum! Mesmo assim.

— De qualquer maneira, estou a ficar com fome, tu não? A tabuleta diz Fishermen's Restaurant.

Entre pinheiros altos havia um edifício de madeira comprido com um alpendre amplo de pranchas de madeira e uma tabuleta esculpida sobre postes em que figurava uma chávena de café a fumegar, uma truta-arco-íris e uma cana de pesca arqueada. Suspensa por baixo havia uma tabuleta branca pintada: PEQUENO--ALMOÇO SERVIDO TODO O DIA. Quem no seu perfeito juízo não pararia ali?

Tinham passado a última hora a conduzir à volta do lago Yellowstone e quando se abriu uma clareira nas árvores à sua direita tiveram uma visão desimpedida dos Absarokas do outro lado da água azul enrugada do lago. O lago era grande, as montanhas eram grandes e tinham um debruado irregular de neve, o céu era grande. Grande, grande, grande. Era de fazer fome a qualquer pessoa.

Celine estacionou ao lado de um camião de uma tonelada com tanques de gasóleo montados no atrelado e na porta as palavras KELLER DRILLING SERVICES, JACKSON HOLE. O camião tinha um daqueles autocolantes no vidro traseiro com um menino pequeno a fazer xixi. A palavra em que estava a urinar era «*Hippies*».

– Isso não é muito simpático – disse Celine. Parou no cascalho da zona de estacionamento, procurou na sua bolsa e encontrou um frasco pequeno de cola e uma embalagem de purpurina, do tipo que as raparigas novas polvilham no cabelo. Encontrou também um cotonete. Sorriu a Pa. – São restos daquela coisa de detetives que fiz na escola – disse.

Pete era imune àquele tipo de comportamento de Celine e pôs-se a assistir com um interesse profissional: afinal, ele também era artista. Celine trocou os seus grandes óculos ovais por uns óculos mais redondos de ver ao perto, ainda maiores, aplicou cuidadosamente pintas de cola por todo o esguicho de urina e à volta e colou a purpurina. Parecia que o menino estava a urinar fogo de artifício.

– Pedras nos rins! – disse Celine com orgulho. – Sai com a lavagem. De qualquer maneira.

Entraram no café. Estava quase cheio e cheirava a *bacon* e a café. A empregada conduziu-os a uma mesa com vista para uma doca com uma dúzia de barcos a remos para alugar presos a ganchos e para o outro lado do lago. Pete tirou o portátil da sua capa protetora de neopreno e abriu-o na mesa de pinho envernizado.

– Quanto tempo achas que o nosso amigo vai demorar a aparecer? – disse ele. – Vai uma aposta?

– Não o vi pelo retrovisor. Provavelmente, está mais descontraído desde que colocou o localizador GPS no nosso chassis.

Pete sorriu. Súbito e surpreendente. – Tu *sabes* isso?

– Hum, hum. Não. Mas porque é que ele não o faria? Eu já pus o nosso na base do moinho de café que lhe dei. Também pus um debaixo da carrinha dele. Espero que o íman seja suficientemente forte, não tenho a certeza de que seja próprio para veículos de tração às quatro rodas.

O sorriso de Pete tornou-se ainda mais rasgado. – Por isso é que estavas a mexer no moinho. *Quando?* Quando é que lhe puseste o localizador GPS na carrinha?

– Quando me levantei para fazer xixi ontem à noite. Fui muito silenciosamente, com os mocassins. Por isso é que os trouxe, sabes? Não porque precise de levar as minhas pantufas de pelo de carneiro para onde quer que vá. Ele não se deu conta. Ouvi-o ressonar na tenda todo o tempo que lá estive.

– Ele ressona?

– Um ressonar de homem novo. Mais um sopro. Vai ser terrível quando ele for mais velho.

Pete estendeu a mão por cima da mesa e apertou a dela. As articulações dos dedos dela estavam deformadas com a artrite. – Certo – disse Pete. Era a rotina do trabalho.

– O da carrinha pu-lo para ele o encontrar – disse ela. – Um homem com o treino dele revista-a todos os dias. – Virou a mão dele na dela e apertou-lha.

– Tenho rede. Podes pedir à empregada que te diga a palavra-passe. Começamos por uma pesquisa geral ou queres ir diretamente à base de dados federal?

Para um velho idiota do Maine, Pete era bastante competente tecnologicamente. Ligara os portáteis dos dois e podia aceder ao computador de casa com ambos. Todos os seus documentos estavam guardados no servidor do prédio e acessíveis remotamente. Entraram no Dale Eranhardt – o que chamavam ao computador de casa, porque era super-rápido – e foram diretos a uma base de dados de funcionários federais não militares. Era uma das bases de dados mais caras que tinham comprado e de vez em quando revelava-se extremamente útil. William Tanner apareceu imediatamente. Data de nascimento 05/04/1969, Lafayette, Los Angeles. Téc.vet., USAID. A idade estava certa, trinta e três anos.

Celine bateu na gema trémula do seu ovo com um pedaço de *bacon* estaladiço, rebentou-a e recolheu o máximo possível. Que delícia! Pete perguntara-lhe se ela tencionava tomar outro pequeno-almoço, o que era uma pergunta tonta. Por vezes, comia ovos com *bacon* ao jantar. Desde que deixara de fumar, achava que podia fazer o que quisesse do ponto de vista gastronómico. Disse: – Que raio é um Téc. vet., na tua opinião? E a trabalhar para a USAID?

– Sei exatamente o que é – disse Pete. – O que poderá ser. Lembras-te daquela história sobre febre suína no Haiti? Mais de um milhão de porcos foi abatido.

– Ah.

– O Departamento de Agricultura dos Estados Unidos tem o que essencialmente são equipas de franco-atiradores que podem caçar e despachar rapidamente animais selvagens também. Por exemplo, se uma epidemia de brucelose começasse a espalhar-se numa população de veados.

– Estou a ver.

– Por isso, por vezes esses tipos são enviados a outros países para os ajudar nos seus programas de erradicação. Nesse caso, suponho, poderiam estar sob os auspícios da USAID. «Téc. vet.» é um título jeitoso.

– A mim pareceu-me um ex-militar. Estava sempre a chamar-me «minha senhora», o que, como sabes, não suporto. Então, talvez seja um assassino, hum. De animais. Em países estrangeiros.

– Ou pode ser destacado para ajudar os países pobres a esterilizarem os seus animais de estimação.

– Deve estar com as orelhas a arder. – Acenou para a porta a que o próprio Mr. Tanner apareceu trazendo na mão uma caneca de aço inoxidável de viagem. A mesma empregada de mesa fez-lhe um sorriso rasgado e conduziu-o a uma mesa no meio da sala. Celine reparou que ela lhe pôs a mão no braço de passagem quando lhe perguntou se queria café. – É encantador – murmurou Celine. – Sem sequer tentar.

– O quê? – disse Pa.

— Nada. Como é que verificamos se ele realmente é ou foi militar?

— Não temos acesso a essa base de dados, mas a polícia sim.

Celine ficou animada. — Então, mandamos um *e-mail* ao Harold! Passa-me o computador, passas? O jovem Bill... — inclinou a cabeça para o homem que andava a segui-los — o jovem Bill não se sentiria divertido se soubesse o que estamos fazer a seis metros dele?

Bebeu o café toda contente e escreveu um *e-mail* ao seu ex-afilhado da organização Alcoólicos Anónimos. Celine tinha deixado de beber há vinte e cinco anos, quando Hank frequentava o último ano do secundário. Envolvera-se bastante na organização, só diminuindo a sua participação nos últimos dois ou três anos, com a sua família a precisar de que lhes dedicasse mais tempo. Um dos princípios centrais era que uma das melhores maneiras de uma pessoa se manter sóbria era ser útil aos outros, e Celine levava-o a sério.

Os membros recentemente sóbrios vinham às carradas perguntar-lhe, a tremer, se queria ser madrinha deles. Ela foi mentora de uma série de pessoas ao longo dos anos e, notavelmente, a maioria conseguiu manter-se afastada da bebida e a sua lealdade para com Celine e o afeto que lhe tinham era sempre tocante de se ver. Aos seus olhos, ela salvara-lhes a vida. Era difícil de imaginar qualquer outra pessoa a atrair aquele tipo de devoção, a não ser talvez um grande chefe de pelotão.

Harold gostava particularmente de Celine. Quando a conheceu, era detetive de homicídios na esquadra 84, em Brooklyn, e estava em maus lençóis — fora suspenso por espetar uma viatura da esquadra no rio East numa altura em que andava sempre embriagado. Atirou-a do Cais Dois, quando esse cais era a doca da Columbia Line, a empresa dos navios de carga que trazia os carregamentos de bananas e de cocaína. Estava numa operação de vigilância. O único golpe de sorte nessa noite foi que nem ele nem o seu colega estavam no carro quando ele meteu a mão dentro dele para tirar a arma e bateu sem querer na manete da caixa de velocidades pondo-a em Drive. Estava tão bêbedo que tentou mergulhar atrás da viatura – talvez para a pôr em marcha-atrás – mas o colega manietou-o. Essa foi uma época no departamento de polícia da cidade de Nova Iorque em que a camaradagem não era muita, e o capitão de Harold apresentou-lhe duas opções: ficar sóbrio para sempre ou ser despedido e pagar o carro e os dois outros veículos que ele tinha delirantemente remodelado. No dia em que ele entrou na cave da igreja em Henry Street, Celine estava a qualificar-se – a contar a sua história. Foi totalmente honesta, mas ninguém sabia que ela só estava a contar uma seleção cuidadosamente preparada dos pontos principais. Não mencionou que tinha tido um bebé quando ainda era adolescente, mas falou sobre o facto de se ter dedicado ao trabalho de investigação para ajudar a juntar famílias biológicas separadas. Harold ficou mais atento quando aquela senhora elegante falou sobre o trabalho para uma agência de detetives, sobre os seus primeiros casos e o consumo de bebidas alcoólicas à socapa que os acompanhava. – Imaginem! – implorou ela. – Eu estava finalmente a fazer o que sempre quisera fazer em toda a vida, um trabalho de detetive! E ia acabar por deitar tudo a perder com a bebida. Não consigo exprimir adequadamente a vergonha que isso me causava. – Harold endireitou-se na cadeira, inclinou-se para a frente. A senhora disse que estava sóbria há sete anos. Se ele ia aprender com alguém naquele sítio esquisito, seria com aquela detetive particular vistosa.

Harold era agora capitão e dirigia uma secção da divisão de fraude. Que secção específica, por alguma razão nunca se mencionava. Ele tinha peso a mais e era diabético e um dos homens mais profundamente felizes que ela já conhecera. Devia ser, para emitir o tipo de gargalhada contagiosa, instintiva, que saía dele com tanta facilidade.

Celine sabia o quanto ele lhe devia – o quanto ele acreditava que lhe devia, porque, claro, as contas tinham sido todas feitas por ele. De facto, segundo ele, nunca poderia saldar a sua dívida para com ela. E por isso ela muito raramente lhe pedia um favor.

Portanto. Bem. Tinham *wi-fi*, mas não tinham rede de telemóvel e, dado o melindre do posto dele, ela não podia simplesmente enviar-lhe o seu pedido por *e-mail*. Ou seja, em palavras claras e através do seu endereço oficial de *e-mail*. Usou um endereço de *e-mail* do Yahoo e escreveu: «Harold, que tal vai o William? E o pai dele, o Tanner? Conheci ambos há muito tempo, por volta de 4 de maio de 1969. Adorava voltar a encontrar-me com eles. Eram militares, penso eu, o que afetou a postura deles para o resto da vida.»

Resultaria. Nome próprio, apelido, data de nascimento e foco da pesquisa de dados. O código não era formal, nada que alguma vez tivessem combinado, e indubitavelmente nada elaborado ou difícil de decifrar. Era mais como um jogo, e não demasiado complicado, destinado simplesmente a manter os advogados e o pessoal dos Assuntos Internos à distância. Ninguém poderia alguma vez provar que ela solicitara informações a Harold nem que ele alguma vez partilhara alguma informação com ela, porque ele combinava sempre que ela lhe telefonasse a uma certa hora entre telemóveis não identificados.

DEZASSEIS

Deus talvez tenha feito o mundo para a última semana de setembro. Celine pensava isso sobre o Vermont quando era pequena, e pensava-o agora. Iam agora pela estrada ao longo do rio Yellowstone num sol móvel que rebocava sombras de nuvens dos cumes para o desfiladeiro. O rio corria baixo e límpido sobre os bancos de areia, os salgueiros estavam amarelos e cor de laranja e os sabugueiros e os choupos soltavam as suas folhas sobre a água quando o vento soprava.

Quando o vento soprava, os bosques de álamos lançavam rajadas de folhas para a estrada. Celine conduzia lentamente. Viram o vê prateado de um castor a cruzar um lago em cujas margens havia bétulas e viram o seu abrigo de paus coberto de lama e viram um do tamanho de uma cria de urso a trepar para uma pedra e fitá-los agressivamente. – Tu és rei do rio, com certeza – murmurou Celine. – Mas como é que consegues pôr a lama na tua casa?

Gostava de fazer comentários em voz baixa enquanto conduzia, era um hábito que Pete achava encantador. As folhas colavam-se ao para-brisas, eles seguiam pela estrada com as janelas abertas e o cheiro a artemísia e a erva a jorrar para dentro da carrinha com o frio. Viram um urso-pardo a atravessar um prado a toda a velocidade. Era enorme e corcovado e fluía mais do que corria, e o sol

189

baixo ondulava sobre o seu pelo lustroso como água e mudava-lhe a cor. Parou à beira de um bosque de abetos e começou a cavar. – Meu Deus – disse Celine. Não fazia ideia de que os ursos eram capazes de se moverem assim. Ou que o seus ombros fossem tão maciços ou que fossem capazes de tirar terra como uma escavadora.

Subiram uma colina arborizada e quando saíram do bosque de abetos viram uma centena de bisontes a pastar na erva numa curva do rio e cisnes-trometeiros brancos na água azul-acinzentada. – Parece-te – perguntou ela – que todo o país era assim em tempos? Quero dizer, estas montanhas? Ou isto é uma espécie de reserva natural? É incrível. Viver era fácil. – Supunha que a tribo Shoshone que vivera ali nunca teria passado fome.

Perderam o rio para o seu desfiladeiro e a estrada desenrolou-se por entre colinas de pinheiros queimados e desceu para um amplo vale aberto com um ribeiro estreito a entretecer-se nos prados e pilhas de madeira preta como ilhas. Quando lhes cheirou a enxofre e viram penachos de vapor e grandes parques de estacionamento prosseguiram viagem. Celine não tinha qualquer desejo de se juntar a multidões; os atrativos usuais de Yellowstone não eram para eles. Em Canyon Village pararam para meter gasolina e tomar café e comprar carne seca, e compraram um livro sobre os lobos de Yellowstone. A empregada da loja viu-os a examinar os mapas num escaparate giratório e foi ter com eles para os ajudar. Vestia uma camisa verde de guarda-florestal, usava óculos de lentes grossas e trazia um crachá com os dizeres *Faça-me perguntas sobre os bisontes!* – Vieram numa excursão de autocarro? – perguntou.

Celine virou-se para ela, sorriu e disse: – Isso seria agradável.

– Há excursões de um dia com partida da vila, a uns três quilómetros daqui. Servem o almoço no Old Faithful.

– Que maravilha.

A rapariga parecia satisfeita consigo própria. – Posso dar-lhes o folheto informativo, se quiserem.

– O que queríamos saber era quem é responsável pelo cumprimento da lei no parque. – Seria útil travar conhecimento com essa pessoa. Provavelmente, havia um dossiê sobre Lamont, embora ele tivesse desaparecido fora do perímetro do parque. Um esboço do caso e uma discussão sobre a jurisdição aplicável, pelo menos.

A rapariga franziu a testa. – Há algum problema?

– Não, mas gostaríamos de saber onde ficam as instalações das autoridades do parque.

A rapariga ficou perplexa.

– Só para o caso de precisarmos – acrescentou Celine solícita.

– Oh, certo – disse a rapariga. Ela já vira de tudo um pouco; uma vez, um turista do Taiwan numa excursão perguntou-lhe num inglês penosamente cuidado com que idade um veado se tornava uapiti. – Bem – disse ela agora –, eu recomendaria que ligasse para o número de emergência? – Soava muito mais como uma pergunta do que como uma recomendação. – Isto é, se tiver rede. Há telefones de emergência em todas as casas de banho públicas.

– Que prático. Mas o que realmente gostaríamos de saber é onde se encontra o chefe da guarda-florestal.

– Oh. – Animou-se. Uma lâmpada de alta voltagem parecia ter-se apagado. – Nós temos um guarda-florestal aqui mesmo. Acho que vi o Chad no centro interpretativo.

Celine sabia quando dar-se por vencida. Bateu em retirada tática. – Levamos só o livro – disse.

Não importava. Ainda não estavam prontos para aquela conversa, de qualquer maneira. Celine e Peter gostavam de obter primeiro as coordenadas geográficas, literalmente, antes de se embrenharem num caso. E é claro que eram capazes de encontrar as instalações dos serviços de segurança e o chefe da guarda em dois minutos com outra ligação *wi-fi*. Compraram canecas de campismo na loja com os dizeres MAMÃ-URSO e PAPÁ-URSO e encheram-nas no pequeno restaurante. Como havia rede, Celine telefonou a Gabriela. Não a preocupava uma possível escuta telefónica, já que o que precisava de saber naquele momento não era propriamente novidade.

191

– Sem o dossiê diante de si, consegue recordar-se dos nomes das pessoas com quem colaborou cá em cima? Tanto na esquadra do xerife como no parque?

– Sim, claro. Havia três pessoas principais. Posso mandar-lhe os nomes numa mensagem depois de desligarmos.

– Ótimo, envie-me todos os nomes de que consiga lembrar-se. O xerife que mencionou, o rastreador, o proprietário do bar que conhecia o seu pai, o nome do bar, se o souber. Tudo o que lhe ocorra. O Pete anotou alguns quando falou consigo, mas eu gostava de completar a lista.

– OK.

– Gabriela, lembra-se de para onde o seu pai viajava mais? Ele dizia-lhe? Ou trazia sempre presentes dos mesmos países?

– O país preferido dele quando eu era muito pequena era o Peru. Fez uma grande reportagem fotográfica sobre o Machu Picchu para a *National Geographic* para aí em 1968. Provavelmente, a Celine viu as imagens. São um clássico. E depois começou a ir cada vez mais ao Chile. Ao Chile, à Argentina, ao Paraguai. Eu tenho ponchos de gaúcho e copos para mate e flamingos cor-de-rosa de Atacama. De plástico. Ele adorava a costa chilena da Patagónia mais do que qualquer outro sítio, a zona de fiordes a sul de Puerto Montt.

– Estava a trabalhar para a revista? Nessas viagens, lembra-se?

– Sim. Sim, estava. Quer que eu procure as reportagens?

– Não se importa? Poderia ser uma grande ajuda. Penso que temos a maioria, mas não quero falhar nenhuma. Não sei quais serão as condições para fazer pesquisa na biblioteca de Cooke City. Ou até se haverá uma biblioteca.

– Não há.

– Oh, e mais uma coisa. Pode-me dizer alguma coisa sobre a Montanha de Gelo?

Fez-se uma pausa sobressaltada. Gabriela não estava à espera daquela pergunta. Quando voltou a falar, na sua voz havia provavelmente mais do que uma emoção. Disse: – Fica muito para norte,

192

nas terras de fronteira. Há lá um lago, da cor dos olhos do seu verdadeiro amor, e há um castelo para princesas e as suas famílias. O meu pai disse que me levaria lá. Disse que o lago soava como aves e a montanha era a rainha das montanhas.

Prosseguiram viagem para norte e para leste durante a tarde. Ao longo de Buffalo Creek tiveram de reduzir a velocidade num engarrafamento num monte íngreme onde alguém devia ter avistado alguma fauna atraente. Como a fila de viaturas não avançava, Pa e Celine saíram da carrinha para esticar as pernas e encaminharam-se para a berma, onde passaram entre uma mulher pesada vestida de camuflado com um Bin Laden bordado a vermelho nas costas e dois rapazes com *T-shirts* da universidade Duke e isoladores térmicos nas suas latas de cerveja com a palavra *Vaginívoro*. Uma ursa-negra estava a comer flores de borragem, avançando lentamente por entre as pequenas flores brancas e a competir com duas borboletas que pairavam na luz entrecortada do sol que se derramava por entre os choupos. Uma das borboletas pousou por um momento na orelha da ursa. Duas crias seguiam-na trôpegas, trepando a um toro e caindo uma em cima da outra.

Pa disse: – Parecem uns desenhos animados da Disney.

– Não vai parecer da Disney quando ela ficar irritada e comer um daqueles estudantes. – Celine estava com dificuldade de respirar e tinha os olhos brilhantes. Pa perguntou-se se os isoladores térmicos das latas de cerveja dos rapazes teriam provocado aquela reação. Celine não suportava expressões evidentes de domínio. Os jovens já eram uns verdadeiros príncipes do universo, se não seus senhores: eram brancos, do sexo masculino, atléticos, altos, frequentavam uma das melhores universidades do país; tinham ótimos dentes e boa pele e não pareciam ser cegos nem ter qualquer outro problema. Estavam na maior. Porque é que tinham então de anunciar o seu desprezo pelas mulheres? Pa sabia que aquilo a enfureceria e por vezes pensava que ela virava a sua fúria contra si mesma. Os dois rapazes nem tinham consciência do seu deslize: a uma altitude mais baixa, onde havia mais oxigénio, Pete tinha quase a certeza de que ela acabaria por confiscar os isoladores térmicos depois de lhes pregar um sermão sobre respeito e as mães deles.

Não havia sombra onde eles estavam e ela pôs uma mão em pala sobre os olhos e a outra no peito e esforçou-se por respirar fundo. Expirou através dos lábios comprimidos. Fechou os olhos e quando os abriu arregalou-os como se também eles estivessem à procura de ar.

– Penso que estamos a uma altitude muito elevada – disse Pete. – Queres uma dose de oxigénio?

– Acho que sim. – Sentia-se frustrada. Por não poder ficar ali fora ao sol com um grupo de turistas broncos a observar um urso.

– Eu posso ir-to buscar.

– Deixa lá. – Deu a mão a Pete, atravessaram lentamente a estrada estreita e ele tirou o pequeno concentrador de oxigénio do banco de trás. Ligou-o e ele zuniu, e a mão de Celine tremia-lhe enquanto ela tentava desemaranhar a tubagem transparente. Pa tirou-lhe os tubos das mãos delicadamente, desemaranhou-os e passou-lhe a cânula, que ela enfiou no nariz. As mãos pararam de lhe tremer quase imediatamente e ela pôs as duas partes separadas do tubo por trás das orelhas, encostou-se à carrinha e respirou. – OK – disse por fim. – Vou só usá-lo mais algum tempo enquanto conduzo.

Viraram para leste junto a uma tabuleta a indicar VALE LAMAR – SILVER GATE, e deixaram de ver outros carros. Celine respirava já com mais facilidade. Tirou a cânula e entregou-a a Pa. – Toma. Tudo bem – disse. Acompanharam o curso de um ribeiro que corria sobre pedras de muitas cores, cor de ferrugem, verdes e azuis. Mesmo antes do entardecer chegaram ao cimo de um monte e desceram para o vale Lamar.

O sol estava quase posto, a debater-se por entre nuvens escuras e a iluminar a neve recente nos cumes mais altos. Na luz filtrada,

Celine viu o rio debruado com salgueiros de ramos vermelhos a serpentear por um vale largo de erva alta. Os prados estendiam-se à distância onde a noite já tinha tombado, mas umas ilhotas de álamos, flamejantes, sussurravam no vento do entardecer. As encostas em torno do vale estavam cobertas de abetos e pinheiros escuros.

E por todo o campo aberto, onde a floresta dava lugar à erva, ela avistava manadas: em movimento ou a pastar, os uapitis às centenas, agrupados e com as cabeças baixas; os antilocapras em pequenos grupos; a sombra escura de dúzias de bisontes a moverem-se lentamente juntos e os vultos pretos que eram os machos enormes, espalhados pelo vale como penedos, sem medo de nenhum ser vivo. Celine e Pete estacionaram, vestiram blusões de penas e ficaram de pé na berma da estrada ao vento frio a observar a cena com os binóculos. Pete avistou um coiote pálido a descer a trote um trilho de animais entre penhascos. Celine encontrou duas raposas na margem do rio, coradas à última luz do dia. Viram patos num lago e uma garça no canavial do outro lado do rio. No vento ouviam gritos de aves, muito ténues, e compreenderam que eram os uapitis mais próximos, as mães a chamarem as suas crias.

– Ena – murmurou Celine. – Todos estes animais. É como um diorama no museu de história natural. Quando eu era pequena, só queria poder entrar neles.

Pete escreveria nessa noite no seu diário que quando desceram do cume do monte para as imediações do Lamar pareceu que entravam num outro tempo. Dava a sensação de que mesmo que o resto da Terra sofresse eras de fogo e gelo, aquele vale se manteria: anoiteceria como sempre num fim de tarde de outono e os uapitis soltariam os seus sons de trombeta e os seus gritos, um gavião bateria as asas sobre as ervas. Os lobos que viviam em segurança ali observá-los-iam a todos da clareira à entrada da floresta.

Celine disse: – Estive a ver o mapa. Este vale vai praticamente até Cooke City. Um afluente. Se o Paul Lamont está morto, talvez tenha morrido nesta bacia hidrográfica. É estranho pensar isso.

– Há sítios piores onde morrer, suponho – disse Pete. – Mas não tenho a sensação de que ele esteja aqui. Ou que alguma vez aqui tenha estado por muito tempo.

Celine estendeu a mão para a de Pete. A sua estava gelada e a dele quente. Tinha vindo com elas metidas nos bolsos. – Eu também não – disse ela. – Se ele tivesse morrido aqui, porque é que o nosso jovem amigo bem-parecido estaria tão interessado?

– Por falar nele, onde é que estará? Parece estar a desleixar-se.

– Quando voltarmos para a carrinha posso-te dizer.

Decidiram esperar até chegarem a Cooke City para localizar Mr. Tanner. Queriam fazer os restantes quarenta quilómetros antes que anoitecesse completamente. Desdobraram o mapa e acompanharam o curso do Lamar. A estrada e o rio contornavam a base do pico Druid, uma cúpula de florestas e desfiladeiros onde alguns dos primeiros lobos canadianos foram reintroduzidos na década de noventa. Um afluente desviava-se para a sua esquerda e continuava para nor-nordeste, e eles seguiram-no. O Soda Butte era mais pequeno e o vale mais estreito e os bosques escuros cobriam as encostas íngremes descendo quase até às margens do pequeno rio. As montanhas pairavam sobre o leito do rio e formavam muros de penedos altos e irregulares. As pedras estavam listradas com a água que escorria e formava canais e pequenas cascatas. Lá no alto havia salpicos de branco que Pete disse que deviam ser cabras-montesas. Meu Deus – nada lá em cima a não ser penedos. Talvez fosse o escuro a adensar-se ou as primeiras gotas de chuva, mas aquele vale mais alto dava um sensação de mau agouro. Pete tinha a sua pasta com apontamentos aberta e o GPS na mão, e disse que a viatura de Lamont tinha sido encontrada a cerca de doze quilómetros para norte. Chegariam ao local mais ou menos à mesma hora da noite em que, provavelmente, ele tinha passado por lá. Talvez até o tempo estivesse mais ou menos como nesse dia.

Avistaram mais adiante duas carrinhas brancas estacionadas na berma e um grupo de pessoas a andar por ali. Curiosos, pararam, saíram. Era um safári, um grupo de pessoas que tinha vindo ver os animais selvagens, e estavam a arrumar o seu equipamento. Eram uns oito, com roupa desportiva cara.

Uma jovem guia com um polar preto enfiou um último tripé nas traseiras de uma das carrinhas, virou-se e disse: — É isso mesmo. A Rafaella perguntou-me sobre a *Tala*, a lendária loba. Venham cá todos e eu conto-vos. — Os oito juntaram-se à volta dela. Ela trazia um gorro de lã de que despontava em rabo de cavalo o seu cabelo de um louro escuro. Tinha um rosto redondo e um dente da frente rachado. — Falei-lhes sobre a alcateia de Soda Butte. Uma das primeiras no vale. A *Tala* era desse grupo. Nessa altura havia já três alcateias estabelecidas e ativas em torno desta zona e estavam a dar-se muito bem. Mas a *Tala* mostrou tendência para ser independente desde o princípio. Era grande e rápida, e muito, muito esperta. Matreira, astuciosa, brincalhona. Começou a caçar sozinha. Os biólogos ficaram espantados. A alcateia estava a descansar e ela levantava-se, espreguiçava-se e era como se estivesse a dizer: «Até mais logo, vou buscar um uapiti.» Incrível. Ela é um dos poucos lobos jamais documentados capaz de derrubar um uapiti adulto sozinha. Conseguiu-o uma e outra vez. É um trabalho muito perigoso, e ela fazia-o com a maior das facilidades. — A guia ergueu a voz, sobrepondo-se ao vento frio.

— Ela separou-se do grupo. Partiu para formar a sua própria alcateia. Uma fêmea dominante por excelência. É claro que todos os machos dominantes na zona queriam acasalar com ela. Ela podia escolher. E sabem o que fez? — A guia era muito boa. Tinha-os na palma da sua mão enluvada. Reparou que Celine e Pete estavam junto ao grupo e acenou-lhes. — Escolheu dois irmãos adolescentes desajeitados e desengonçados. Que não sabiam uma trampa, perdoem-me a expressão. Ela podia ter escolhido quem quisesse! E escolheu. Escolheu aqueles dois jovens que não tinham grandes capacidades e acasalou com os dois e ensinou-os a caçar. Uma das histórias fantásticas. Eles tornaram-se muito bons na caça. E a alcateia tornou-se forte. Foi esse o início da famosa alcateia de Cache Creek.

– O que é que lhes aconteceu? – perguntou um homem com um chapéu de safári australiano.

A guia franziu a testa. – Num outono ela conduziu a alcateia para fora do perímetro do parque, no Wyoming, e um caçador com uma licença legal para caçar lobos matou-a. A alcateia desfez-se depois disso, desintegrou-se.

Todo o grupo estremeceu. A guia também demorou um segundo a recuperar. Por fim, disse: – Aquela fêmea grande e preta que vimos há pouco, a trotar para o abrigo das árvores com a família, é neta da *Tala*.

– Uau – disse uma senhora, como diria Celine se não estivesse sem fala.

Celine virou-se para Pete: – Acabámos de perder a oportunidade de ver lobos. Uau. – Pete apertou-lhe a mão, voltaram a entrar na carrinha e seguiram viagem para norte e oeste. Celine não conseguia parar de pensar em *Tala* e na sua alcateia. Como os pais podem desaparecer facilmente e as famílias desintegrarem-se.

O vale aberto esgotou-se com a restante luz do dia. Entraram em bosques escuros e a estrada virou para leste. Algures, atravessaram para Montana. Entraram por um portão de um parque sem guarda. A estrada tornou-se mais estreita. Os altos pinheiros inclinavam-se e eles deixaram de ver o céu.

– Ali – disse Pa. Mais à frente, avistava-se o gradeamento de madeira pintada de uma ponte à luz dos faróis. Celine reduziu a velocidade. Ao fazê-lo, duas, depois três sombras atravessaram a estrada como fantasmas.

– Coiotes! – disse ela.

– São lobos. Muito maiores do que coiotes. Não saltitam ao andar.

– Isto dá um bocado a sensação de ser a história da Capuchinho Vermelho, não achas? – perguntou ela.

Estacionou na berma da estrada. Era aquilo, a ponte onde os biólogos tinham encontrado a carrinha de Lamont. Com a sua *parka* boa ainda dentro dela, a carteira, a faca. Algures para a direita, do outro lado do rio, os homens que o procuravam encontraram marcas de algo ou de alguém ter sido arrastado, pedaços de vestuário, sangue numa árvore. Ela desligou o motor e saíram da carrinha. O vento soprava nos topos das árvores. O rio corria e gorgolejava. A noite tinha tombado completamente e com ela o frio de uma geada certa. Por uns momentos, deixaram-se ficar ali.

— Isto dá a sensação de ser um local de morte — disse Celine por fim.

— De vida selvagem ou de morte? — perguntou Pete.

— De morte. — Ficaram ali a escutar. — Bem — disse ela, e estremeceu. — Ainda bem que estamos aqui numa noite semelhante. Agora sei que se isto foi tudo ideia do Lamont ele tinha-os no sítio. Imagina pôr-se a caminho sozinho numa noite como esta.

— Imagina ser casado com a Danette — disse Pete.

— Bem visto. Vamos continuar viagem até à cidade. Isto já não é no parque. Onde é que estamos? Numa zona não incorporada de Park County? Precisamos do relatório do xerife.

Decidiram pernoitar na Estalagem de Yellowstone em Cooke City. Não ficava em Yellowstone e não era uma estalagem, e a cidade mais próxima ficava muito longe. O motel era uma série de casinhas de madeira em banda ao longo de um caminho acidentado de terra batida. Podiam ter ficado na caravana e ter usado o *wi-fi* de alguém à socapa, mas, francamente, Cooke City dava a impressão de estar necessitada de clientes. De qualquer maneira, o motel tinha Internet e poderia ser bom terem um quartel-general e espaço para espalhar as coisas. Por isso, pediram um quarto com duas camas de casal para poderem usar uma delas como mesa para o mapa.

Não foi difícil encontrar um sítio onde comer. Cooke City tinha uma rua principal curta, aberta entre bosques densos, e apresentava-lhes duas opções: uma pizaria com uma mesa de

bilhar a cheirar tanto a cerveja requentada que eles deram meia-
-volta à porta, e o restaurante Poli's Polish. Havia também um bar
com um reclamo luminoso na montra a piscar com a palavra Pabst.
Pelo menos tinham rede. Sentaram-se a uma das seis mesas cobertas com uma toalha de plástico no Poli's e mal Celine ligou o telemóvel ouviu-se o som de um novo SMS e de uma nova mensagem
de voz. A empregada de mesa trouxe-lhes taças de alface com montinhos de cenoura ralada por cima. – Está incluído no jantar –
disse, com uma pronúncia cerrada. Chamava-se Nastasia e era da
Letónia. Tinha um rosto redondo e rechonchudo à volta da boca e
uns olhos céticos cor de violeta, o que tornava impossível determinar a sua idade. – Pensei que isto era um restaurante polaco – disse
Celine.

– De facto, a maior parte dos nossos clientes pensa que a Letónia fica na Polónia – disse Nastasia, pousando duas pequenas tige-
las com sopa *borscht* branca em que flutuavam rodelas de salsicha.
– Também está incluído no jantar.

O SMS era de Gabriela.

*Cam Travers, xerife. Ainda lá está, verifiquei. Acho que
o eleitorado do condado de Park não muda muito, por isso ele
não vai a lado nenhum. Ajudou-me muito. Confio nele.*

*Timothy Farney, guarda-florestal, Distrito de Yellows-
tone Lamar. Conduziu a operação de busca e salvamento e
assinou a certidão de óbito. Salvou-me. Por pena, penso.
Sabia que eu não poderia herdar ou superar as coisas por
mais sete anos sem a declaração oficial de óbito, por isso assinou. Estou muito grata a este homem.*

*L.B. «Elbie» Chicksaw, rastreador profissional. Vive em
Red Lodge. Provavelmente questionou os resultados do relatório do Serviço de Parques. Pareceu-me preocupado com os
trilhos. Perguntem-lhe. É um bocado perturbado.*

*Lonnie e Sitka Fuzile, proprietários do Bearbooth Bar.
Já o viram, tenho a certeza. O apelido deles soa italiano, mas*

é sul-africano. Também não vão a lado nenhum, penso que são refugiados africânderes disfarçados de velhos hippies. *Conheciam bem o meu pai, como pode imaginar.*

Ed Pence, o chefe dos biólogos dos ursos, o homem de quem o meu pai estava a fazer o perfil quando desapareceu. Vive em Helena.

É tudo por agora. Procurei algumas das reportagens antigas do meu pai. A mais famosa dessa época era a que ele fez na zona de cavalos do rio Manso na Patagónia chilena. Todas as quintas ao longo do rio estão ligadas só por trilhos para cavalos. É uma reportagem maravilhosa. Saiu no número de janeiro de 1974 da National Geographic. *OK. Digam-me do que mais precisam. Quem me dera poder estar aí.*

A mensagem de voz era de Harold: «Dez e quinze» era a única coisa que dizia. Celine olhou para o seu relógio. Era daí a seis minutos. Era a hora, pelo fuso horário de Nova Iorque, em que devia telefonar para o número combinado. Era assim que funcionavam. Fez um sinal a chamar Nastasia e perguntou-lhe se podia fazer uma chamada para Nova Iorque do telefone do restaurante, era muito urgente e a chamada não demoraria mais do que um minuto e ela pagaria. – É claro que sim – disse Nastasia, acenando na direção do balcão. – Está incluído no jantar. – Sorriu. O telefone estava numa secretária estreita por trás do balcão principal e da caixa registadora. Celine esperou dois minutos e marcou o número.

– Olá, boneca – disse a voz grossa. Harold pensava sempre que estava num filme policial dos anos sessenta. Porque não tirar o máximo partido do seu emprego?

Disse: – Almirante[1], Equipa Três das SEAL, sediado em Coronado, na Califórnia. Especialidade: franco-atirador. Alistou-se em 1987. Dados da missão omitidos. Espero que ajude. Adoro-te.

---

[1] No original: *Master Chief.* É um dos postos mais altos da Marinha norte-americana. *(N. da T.)*

– Também te adoro.

Ele desligou.

Celine deixou uma nota de cinco dólares em cima do balcão e voltou para a mesa. Repetiu a informação a Pete e viu os ligeiros movimentos para cima e para baixo das suas sobrancelhas farfalhudas. – Não há surpresas – disse ele enquanto acabava de tomar nota no seu pequeno bloco. – Pergunto-me onde é que ele estará. Ias-me dizer.

Celine abriu o portátil e passou para o lado de Pete. Havia uma rede aberta chamada «Kielbasa» e ela acedeu-lhe. O localizador GPS que tinha colado à parte de baixo da carrinha de Tanner era do mesmo modelo usado recentemente para localizar um grande tubarão-branco da África do Sul até à Austrália. O tubarão surpreendeu os investigadores ao fazer a viagem de 11 105 quilómetros em noventa e nove dias. Celine pensara que era apropriado. Tinha a certeza de que o tubarão não irritara os cientistas chamando-lhes minha senhora.

Aquela tecnologia era realmente maravilhosa. Funcionava com a Internet e quando estavam em viagem tinham um pequeno ecrã com um mapa ligado via satélite, mas era muito dispendioso usá-lo. Inseriu o código do primeiro localizador, clicou num ícone e um mapa começou a formar-se. Apareceram os limites do Parque Nacional de Yellowstone, lá estava o rio Yellowstone e a autoestrada 89, para sul a cordilheira Teton, o lago Jackson, ali estava Jackson Hole – e um ponto azul a pulsar. Em Jackson Hole.

Ela pestanejou. Não podia ser. O homem tinha dado meia-volta.

Talvez estivesse farto de comer em restaurantes baratos. Talvez ela o tivesse assustado com o seu roupão de xadrez! Porque é que a sua primeira sensação foi de deceção?

– Que diabo – disse. – Pete, sinto-me abandonada! Não é esquisito? Tenho outra vez a sensação de ninho vazio.

Pete riu-se. – Não te precipites – disse. – Não ouviste qual era a ocupação do homem?

– Sim. Estou faminta – resmungou, e comeu uma colher de sopa. – Hum, uau. Uau. E então?

– Ele é um caçador treinado. Talvez por fim tenhas encontrado alguém à tua altura. Um verdadeiro James Bond.

– Hum.

– Se ele é tão bom como isso, sabe que lhe puseste um localizador. Com certeza está habituado a revistar o veiculo todos os dias, como tu disseste. Lembras-te do tipo do autocolante com o menino a fazer xixi para cima da palavra *hippies*?

– É claro que sim.

– Não foi esse o último sítio em que vimos o jovem William?

– Hum.

– O camião não dizia Jackson Hole na porta?

Celine fitou o seu marido. Incrível! Pete parecia um homem antiquado e distraído, mas não lhe escapava nada, não era? Tanner poderia ter simplesmente transferido o GPS no seu íman para o camião do parolo. Que raio. De qualquer modo, era só um palpite.

– Talvez – disse Pete – ele já não queira seguir-nos às claras, a tentar intimidar-nos. Talvez tenha optado pela discrição. Talvez esteja a tentar fazer isso.

Ela soprou para mais uma colher de sopa e engoliu-a. Pete disse: – Talvez ande a caçar-nos agora.

Celine molhou um pedaço de pão na sopa. Pete disse: – E se verificássemos o segundo, aquele que a mãe adotiva dele pôs no moinho de café? Vamos ver se ele é realmente bom.

Celine torceu os lábios e tirou mais uma colher de sopa. – Esta sopa é realmente deliciosa – disse. – Tu devias comer alguma coisa. – Pete sorriu. A sua mulher, via bem, estava a adiar o momento da verdade. – OK, OK – disse ela. Limpou os lábios ao guardanapo e inseriu o código do segundo localizador. O mapa desapareceu e reconstituiu-se e lá estava o ponto a piscar no meio, a pulsar como uma dor de cabeça. – Está no bar aqui ao lado! – disse Celine, triunfante. – Ou isso ou está a fazer café na porta traseira da carrinha a um quarteirão daqui.

– Querias convidá-lo para vir cá jantar? – disse Pete num tom sarcástico.

– Ele ficou com o meu presente! – disse ela. – Oh, Pete, estás a ficar com ciúmes!

Pete não se dignou responder. Mas disse: – Talvez simplesmente soubesse aonde nós íamos. Para que outro sítio viríamos? Mas talvez de manhã devamos revistar a nossa carrinha.

Celine empurrou a sua taça com salada na direção do lado da mesa de Pete. – Acho que não – disse. – Quero dizer, claro, para ver se há alguma coisa. Mas se estivermos a ser localizados talvez nos seja útil mais tarde.

– Hum – disse Pete. E ela soube pelo timbre da voz dele que não teria de explicar mais nada.

– Mas como é que nós sabemos – prosseguiu ele – quando ele começou realmente a dar-nos caça? Quando a brincadeira acaba?

– Não sabemos – disse ela.

DEZASSETE

Era demasiado tarde para fazer telefonemas. Celine queria falar com o xerife Travers primeiro, mas isso teria de esperar até de manhã. Antes de eles poderem escolher o que queriam comer, Nastasia trouxe-lhes dois pratos com um hambúrguer espalmado e coberto de *sauerkraut*, dois pequenos pratos com esparregado de espinafres e uma taça com puré de batata.

— Isto também está incluído na refeição? — perguntou Celine. Não tinham tido tempo para escolher o que queriam comer.

— Na verdade, sim, está. — A empregada de mesa fitou Celine com os seus olhos cor de violeta sem ilusões sobre o mundo. — Na verdade, *é* a refeição. Há só um menu. — O seu olhar era neutro, à espera de ser desafiada.

— Ótimo.

— OK. Bem. — Nastasia descontraiu-se um pouco e pegou nas taças com salada. — Já agora, reparei que vieram a pé para aqui. Tenham cuidado ao voltar para o motel. Há um Urso Problema.

Devia ter estado sentada junto à janela à espera de clientes. Subitamente, Cooke City parecia uma terra ainda mais triste.

— O que é o Urso Problema?

— É um urso-pardo grande. Anda a procurar comida nos caixotes do lixo e atacou o Sitka na rua, há três noites. — Só havia uma rua.

*

Voltaram lentamente a pé para o motel. Iam de mãos dadas e a caminhar no meio da estrada escura que era a rua principal em Cooke City. Não havia iluminação pública, só o néon no bar e as luzes do motel e das janelas dos dois restaurantes e de algumas casas. Parara de chover, mas não havia estrelas e as nuvens espessas evitavam que o ar ficasse gelado. Cheirava a fumo de lenha queimada. Eles viam as plumas pálidas a erguerem-se das chaminés para o ar parado. O inverno aproximava-se rapidamente e as pessoas tinham acendido os seus fogões de sala, o ar estava cheio de fumo. Celine respirava um pouco a custo, com uma nota de cana rachada ao inspirar que quase soava como um gato. Tudo parecia triste. Ouviram o ruído de um caixote do lixo algures atrás deles, mas não tinham medo do urso, porque Celine estava armada, embora soubesse que era mais provável que uma bala de nove milímetros irritasse um urso-pardo do que o detivesse.

Enquanto caminhavam, ocorreu-lhe a ideia de que andavam à procura de um pai que desaparecera há mais de duas décadas, mas que verdadeiramente tinha deixado a vida da sua filha muito antes disso, que a jovem crescera para todos os efeitos sem pai. Tal como ela própria. Que encontrá-lo agora poderia resolver algo no coração da jovem, mas não alteraria a sua tristeza essencial. E que era nesse ramo que Celine trabalhava. Tivera de aceitar esse facto há muito tempo: que a sua missão era propiciar esses reencontros. Que, embora eles não pudessem alterar a infância da pessoa em questão, havia uma necessidade grande, em carne viva, nos seus clientes de conhecer os pais e de voltar a estar com eles. Havia algo nessa resolução que era muito importante. Para os filhos e, com frequência, também para os pais. Ela sabia-o bem. E por vezes eles – os pais e os filhos – começavam de novo. Raramente resultava, mas por vezes sim. E então uma filha teria uma mãe e uma mãe teria uma filha.

O mais triste era que os pais estivessem sempre a desaparecer e os filhos a adormecer a chorar noite após noite, durante meses, durante anos. E que às mães lhes fossem tirados os bebés antes de elas terem a oportunidade de sentir o cheiro do tufo de cabelos macios, das orelhas, antes de terem a oportunidade de dizer: «Oh, como eu te adoro! Para todo o sempre.» Que a bebé fosse levada antes de a mãe ter uma oportunidade de a beijar e de a envolver devidamente nos braços.

Pete desviou-a de um buraco fundo na estrada enchido em parte com cascalho e ela agarrou-lhe a mão com mais força. À luz pálida do letreiro do motel via a carrinha deles, o único veículo no parque de estacionamento. Eram os únicos hóspedes. Ao fundo da rua, via o vulto escuro do monte Barronette a erguer-se contra o céu noturno. Sim, triste. Era a sensação que dava. Pensou que uma pessoa podia não conseguir fazer mossa na Grande Tristeza, mas que podia ajudar outra pessoa a completar-se.

Nessa noite, no quarto sobreaquecido do motel, Celine sonhou com Las Armas, a *villa* na colina. Estava de regresso depois de uma longa ausência, já não era uma menina pequena, mas ainda não era uma senhora crescida. Ia a correr pelo caminho atapetado a conchas à procura de Bobby e Mimi. Tinha algo importante a dizer-lhes e queria muito correr com elas até à pequena praia, afastá-las de Baboo. Queria caminhar na água abaixo da doca de Grayson e contar-lhes.

Chegou à casa e abriu a porta da frente e estava uma mulher no átrio de entrada a pegar no auscultador pesado de um telefone preto. A mulher virou-se, sobressaltada. Era loura, bonita, no seu pulso brilhava uma pulseira de ouro, tinha o ar de ter tudo o que queria no mundo, mas Celine não a reconheceu. Queria chamar Gaga, mas receava incomodar aquela mulher, que claramente vivia na casa, e receava que Gaga não respondesse. Celine olhou para lá da mulher, para a sala principal, e viu andaimes e panos e tábuas. Estuque esboroado.

– Eu... eu... – gaguejou. E depois estava a agarrar-se ao pescoço, a tentar respirar. Os «eus» não lhe saíam e não voltavam para dentro. Subiam-lhe dos pulmões e atingiam um ponto morto que inchava como um balão e acumulavam-se ali, desciam-lhe pelo esófago e subiam-lhe para o nariz e a cabeça. – Eu... eu...

Devia estar a estrebuchar. Porque Pete acordou sobressaltado, estendeu o braço e sentiu-a a tremer, todo o seu corpo magro retesado como um cabo esticado e trémulo, o seu peito arqueado para cima. Oh, meu Deus.

Acendeu a luz e viu o rosto dela transformado numa máscara de terror, com os olhos meio fechados e revirados e o rosto roxo. Fez a única coisa que lhe ocorreu: virou-se de lado, apoiou-se no cotovelo, pôs-se de joelhos a custo, inclinou o rosto para a sua mulher, sufocada, colou os lábios aos dela e soprou. Soprou com força. Sentiu a resistência, por Deus, virou-lhe a cabeça de lado e beijou-a outra vez, soprando com mais força, e sentiu algo libertar-se e quando virou os lábios para o lado de novo uma golfada de ar quente soprou contra a face dele e ela soltou um grito. O grito mais fraco e penetrante que ele alguma vez ouvira.

Sentou-a. Ela tinha os olhos vidrados, mas o tom arroxeado quase desaparecera já das suas faces. Estava a respirar. Um pouco. Pelo menos estava a respirar. Uma respiração superficial e trémula, mas inspirava, expirava. As suas fortes mãos com artrite agarravam a coberta enrugada como se estivesse a içar-se para um rochedo. Pete pôs a sua mão aberta no peito dela por um segundo, ela fez um ligeiríssimo aceno de cabeça e ele desceu da cama e foi buscar o concentrador de oxigénio, que estava em cima da outra cama, tentou não tremer enquanto desenrolava o tubo, ligou o aparelho, voltou para junto de Celine. Passou os tubos por trás das orelhas dela, inseriu a cânula nas narinas dela. Ela não mexeu a cabeça, manteve-a rígida como se qualquer movimento pudesse comprometer a sua respiração, mas seguia-o com os olhos. – Oh – disse ele. – O inalador. O inalador vermelho primeiro – e viu-a fechar os olhos um segundo, o que queria dizer Não.

– OK, OK.

Ela estava a respirar. Tenuemente. O seu peito movia-se tão rapidamente como o de uma ave. Parecia assustada. Aterrorizada.

Foi o que mais o afetou, não se lembrava de alguma vez ela parecer assim tão assustada. E depois a respiração dela voltou a parar e ela arregalou os olhos. Oh, meu Deus. Pete sentiu o mundo paralisar-se e vacilar. E a seguir ela soltou o ar, expirou-o com um silvo.

Usualmente, Pete nunca entrava em pânico, mas naquele momento sim. Tocou nela mais uma vez, ergueu-se e tateou na mesa de cabeceira à procura do seu telemóvel, que encontrou e abriu. Não havia rede. Que raio. É claro que não. E a Estalagem de Yellowstone talvez fosse o único motel no planeta sem telefone no quarto. Pete não sucumbia facilmente, mas por um momento praguejou. Que diabo estavam a fazer ali? Cooke City ficava a uma altitude de 2286 metros e fazia frio e o ar era rarefeito e todas as lareiras acesas tornavam a noite espessa com partículas e fumo, praticamente a pior receita – tentou não pensar nisso. Não valia a pena. Do que precisavam naquele momento era de um médico.

Pete encontrou as calças no cadeirão velho, vestiu-as, enfiou o casaco com forro de lã da *Carhartt* sem se dar ao trabalho de vestir uma camisa e disse: – Eu volto já, três minutos... – e ela acenou com a cabeça, uma ténue inclinação do queixo, e ele saiu porta fora e desatou a correr como podia pelo cascalho irregular do parque de estacionamento. A receção do motel. Alguém ali o ajudaria, deviam ter telefone. Uma lâmpada nua estava acesa à porta. Ele bateu. Tentou o puxador, a porta estava fechada à chave. Que raio. Bateu com mais força. Nada, nem uma luz a acender-se. Talvez os proprietários nem sequer vivessem ali como todas as outras famílias proprietárias de motéis. Saiu para a estrada, para a rua principal, com cuidado para não tropeçar nos montes de geada. Pela primeira vez, reparou que havia neblina, nuvens baixas, a humidade tocava-lhe nas faces e picava-as como alfinetes, talvez fosse geada. Do outro lado da rua viu uma luz acesa num segundo andar. Era o restaurante polaco, sabia-se lá quem viveria por cima – mas qualquer porto serve numa tempestade. Avançou com a rapidez que lhe permitiam os seus joelhos, não suportava pensar nela a esforçar-se por respirar, sozinha no quarto. Bateu com força. Com a força e a rapidez de que era capaz. Não parou.

Acendeu-se uma luz, no restaurante, por cima do balcão. Através das pequenas vidraças da porta, viu Nastasia apertar o cinto de um roupão de felpo branco. Tinha o cabelo preto todo desgrenhado e vestígios de rímel esborratado, e parecia alarmada e subitamente muitos anos mais velha. Bem. Ela aproximou-se da porta de lado, como um pistoleiro, inclinando a cabeça e espreitando, a tentar identificar o visitante – ou intruso. Encontrou o interruptor na parede e Pete ficou subitamente alagado em luz branca e o rosto dela descontraiu-se. Conseguiu até esboçar um sorriso no canto da boca. Abriu a porta...

– Mas o que...?

– É a minha mulher, a Celine. Está a ter uma crise... a respiração dela...

– *Ja, ja...* – ela sabia, recordava-se, tinha reparado.

– Preciso de um telefone. Ou melhor ainda, há um médico, aqui mesmo na cidade?

Ela abanou a cabeça, enfática. – Ele caça aves. A cerca de cinco quilómetros tem uma cabana, sem telefone, é de Bozeman.

– Oh, meu Deus, eu não conduzo. A senhora conduz? – Pela primeira vez, viu-a sem máscara: tinha as sobrancelhas arqueadas, a boca a formar um ó, as faces largas e achatadas, olhos simultaneamente resignados, assustados e excitados, parecia uma criança a quem tivessem pedido que saltasse da prancha mais alta e que sabia que o faria. – A carrinha do Jimmy, ele é o proprietário, tentamos. Ele mostrou-me.

Pete fez as contas e ocorreu-lhe a ideia de que era o mesmo cálculo que Lamont devia ter feito na manhã do afogamento. Se voltassem ao quarto para ver como Celine estava isso roubar-lhes-ia mais uns cinco ou dez minutos. Mas podia estar a ter outro ataque e sem ajuda morreria. Aquele pensamento fustigou-o como uma súbita tempestade de granizo. Talvez nunca se tivesse permitido dizer aquelas palavras, nem mesmo mentalmente, e o abismo que abriam era demasiado largo e demasiado fundo. Estremeceu, encolheu-se. A carrinha estava estacionada à porta, uma *Nissan* velha, e Nastasia abriu a porta da frente, que estava perra, como se estivesse a aguilhoar um boi teimoso. Não se tinha vestido, estava só com o roupão, e nem sequer voltou lá dentro a procurar um casaco. Devia estar enregelada, e Pete sentiu-se cheio de gratidão para com as pessoas sem tretas deste mundo, para com as pessoas que sabiam o que tinha de ser feito e iriam procurar o raio do casaco mais tarde. Ela ligou o motor à bruta, pôs a carrinha em movimento e embateu no pilar que sustentava os degraus. Pete viu-a abanar a cabeça, ouviu o ruído da caixa de velocidades quando ela meteu marcha-atrás e a seguir a carrinha recuou duas vezes e parou. Nesse momento, ouviu o latido de uma praga báltica e a porta abriu-se de rompante. Estava furiosa, quase a fumegar de raiva. Pete sentiu-se paralisado. Precisava de voltar para o quarto do motel. Ela lançou-lhe um olhar flamejante com os seus olhos cor de violeta, pretos na luz ténue, viu tudo e disse: – Vá! Volte! Eu sei onde! Peço ao Stumpy para conduzir! Vá! – e dizendo aquilo correu pela rua acima à procura de um condutor, numa névoa de frustração fumegante e de felpo a adejar, como um fantasma do Halloween.

Celine não estava morta quando ele voltou para o quarto. Ainda respirava a custo, mas tinha a cabeça pousada na almofada e os olhos fechados e o concentrador de oxigénio roncava ritmicamente a ajudá-la em cada inspiração. Ainda tinha os dedos enclavinhados no cobertor. Pete sentou-se ao seu lado, pôs a sua mão fria na testa dela e murmurou que vinha aí um médico. Não tinha a certeza – não tinha a certeza de nada: se Nastasia encontraria Stumpy, quem quer que ele fosse, se conseguiriam chegar a casa do médico, se ele estaria em casa – mas foi o que Pete disse: o médico vinha aí. E quando o disse pareceu-lhe ouvir o ritmo do concentrador abrandar e sentir a testa dela descontrair-se. O medo, pensou, é inimigo da respiração.

Não sabia quanto tempo tinha passado, não parecia muito. Ninguém bateu sequer. Ouviu o matraquear de vários pés nos degraus e a madeira rangente do alpendre e a porta a ser empurrada para dentro. Um homem corpulento, de barba, com uma *parka* de camuflado dirigiu-se à cama, com uma mochila verde numa mão. Calçava botas *L.L. Bean* impermeáveis e atrás de si estava um *weimaraner* cor de bronze. Pete piscou os olhos. Os dois davam a impressão de estar a preparar-se para bater a encosta de uma colina à procura de tetrazes. – Sou o doutor Arnold – disse o homem. – *Senta. Fica.* Sou o Andy. Internista, triagem do hospital, mas também já trabalhámos bastante nas urgências. Hum. – Atrás dele estava um espantalho com um rosto encovado e cheio de marcas de bexigas, um bigode farfalhudo e só um braço: devia ser o condutor, Stumpy. E a seguir a ambos estava Nastasia, de braços cruzados por cima do roupão e a começar a tremer. Por trás dela estava uma mulher corpulenta com um poncho de lã à moda índia que Pete achou que tinha visto a jogar bilhar na pizaria. Pete não fazia ideia do que aquela mulher estava a fazer ali, mas as crises em cidades minúsculas pareciam atrair multidões. Nastasia suspirou, passou por trás da mulher e fechou a porta com força.

Por vezes, basta uma sensação de reconforto para fazer passar um ataque de falta de ar. Foi o que o Pete pensou. E uma injeção de prednisona. E duas baforadas do inalador vermelho e a seguir do branco. E um médico grande e corpulento que se parecia um pouco com Ernest Hemingway a pôr a mão no braço da pessoa e a repetir uma e outra vez: – É só uma reação à altitude, talvez o nevoeiro desta noite combinado com o fumo das lareiras. Vai ficar bem, vai ficar bem. Vá lá. – E uma natural da Letónia de roupão. Oh, meu Deus! Pete reparou naquele momento que ela estava descalça! Nem sequer voltara atrás para se calçar – e uma natural da

Letónia descalça a dizer: – Tão linda, parece mesmo um anjo – e um herói maneta a feder a cigarros e a erva a repetir todo contente: – Com um caraças, olhem, olhem-me para aquilo, está a respirar bem agora, com um caraças.

O médico levou Pete até ao pequeno alpendre de madeira podre e disse-lhe que na manhã seguinte devia levá-la para uma altitude inferior e às urgências de um hospital se ela continuasse a ter dificuldade em respirar. Recusou-se a aceitar qualquer tipo de pagamento. Celine dormiu bem com o oxigénio e acordou ator-doada e fraca, mas estranhamente revigorada. O vento da manhã límpida varrera as nuvens e o fumo, e ela insistiu que ficassem. Não precisavam de se apressar a descer para altitudes menos elevadas. Sentia que ficaria bem. Pete não questionou a decisão; cedia a uma predisposição para deixar que as pessoas exercessem o seu direito à autodeterminação, mesmo com as pessoas que mais amava e mesmo quando não compreendia bem as suas decisões. Especial-mente nesses casos.

Tomaram o pequeno-almoço cedo no Poli's e Celine deu a Nastasia o seu lenço do pescoço de seda favorito, o que tinha pequenos triângulos dourados que representavam pinheiros ou montanhas num campo azul-cobalto, e a rapariga ficou tão como-vida que teve de se meter na cozinha a toda a pressa. Usaram o telefone do restaurante para contactar o xerife em Livingston. Depois, passaram uma manhã descontraída no quarto a passar em revista os seus apontamentos, a especular e a fazer umas sestas. Tinham percorrido muitos quilómetros e muitas emoções nos últi-mos dias e precisavam daquela pausa.

À tarde, despertaram e telefonaram para o número principal da administração do parque e pediram para falar com Timothy Farney, da secção da polícia. – Já agora – perguntou Celine à rece-cionista –, qual é o título oficial dele agora?

– Oh, é chefe da guarda-florestal – disse a telefonista, bem-disposta. Ótimo, ainda estava ao serviço. Um homem de carreira.

– De quê, exatamente? – perguntou Celine.

– De quê? – repetiu a telefonista, perplexa.

– Quero dizer, de que zona ou lá do que seja?

– Oh! Ora, de Yellowstone! Do parque! – Aquela mulher era muito entusiástica. Bem, o chefe Farney tinha chegado ao topo da carreira! Depois de trepar a pulso! Claramente, a mulherzinha já vivia em Mammoth Hot Springs há demasiado tempo. Celine vira as imagens: havia uapitis deitados nos relvados como banhistas numa praia. Podia dar a volta à cabeça a qualquer pessoa.

– Certo. Obrigada. Por favor passe a chamada.

– *É claro!*

Por Deus. A voz que se ouviu a seguir era muito menos excitável. – Operações – disse. Cansada, quase sofrida. – Timothy Far... – Antes de ela ouvir o nome completo soou um clique na linha e a chamada foi transferida. Agora parecia ser uma secretária. A secretária devia ter um gabinete com vista: talvez para uma manada de antilocapras num monte. Celine imaginou um frasco cheio de caramelos moles na secretária, em cima de um paninho de renda. Era muito mais descontraída. – Quem fala? – perguntou, pronta a sentir-se surpreendida.

– Celine Watkins, Sou detetive privada, de Nova Iorque. – Não tinha motivo para ser dissimulada.

– Oh, que interessante. E qual é o assunto sobre o qual devo dizer que está a telefonar?

– O desaparecimento de um homem chamado Paul Lamont no parque ou nas suas imediações.

– Só um minuto, por favor. – Quase cantarolou a frase.

Quando a secretária voltou ao telefone, soava como se fosse uma pessoa diferente.

– Lamento – disse, com hostilidade. Uau. – O chefe Farney está de férias.

– Estou a ver. E quando é que volta?

– Lamento, mas não posso divulgar essa informação.

– Não pode dizer-me quando o chefe da guarda regressa ao trabalho?

– Por razões de segurança.

– Estou a ver – disse Celine secamente. – Nem pode dizer-me para onde ele foi, suponho. – Silêncio. – As Caraíbas são muito agradáveis nesta altura do ano, mas é claro que é a estação dos furacões. – Silêncio. A seguir ouviu-se um clique. A inconstante secretária tinha desligado.

DEZOITO

O xerife Cam Travers encontrou-se com eles na manhã do dia seguinte na ponte sobre o ribeiro Sodda Butte, junto aos limites do parque. Saiu da carrinha, endireitou as costas e estendeu a mão para o assento da frente para pegar num chapéu de *cowboy* bege manchado. Usava uma *parka* do uniforme e calças de ganga *Wrangler*. Estremeceu quando se esticou para dentro da carrinha para pegar numa caneca de viagem que dizia SUPERAVÔ.

– OK, já estou pronto para o trabalho – disse, e deu um aperto de mão a cada um. Quando viu as canecas de viagem deles – MAMÃ- -URSO e PAPÁ-URSO – sorriu. – Só um segundo. – Tirou uma garrafa térmica da carrinha e encheu as canecas todas. Era um homem cortês e curioso, e Celine gostou do modo como ele prestou atenção ao vestuário deles e à maneira de falarem, a avaliá-los sem fazer juízos imediatos. Acabara de viajar durante duas horas e meia, da sede do condado em Livingston. Quando soube nessa manhã que eles estavam perto da entrada nordeste e se interessavam pelo caso de Paul Lamont, disse que de qualquer maneira precisava de ir a Cooke City para tratar do caso do *Curly*, que era o que os residentes locais chamavam ao urso-pardo local. Encontrar-se-ia com eles na ponte de manhã e depois marcaria uma operação de reconhecimento do urso com o Departamento de Parques e Vida Selvagem para depois do almoço. Ao telefone, perguntara a Celine o seu número da licença de detetive particular do estado de Nova Iorque. Para cumprir o protocolo.

Beberam os três das suas canecas. Travers virou para cima a gola do casaco. O vento era agreste e dava a sensação de que vinha aí neve. – Vivem do outro lado do rio – disse ele. – Mesmo com vista para as Torres Gémeas. Procurei a vossa morada.

Celine estremeceu, mas não do frio.

– Lamento – disse ele. – Foi um inferno. O mundo mudou no ano passado. Ainda está a mudar. Sinto-o como sinto a aproximação de um nevão. Entristece-me profundamente. – Sacudiu-se, bebeu um gole da sua caneca de café.– Mas não nos encontramos nos bosques de Montana para falar sobre isso. – Aguardou.

– Xerife, recorda-se da Gabriela Lamont? – perguntou Celine.

– É claro que recordo. Uma jovem esperta e extremamente persistente. Muito bonita, também.

– É ela. Disse que o senhor tinha sido muito prestável.

– Foi simpático da parte dela. – Bebeu um gole, olhou-os de alto a baixo com atenção e lançou um olhar à carrinha com a caravana. Os dois não vacilaram.

– Ela voltou cá uma série de vezes ao longo de dois anos?

– Não ficou satisfeita com a resolução do Serviço de Parques – disse Travers. – Nem eu, para lhes dizer a verdade.

– O que quer dizer?

Travers olhou para a ponte, para o rio. – Bem. Nós, polícias, somos todos um pouco territoriais, é um facto. O parque está sob alçada federal, claro, e assumiram a responsabilidade do caso. Tinham bases legítimas. A carrinha do Lamont estava estacionada... – virou-se e apontou para o lado oposto da estrada, um largo de cascalho a leste da ponte – ali. A ponte é a fronteira do parque. O portão de entrada fica dois quilómetros e meio a sul, mas a fronteira efetivamente é aqui. O Chicksaw, o rastreador, averiguou que o Lamont tinha sido arrastado ou tinha corrido para o parque. Por isso...

– Havia marcas de arrastamento?

– Possivelmente. Eu mostro-lhes daqui a um minuto.

Celine olhou para a ponte com atenção. – Para que lado estava virada a carrinha dele quando a encontraram?

– Para oeste.

– Há?

O xerife Travers olhou para ela com um princípio de admiração. Era fina, não havia dúvida.

Celine disse: – Ele estava a regressar à cidade depois de fazer fotografias com os biólogos na base do pico Druid. Foi o que a Gabriela nos disse. No relatório concluiu-se que era provável que ele tivesse visto um animal que lhe despertasse a curiosidade, provavelmente o tal urso, e que saiu com as máquinas fotográficas... encontraram duas máquinas e um *flash* externo, tudo estilhaçado, nas árvores algures ali, correto? – Travers acenou com a cabeça. – Por isso, a carrinha dele devia estar virada para leste, na direção da cidade, não lhe parece? Quer dizer, eu vou pela estrada, ali, na direção de Cooke City, tenho fome depois de um longo dia, provavelmente bastante sede também, vejo um urso na estrada, é magnífico, não tenho fotos de um urso à noite, paro rapidamente, agarro nas máquinas fotográficas e corro. – Voltou-se para o xerife. – Não era o que faria?

O xerife fez um sinal de visto no ar. – Problema Número Um.

– Não havia fotos de um urso nas máquinas fotográficas, pois não? Refiro-me ao Senhor Urso Noturno, o nosso suspeito? Se houvesse, o senhor não sentiria tantas dúvidas sobre a decisão final.

Travers fez outro sinal de visto com o dedo.

– Não pode facultar-nos o relatório, pois não?

Mais outro visto. – Perdia o emprego. É claro que vou perder o emprego em dezembro, de qualquer maneira. Chama-se aposentação. – Sorriu. – De facto, atingi o limite de nomeações. Seis nomeações é o limite máximo.

– Uau.

– O que me assusta é o despedimento sem pensão de reforma. É por isso que não posso facultar-lhes o relatório.

Celine acenou com a cabeça. – Chicksaw é o nome verdadeiro dele, na sua opinião?

O xerife riu-se, uma gargalhada espontânea e franca que fez Celine confiar mais nele. – De modo nenhum. Eu penso que os rastreadores têm nomes de rastreador, *noms de guerre*, assim como os escritores usam pseudónimos.

Celine sorriu ao ouvir a expressão francesa.

– Acho que o homem é de Nova Jérsia. Um dos primeiros discípulos daquele tipo nos Pine Barrens.

– Ele deu a impressão à Gabriela de que as pistas não batiam certo.

– Problema Número Quatro. É uma questão bastante técnica, deviam falar com o homem. Julgo que ele está em Red Lodge agora. Temos recorrido a ele em muitas investigações ao longo dos anos. Não é coisa de espiritismo. O homem é um cientista.

– Choveu nessa noite?

– Choveu durante a tarde, a seguir nevou.

– Havia sangue?

– Numa árvore. Um velho abeto denso. Bastante sangue. Sangue espalhado no tronco. Sob aqueles ramos grossos, era o único sítio onde ficaria protegido da neve e da chuva por algum tempo. Nos bosques, quando tem estado a chover, é aonde se vai para arranjar lenha seca, os galhos mortos debaixo de um abeto como aquele. Por isso, como é que o sangue foi parar à árvore? O urso esfregou-o para cima e para baixo no tronco?

– Que mais?

– Encontrámos uma camisa, a maior parte dela, rasgada e também ensanguentada. E também uma bota, com furos de dentes e sangue. Marcas de arrastamento.

Celine estremeceu.

– Não posso dar-lhes o relatório, mas posso dar-lhes isto.

Entregou-lhe uma capa de papel pardo. Ela virou as costas ao vento fresco e abriu-a. Pete aproximou-se, bloqueando o vento, e olhou por cima do ombro dela. Era uma fotocópia de um artigo de uma *National Geographic* datada de julho de 1977. O título era «Ataques de ursos!». Celine e Pete estremeceram ambos, o que Travers notou. A dois terços da segunda página havia um parágrafo assinalado: *A equipa de busca encontrou apenas a bota direita de Leichmuller e um pedaço rasgado da sua camisa de tecido de lã. A bota apresentava furos de caninos e a camisa estava empapada em sangue.*

O xerife disse, por trás de Celine: — Ele fazia fotografias para essa revista, não fazia? Durante esse período? Presumivelmente, tê-las-ia à mão.

Pete e Celine olharam um para o outro.

— Porque é que um fotógrafo bem-sucedido da *National Geographic* no pico da sua carreira encenaria a própria morte? — Ela fez a pergunta tanto para avaliar o conhecimento de Travers do contexto mais alargado como para ouvir a opinião dele. Ele não poderia dizer-lha, claro, mas ela conseguiria obter bastante informação pela reação dele.

— Diga-me a senhora — disse ele. Completamente neutro. Inescrutável. Observava-a atentamente. Ela teve a forte sensação de que ele estava a tentar interpretar a expressão dela tão de perto como ela a dele. Não era nada tolo. Talvez uma grande parte da investigação que eles estavam agora a fazer já tivesse sido feita pelo xerife vinte e três anos antes. Teria investigado as viagens de Lamont? As suas ligações internacionais? Talvez.

— Quanto tempo demorou a busca?

— Dez dias. Nem longa nem curta. O Serviço de Parques suspendeu-a por causa do mau tempo.

— E este sujeito... — Celine pegou no telemóvel e ligou o pequeno ecrã. — O Farney. O guarda-florestal assinou a certidão de óbito.

— Ele declarou a morte. O juiz em Livingston assinou a certidão. Houve vários fatores. Surgiu uma frente quente e choveu fortemente na tarde antes de ele desaparecer. Nessa noite, as temperaturas desceram aos dez graus negativos e a seguir nevou. Ele ficou gravemente ferido, claramente, se não morto. Estou a falar agora segundo os termos do relatório. Determinou-se que se ele tivesse sobrevivido ao ataque inicial e de algum modo tivesse conseguido escapar ao urso, não teria sobrevivido a noites sucessivas de neve e temperaturas negativas. É uma conclusão razoável quando se está no último trimestre fiscal e o orçamento começa a ficar depauperado. As operações de busca e salvamento são dispendiosas.

Celine detetou uma certa secura no tom do xerife, até mesmo alguma ironia. – A Gabriela disse qualquer coisa sobre a bondade do guarda-florestal. «Teve pena dela» foram as palavras que ela usou. Assinou a certidão para ela poder seguir com a sua vida.

– Sete anos é muito tempo para se esperar, suponho. – O xerife desviou-se deles e cuspiu. Na direção do vento. – O juiz em Livingston colaborou. A audiência demorou vinte minutos.

– Deduzo, xerife Travers, que não considera que tenha sido um ato de bondade.

– A senhora acha que sim?

Travers deu-lhes o seu cartão de visita com o número do telemóvel escrito à mão nas costas e dirigiu-se à cidade para se encontrar com o funcionário dos serviços da vida selvagem. Celine e Pete entraram na cabine da sua carrinha e deixaram-se ficar sentados por algum tempo com o motor e o aquecimento ligados a ver os primeiros flocos de neve a baterem suavemente no para-brisas formando pequenas estrelas antes de se dissolverem.

– Fiquei com a impressão de que ele se sentiu aliviado – disse Pete. – Por falar com alguém sobre o caso. Alguém que claramente não acredita na versão oficial. O que é que lhe disseste quando te aproximaste da carrinha dele antes de ele partir? Quando ele baixou o vidro?

– Perguntei-lhe se ele tinha a sensação de que houve mais do que condicionantes orçamentais ou do processo de investigação a determinar a suspensão da busca e a assinatura da certidão de óbito. Ele tinha as duas mãos no volante e ficou a olhar em frente por um bom meio minuto antes de me responder.

– Eu vi isso – disse Pete. É claro que tinha visto.

– Por fim, ele disse: «Conheço o Tom Farney desde que ele era praticamente criança. Ele era *halfback* no Shields Valley quando eu jogava a *linebacker* no Gardiner. Eu andava sempre a derrubá-lo. E ele levantava-se sempre, limpava a relva do pescoço e dizia: «Agarraste bem, Cam. Para um gordo.» Algo do género. E tinha um sorriso que iluminava uma sala. Era meu amigo. Quando lhe perguntei porque é que tinha assinado a certidão de óbito tão depressa quando havia tantas anomalias, ele ficou com uma expressão que eu nunca lhe tinha visto. Dura e fechada. «'Porque sim,' foi tudo o que disse. Ponto final. Caso encerrado. Nunca me tinha falado assim.»

Elbie Chicksaw não se encontrava na morada em Red Lodge que o xerife lhes dera. Não estava lá ninguém. Ninguém, ao que parecia, lá estivera há já muito tempo. A pequena casa de madeira ficava numa rua secundária no extremo norte da cidade, que partilhava com uma casa pré-fabricada e uma oficina de chapeiro abandonada. O pequeno jardim à frente estava coberto por ervas secas da altura dos joelhos de uma pessoa e artemísia e havia um emaranhado de plantas secas contra a porta da frente, como um rafeiro com a esperança de que o deixem entrar. As janelas estavam entaipadas com contraplacado manchado e numa tabuleta de contraplacado junto à cancela podia-se ler: VENDE O PRÓPRIO. Nem número de telefone nem morada. Um *marketing* interessante, pensou Celine. Para ser digno de comprar aquela casa tinha de se procurar o rastreador. Bem, nós podemos fazer isso, pensou ela. Conduziu a carrinha uns cinquenta metros pela rua esburacada até à casa pré-fabricada e saiu. Havia uma rampa para uma cadeira de rodas de acesso à porta. Ela bateu. A menina pequena que a abriu tinha nos braços um cachorro a estrebuchar e tanto o seu rosto como o focinho do cachorro estavam sujos de chocolate.

Ela torceu os lábios, inclinou a cabeça e olhou Celine de alto a baixo enquanto tentava evitar que o cachorro lhe lambesse os olhos. Bateu na cabeça do cachorro; ele estrebuchou todo contente, e ela berrou: – Não, *Tucker*, não! – e tentou afastar uma madeixa de cabelo do rosto soprando-lhe, mas estava demasiado cheia de chocolate. – Estamos a fazer alce – anunciou.

– Alce?

– Sim, alce de chocolate, com uns chifres gigantes. Querem ver?

– Com certeza. Os teus pais estão em casa?

A menina virou a cabeça, berrou: – Mamãã! – e virou-se de novo para eles. – Chamamos-lhe *Tucker* porque ninguém descansa enquanto ele não fica exausto[1].

– Estou a ver.

Por trás dela apareceu uma cadeira de rodas elétrica. A mulher que a conduzia andava pelos vinte e tal anos, tinha os ombros largos e uma grossa trança loura sobre o peito. Tinha olheiras, mas umas maçãs do rosto salientes, com sardas, engraçada de um modo simples e prático. Parecia a Celine uma rapariga do campo que treinava na claque antes de ir para casa fazer as tarefas domésticas. A filha saltou da frente dela como um peão numa passadeira. Celine ia dizer àquelas vizinhas que era a mãe de Elbie, mas ao ver aquela mulher soube que isso não a convenceria. Achava que algumas pessoas esperavam a verdade e era quase impossível, e provavelmente pecado, contar-lhes uma mentira.

– Estão à procura do Elbie? – disse a mulher.

– Como soube?

– Qualquer pessoa com o vosso aspeto que nos apareça à porta anda à procura do Elbie. Nós pagamos os impostos e vejo que não são mórmones.

---

[1] Jogo de palavras com base no significado de *to tucker out*, ficar exausto. *(N. da T.)*

– Como sabe?

– Conhece aquela expressão de quem está a olhar para longe que os ex-condenados têm? Os mórmones também a têm, só que eles estão a olhar para a vida eterna. Tentam esconder, mas dá para ver.

– Bem. – Celine riu-se. – Mas eu era católica, ao princípio. Sempre pensei que era muito má ideia, ensinar uma menina pequena a acreditar no Inferno.

– Ah! – rosnou a mulher. Apanhou-os de surpresa. – Não há dúvida de que o Inferno existe. Mas não é preciso morrer.

– Ámen.

– O Elbie está de férias.

– Parece ser uma epidemia.

– Volta na primavera, talvez. Podem-me deixar o vosso contacto. Mas suponho que não estão interessados na casa.

Celine abanou a cabeça.

– Bem, posso perguntar no que estão interessados?

– Em ajudar uma jovem a encontrar o pai. – Celine não estava a sorrir. Disse aquilo com tal emoção que a luz na entrada pareceu esmorecer. As palavras pousaram na jovem mãe como um bando de pássaros exaustos.

– Nós sabemos alguma coisa sobre isso – murmurou. Celine reparou na aliança riscada.

– O seu marido?

– Chamemos-lhe só o pai da minha filha. É como me sinto ultimamente. O Jay anda nos campos petrolíferos há mais de cinco meses. Se não voltar para a época dos uapitis, sei que estamos feitas ao bife.

Celine assobiou sem se dar conta. Um assobio prolongado e baixo.

– Querem entrar os dois? – disse a mulher.

Celine queria encontrar Elbie antes do fim da manhã. Mas tinha várias regras, uma das quais era que se alguém fazia o esforço de nos convidar a entrar, bem, entrava-se. – Obrigada – disse ela. – Seria um prazer.

*

Quando saíram da casa pré-fabricada já tinham comido uma quantidade suficiente de chocolate negro misturado com claras batidas para se sentirem enjoados. Ajudaram Lydie e Raine a verter a mistela em recipientes em forma de alce e a pô-los numa prateleira no frigorífico, e *Tucker* fez xixi em cima de ambos. Quando saíram para a rampa e para a manhã fresca e ventosa levavam um mapa pormenorizado das estradas de lenhadores que conduziam ao acampamento de Elbie.

Já tinham percorrido quase um quilómetro quando Pete disse:
– Podes encostar à berma, por favor?

– Pete?

– Está qualquer coisa a incomodar-me.

Celine encostou à berma e saíram da carrinha. Pete foi à parte traseira da carrinha.

Ajoelhou-se a custo e depois deitou-se nas ervas daninhas e enfiou metade do corpo debaixo da carrinha, como se estivesse a tentar detetar uma fuga de gasolina. Voltou a deslizar para fora, sacudiu o cascalho e a terra do casaco e das calças e estendeu uma pequena caixa negra do tamanho de um isqueiro *Zippo* com uma pequena antena de arame a despontar de um dos lados. Pela maneira como estavam a olhar um para o outro, quem passasse julgaria que ele estava a oferecer-lhe uma rosa ou um pingente de prata.

Celine disse: – Bingo! Vamos deixá-lo lá para já – e Pete voltou a enfiar-se debaixo da carrinha.

DEZANOVE

Hank só tinha vinte e um anos quando seguiu pela autoestrada interestadual 91 ao longo do rio Connecticut entre o New Hampshire e o Vermont, de regresso a Putney e à escola de que tanto gostara. Frequentava Dartmouth, a meio de uma licenciatura em Inglês que o encantava e que sabia bem que não o prepararia para o mercado de trabalho como, por exemplo, um curso de Medicina o prepararia. Não se importava. Lia Faulkner e Stein, Borges e Calvino, Bishop e Stevens. Sentia-se envolvido na musicalidade da língua e desde que a ouvisse e pudesse escrevê-la, desde que sentisse a pulsação nas veias, não se importava se tivesse de viver na carrinha ou nalgum apartamento degradado arrendado à semana para o resto da vida. Quanto mais simples melhor, talvez, porque também compreendia que de algum modo a fome afinava as notas, limpava os ruídos. Não sabia bem porquê, mas via que os escritores que viviam com mais conforto – até mesmo as pessoas mais abastadas – eram frequentemente os mais surdos. Ah, a juventude.

Mas não era por amor que ele estava a regressar ao seu antigo colégio. Ou não só por amor. Era para encontrar a sua irmã. Sabia que havia dois professores que tinham sido seus e da sua mãe. Começaria por aí.

Como Hank sentia alguma timidez em aparecer no colégio quando ainda havia uma turma de alunos que o conheciam, evitou o grupo de edifícios de madeira no cimo da colina e foi direito à casa de Bob e Libby Mills, em Lower Farm Road. Era um dia ventoso de final de outubro, com um frio cortante, e ele atravessou o pequeno terreiro da quinta atapetado com folhas de ácer molhadas. Subiu os degraus de lousa da frente de uma casa de madeira pintada de vermelho e bateu à porta. Bob era um suspeito improvável, porque, tal como Pete, era um homem da costa do Maine que passava demasiado tempo a cortar lenha e numa canoa para perturbar a sua vida com os prazeres mais superficiais do pecado. Também parecia ter um casamento maravilhoso. Pareciam, os dois, serem realmente os melhores amigos um do outro. Lembrava-se de uma vez rachar lenha com o professor de Biologia e de Bob lhes ter contado que ele e Libby tinham passado a lua de mel no Allagash. Foi uma viagem de canoa de uma semana por entre os bosques do Maine e nessa altura era obrigatório contratar um guia do Maine para cada embarcação fluvial. O deles era Calvin C. Beal. Numa noite, acamparam no topo de uma pequena queda de água e escalaram o monte por trás dela. Grandes vistas para norte e para leste. Bob disse: «Ei, Calvin, que montanha é aquela ali, com o cume pedregoso?» «É Owl Peak,» disse Calvin. «E aquela cordilheira lá longe?» Calvin pensou por um segundo e murmurou: «Não sei.» Alguns segundos de reflexão depois, acrescentou: «Ninguém sabe.»

Bob disse que ele e Libby tiveram de fingir um ataque de tosse para não embaraçar o velho guia. Era esse o tipo de homem que Bob Mills era, o tipo que lutava todos os dias por preservar a dignidade das outras pessoas, por não a diminuir, e por isso Hank não achava que fosse ele o pai, mas talvez soubesse alguma coisa. Bateu à porta verde e esperou no alpendre e quando ela se abriu viu uma mulher alta e bonita, de uns trinta anos, com um avental polvilhado de farinha e pauzinhos chineses espetados no cabelo grosso para o manter preso. Hank quase cambaleou para trás. Havia algo na inteligência e curiosidade dos seus olhos escuros, algo na cana forte do nariz e na sua bondade palpável que lhe recordaram imediatamente a sua mãe. E devia ter mais ou menos a idade certa. Mas não, ele devia estar obcecado com a ideia da irmã, porque isso seria impossível, ridiculamente implausível na melhor das hipóteses, e por isso gaguejou: – Eu... eu ando à procura do Bob e da Libby.

Sorriso rasgado. – Outro acólito? E ex-aluno? Parece haver uma procissão deles.

Até mesmo a cadência da voz dela. Não podia ser. Ela viu a sua expressão perplexa, interpretou-a mal. – Desculpe! – disse. – Que presunção da minha parte. Meu Deus. Provavelmente, vem tratar de outro assunto qualquer de que eu não faço a mínima ideia. – Estendeu uma mão calejada do trabalho, em que, como Hank notou, havia pedaços de massa colados. Também notou que estava apaixonado. O que não podia ser bom. – Sou a Leah. O Bob e a Libby estão em licença sabática, na Suécia. Quer entrar? Estou a fazer pão. – É claro que estava. Ele gaguejou um agradecimento e virou-se para ir embora a toda a pressa. Mas então ocorreu-lhe uma ideia. Parou, virou-se.

– É uma... amiga?

– Sou sobrinha – disse ela animadamente. – Vim de visita de Blue Hill. – Sorriu. – Não tem de fugir. Desculpe lá eu ter sido toda emproada.

Oh sim, ele tinha – tinha mesmo de fugir. Mesmo a maneira como ela falava... desatou a correr. Derrapou até nas folhas molhadas ao virar o carro para voltar à estrada.

Então, o início da sua busca era auspicioso ou nada auspicioso? Não tinha a certeza. Sentia-se perturbado. Recordava-lhe aqueles versos de «*Journey of the Magi*». Os três reis sábios vêm de longe para testemunhar o divino nascimento e o que está a falar diz: *Houve um nascimento, é certo... Eu vira nascimento e morte,/Mas julgara-os diferentes...*

A paragem seguinte seria para falar com o jovem professor de Arte, de quem ele nunca gostara. Jovem quando Celine frequentava o colégio, só com vinte e cinco anos para os quinze dela. Cinquenta e muitos agora. Mas um daqueles homens que nunca chegam a aceitar que têm mais do que vinte e tal anos. Enxuto, rosto bronzeado, com um lenço de seda ao pescoço como os Franceses – que ridículo, no Vermont – e uma boina! Não como Celine, que parecia sempre que tinha nascido com ela, mas como um *pretensioso* de primeira apanha – e que se considerava um impressionista *nouveau* da Nova Inglaterra, o que quer que isso fosse. Hank encontrou o homem no seu estúdio no sopé da montanha de Putney. Quando abriu a porta, olhou para Hank com ar de quem estava a conhecê-lo e com olhos de predador, olhos que lhe tiravam a medida imediatamente numa escala de O Que Podes Tu Fazer por Mim? Como Podes Dar-me Sustento? Hank queria muito que aquele encontro fosse o mais breve possível. Não tinha feitio de verdadeiro detetive. Disse que tinha voltado ali só por essa tarde, estava em Dartmouth a escrever umas memórias da família sobre Putney e, se Mr. Surrey se lembrava, a mãe dele também tinha frequentado Putney – quando Surrey estava a começar a sua carreira ali, lembrava-se dela? Poderia contar alguma coisa a Hank? Se uma sombra passou pelos olhos do homem, Hank não conseguiu distingui-la dos outros segredos que eles guardavam.

Surrey sentou Hank a uma mesa coberta de manchas de tinta seca e fez-lhe chá. Os predadores, pensou Hank, usualmente são uns solitários. A solidão do caçador. – É claro que me lembro dela – disse ele. – Foi uma das alunas mais talentosas que jamais tive. Ela está...? – O homem empurrou o açucareiro com cubos de açúcar na direção de Hank e ele reparou nas pulseiras de cobre e de couro, nos dois anéis de prata. Na camisa com mais botões de cima desapertados do que o usual. Bem, a vaidade não é um crime.

– Sim, ela está viva e de boa saúde.

– Pinta?

Hank abespinhou-se. Deu-se conta de que não queria falar sobre a sua mãe com aquele homem. Sentiu-se protetor. Bem.

– É escultora. Muito talentosa. – Hank achou que viu o homem empertigar-se. Talvez por saber que havia mais uma rival no mundo.

– Que maravilha. Ora bem, o que queria saber?

– Sei que ela foi uma aluna de Educação Visual muito interessada. Atribuiu-o muitas vezes à sua brilhante orientação. – O homem pestanejou, quase visivelmente inchado. Hank herdara a sensibilidade para situações sociais da sua mãe e sabia como tocar no ponto fraco das pessoas.

– Bem... – murmurou Surrey.

– Ela nunca teve um professor mais brilhante, era o que dizia. Em nada. Era uma aluna empenhada? Ficava depois das aulas? Ou frequentava as atividades à noite?

– Oh, fazia ambas as coisas, frequentemente. – O homem tinha baixado completamente a guarda, derrubada por uma pequena rajada de lisonjas. – Muitas vezes, ficava até depois das atividades à noite e eu tinha de lhe lembrar as regras do dormitório. Quero dizer, se não voltasse para o dormitório até às dez, teria problemas com a chefe.

– Eu lembro-me – disse Hank.

– É claro. Mas por vezes ela voltava. Era extremamente empenhada no trabalho. Espantoso, realmente. Comparecia à chamada no dormitório e depois escapulia-se. Se estivesse muito envolvida numa determinada pintura. Mais do que uma vez a apanhei no estúdio depois da hora de ir dormir, a trabalhar sabe Deus até que altas horas da noite. Eu nunca disse nada, claro. Só um artista consegue compreender como a musa pode ser um amo exigente. Sim, ela era bastante especial. – Os olhos do homem quase ficaram marejados, e Hank sentiu náuseas. Talvez fosse do chá no estômago vazio.

– Alguma vez a ajudou, quero dizer de artista para artista, até tarde, à noite? Quero dizer, como a única outra pessoa no colégio que verdadeiramente compreenderia o funcionamento de uma mente criativa brilhante?

– Sim, nós compreendíamos isso. Tínhamos essa ligação. Eu ajudava-a por vezes, claro. Uma ou duas vezes à noite trabalhei ao lado dela na minha tela para, sabe, a inspirar.

Aposto que sim, pensou Hank. Para a inspirar ou para a engravidar. Meu Deus. Agarrou-se desesperadamente à esperança de que não fosse verdade.

– Ela... quer dizer, acha que... o senhor era uma tal força, brilhante, provavelmente um artista genial por direito próprio... acha que ela poderia ter-se apaixonado pelo senhor?

O homem tocou no cabelo inconscientemente, sim, ainda estava no seu lugar, ainda parecia bem, um pouco despenteado, um pouco boémio. Parecia atrapalhado, indeciso talvez entre a discrição e a gabarolice. Que tolo. – Bem, quem sabe. Sim, talvez. Provavelmente sim. Provavelmente, estava... – O homem parecia perdido nas suas recordações e Hank teve de se conter para não sair a correr daquela sala com muitas janelas.

– Alguma vez... alguma vez ela tentou beijá-lo?

Surrey saiu do seu devaneio e os seus olhos felinos voltaram a assestar-se em Hank. Ao fazê-lo, pareceu compreender que quase tinha caído numa armadilha e quem era de facto o rapaz que estava diante dele. Recuperou a sua rigidez anterior.

– Que ridículo – disse rispidamente. – Ela era minha aluna. Queria mais alguma coisa?

Hank compreendeu que a porta para fazer mais perguntas se tinha fechado na sua cara e não se importou de ter de ir embora. – Não, obrigado – disse Hank. – Foi muito prestável. Eu telefono se me ocorrer mais alguma coisa.

– Com certeza – disse Surrey secamente, e acompanhou-o à porta.

A terceira paragem foi a mais inesperada e talvez a mais útil. Hank conduziu a sua carrinha *Toyota* com dez anos pela estrada secundária até Dummerston, deleitando-se com o sol ventoso e as folhas a esvoaçarem dos bosques em rajadas que se colavam ao tejadilho da carrinha. Parou a uma quinta de distância da quinta Aiken, numa pequena casa de madeira que fora em tempos branca e o tempo tornara cinzenta, cujas pastagens em tempos eram cortadas e estavam agora inçadas de asclépias e arbustos de amoras. As cortinas estavam fechadas em todas as janelas, mas no pátio estava um velho *Lincoln*, comprido e baixo, e por isso Hank bateu à porta. Um homem muito velho com barba branca de dois dias abriu-lhe a porta. Uma camisa de flanela limpa metida em calças de ganga de cintura alta, cor de caqui. Olhos azuis congestionados.

– Mr. Grey? Ed Grey?

– Hum, sim.

– Eu chamo-me Hank. Andei no Colégio de Putney, e a minha mãe também. Estou a fazer um trabalho. Ouvi dizer que foi o agricultor entre 1942 e 1971...

– Setenta e dois.

– Estou a ver...

– Foi por causa do problema na perna que não fui para a guerra. Tentei nove vezes.

– Estou a ver. Recorda-se da minha mãe, Celine Watkins?

O homem inclinou a cabeça. Hank quase conseguia ver o nome a passar por um emaranhado de tubos de cobre como numa velha destilaria. – Recordo – disse o homem. Hank ficou espantado. Quantos alunos teriam trabalhado na quinta ao longo das décadas? Hank teve de recordar a si mesmo que pouquíssimas pessoas alguma vez se esqueciam de Celine Watkins, mesmo, estava a descobrir, quando ela não passava de uma criança. – Um potro, era o que se lhe chamaria. Tinha pernas até ao pescoço e pouco mais entre as duas partes. Teve uma ovelha, se bem me lembro.

– Sim! Sim, teve! – Espantosa, a memória de elefante dos muito idosos.

– Tinha um fraquinho por aquele rapaz da leitaria.

– Pelo rapaz da leitaria?

233

– O que dirigiu a parte da leitaria durante aqueles anos. Não era muito mais velho do que ela. Um moço franzino. Bom trabalhador. Muito sossegado.

– Como é que ele se chamava?

– Silas Cooper-Ellis. O miúdo mais tímido que já conheci.

Hank ficou sem saber o que dizer. – O que lhe aconteceu? – saiu-lhe finalmente. – Sabe?

– Morreu na Coreia. Na segunda semana. A coisa mais triste. Fui ao funeral em Sandwich.

– No New Hampshire?

– Sim. É lá que está sepultado. Naquele cemitério bonito que tem vista para o monte Chocorua. Conhece-o?

– Não, não conheço. Muito obrigado.

– Disponha sempre. – O agricultor aposentado piscou os olhos reflexivamente ao céu por cima dos bosques do outro lado da estrada. – Neve – murmurou. – Sinto-lhe o sabor no ar. – E esfregou os olhos com a palma da mão, como se estivesse a tentar arredar todo o trabalho ainda a fazer antes de virem as neves a sério.

VINTE

A carrinha gemia nas molas da suspensão e projetava-lhes a cabeça para o teto. Celine conduziu o *Toyota* até ao fim de uma estrada de lenhadores sem manutenção. Chicksaw vivia num casebre. A «casa» talvez tivesse começado por ser uma habitação unifamiliar pré-fabricada, mas fora dividida mais do que uma vez. E modificada, com toros e estruturas metálicas e contraplacado. Um para-brisas de um automóvel tinha sido colocado como janela panorâmica. A própria porta da rua devia ter sido reciclada de uma escola – tinha uma barra para se abrir. Estacionaram com os vidros descidos no espaço de terra batida e ouviram latidos e uivos altos. A porta abriu-se de repente e Chicksaw saiu para o alpendre de paletes com uma caçadeira. Um pequeno *beagle* saiu disparado da abertura, saltou para a terra batida e começou a ganir. O homem falou-lhe com rispidez e ele voltou a saltar para o seu lado e sentou-se, com a cauda a bater no alpendre.

Chicksaw era minúsculo, talvez com um metro e sessenta de altura, e tinha uma barba grisalha comprida como um elfo. Esquelético. Era o homem mais parecido com um elfo que Celine jamais tinha visto. Não tencionavam apanhá-lo de surpresa: buzinaram meia dúzia de vezes antes mesmo de chegarem ao terreiro. Ele tinha a arma numa das mãos e com a outra formava uma pala sobre os olhos. Quando Celine saiu da carrinha, com o seu casaco austríaco curto de feltro e a sua boina, as suas pulseiras de ouro e quase todos os dedos adornados com anéis, ele deixou tombar a mão e o seu rosto traiu um puro ceticismo – como se aquilo fosse uma partida que alguém lhe estava a pregar. Ou algum truque de vendedores de livros de porta em porta. Celine evitou cuidadosamente os montinhos de lama seca com as suas botas de calfe italiano e acenou-lhe com a mão como se ele fosse um velho amigo que ela tivesse avistado na varanda do clube de praia. Pete saiu da carrinha um pouco tropegamente, correu o fecho-*éclair* do seu blusão e pousou o boné de *tweed* à ardina no ninho de tufos de cabelo. Fez um sorriso à moda do Maine.

Elbie Chicksaw já vira muitas coisas estranhas aparecerem em clareiras no Montana – uma vez, viu um alce com um açor empoleirado nos chifres, montado neles como se fossem uma plataforma móvel de caça – mas aquilo talvez fosse ainda mais incrível. Encostou a arma à ombreira da porta, tirou de um bolso do peito um par de óculos de armação de arame com lentes grossas, passou as hastes por uma orelha e a seguir pela outra e semicerrou os olhos. Para rastreador, tinha péssima visão. Cruzou os braços como um génio de lendas orientais e aguardou.

Quando Celine e Pete chegaram a uns cinco metros do homem, estacaram. – Olá – disse Celine no seu melhor registo de Saudação aos Nativos. Elbie não aguentou mais. Começou a rir-se. O riso irrompeu dele e o seu corpo franzino tremeu como uma das folhas do álamo na beira do jardim. – Com um caraças – conseguiu dizer, numa voz como um camião a despejar cascalho. – Quem são vocês, porra?

Celine pestanejou. Aquele homem claramente não tinha frequentado aulas de boas maneiras, ou talvez aulas nenhumas. Provavelmente, virava o garfo ao contrário quando comia, se é que usava garfo. – Essa pergunta parece um pouco indelicada – disse ela. – Talvez queira reconsiderar a sua saudação. – Elbie tirou os óculos que acabara de pôr e limpou-os com a fralda da sua camisa de flanela suja. Retribuiu o pestanejo.

– Desculpe, o que eu queria dizer era «De que raio de buraco é que vocês saíram, meu?». Não me vem com merdas agora por eu acabar a frase com um pronome possessivo?

Ah, pensou Celine, um diamante em bruto. Parecia haver muitos em Wyoming e no Montana. Inclinou a cabeça e examinou o rastreador com a sua expressão de passarinhos de olhos piscos. – Onde é que fica a biblioteca, meu cabrão? – murmurou ela.

O que provocou outro acesso de riso a Elbie. – Certo! Certo! – disse ofegante. – O aluno de Harvard, com meias aos losangos! Que raio! Com um caraças!

Celine tirou a carteira do bolso da frente das calças de ganga e abriu-a para mostrar a sua licença profissional. – Celine Watkins, detetive privada. Este... – apontou para Pete –, quero dizer, ele, é o Pete, o meu Watson e meu marido. De facto, talvez eu seja o Watson dele, mas ninguém saberia, porque ele não fala grande coisa.

Elbie arregalou os olhos ao ouvir aquela nova informação e deixou-se percorrer por outra gargalhada. – Oh, *meu Deus* – disse entredentes. Guardou os óculos e abriu três cadeiras desdobráveis de alumínio que estavam encostadas ao lado da casa. – Sentem-se – disse. – Claramente vieram de muito longe, com um caraças. Convidava-os a entrar, mas é terça-feira e as empregadas da limpeza andam numa roda-viva.

Sentaram-se. Elbie quebrou alguns galhos secos de uma pilha numa das extremidades do seu alpendre improvisado, empilhou-os com algumas folhas amarrotadas do jornal *Red Lodge Advertisers* num tampão de uma roda de um camião e acendeu aquela pira. Quando as chamas se ergueram, estendeu as mãos e esfregou-as. Que divertido, pensou Celine. Podemos fingir que somos uns sem-abrigo aqui mesmo no alpendre. Um pouco como montar uma tenda no quintal.

Ele empurrou um *Camel* sem filtro para fora de um maço, ofereceu-o e depois pegou nele e acendeu-o com um galho ardente. Tossiu uma vez, pigarreou e cuspiu, e disse: – O que posso fazer pelos senhores?

*

Ela tinha de admitir que era agradável estar sentada à fogueira no abrigo do alpendre do homem com alguns flocos secos de neve a esvoaçarem e a caírem nas pranchas. Chicksaw parecia ser composto de várias peças, como o seu casebre, o que começava a agradar a Celine. Aquele sítio tinha um aspeto desorganizado, mas vendo melhor tudo parecia ter uma função. O bidão de duzentos litros no canto leste, por exemplo, que recolhia água de uma caleira. A estrutura de madeira reciclada do outro lado do alpendre, que Celine inicialmente pensou que poderia ser uma treliça para uma trepadeira, mas compreendeu depois que era onde ele pregava e estendia as peles de animais. Havia uma pele de castor debaixo da trave, a secar naquele momento. Reconheceu o tipo de pele de uma das estolas de Baboo.

O mesmo no que dizia respeito ao homem: se ele fosse uma manta de retalhos, à primeira vista pareceria bastante primitiva, até mesmo disparatada no seu padrão. Mas examinando-a um pouco mais de perto, poder-se-iam ver uns pontos delicados e alguns retalhos muito curiosos. Celine começou quase imediatamente a reformular a primeira avaliação que fizera dos seus estudos. Claramente, tinha estudado em alguma escola algures. Quanto mais atentamente escutava as suas tiradas ocasionais, mais pensava: universidade. Sim, decididamente. A seguir: Literatura Inglesa. A seguir: algures no Nordeste. A seguir: numa universidade da Ivy League, provavelmente. A terminar um breve discurso sobre a inevitabilidade da corrupção policial, ele disse: – *Plus ça change, plus c'est la même chose.* – A certa altura, disse que o inverno em Red Lodge era «mais frio do que a porra do Carnaval de Inverno». Por fim, sendo Celine como era, interrompeu-o e perguntou-lhe de chofre, em francês, se tinha sido aluno de Literatura Comparada do professor John Rassias em Dartmouth. O cigarro de Chicksaw caiu-lhe da boca para a fogueira. Ficou paralisado. Ou foi a precisão da pergunta ou o francês perfeito, até mesmo belo.

238

– *Ouais, ouais* – disse, falando vernáculo, a inalar, como um verdadeiro francês. Sorriu, fez beicinho e adotou uma personalidade completamente diferente. Pete disse que foi como ver um polvo castanho passar por cima de um leito de coral verde e quase desaparecer.

– *C'était réellement un maître, ce professeur. Un vrai don du ciel pour éclairer la littérature française classique, Molière, Racine, Voltaire. Vraiment.* – Um suspiro fundo. – *Requiescat in pace* – acrescentou, passando sem sobressaltos para latim. Celine ficou surpreendida por ele não ter feito o sinal da cruz. Que raio. Que mundo esquisito. Maravilhoso, realmente.

– O que a incomodou no desaparecimento do Paul Lamont? – perguntou abruptamente, também em francês.

– Os trilhos – disse ele sem hesitação em inglês. – Os rastos estavam todos errados, com um caraças.

– Só um segundo – disse Chicksaw.

Levantou-se da sua cadeira desdobrável, entrou na casa e voltou daí a um minuto com um saco de *marshmallows* e três garfos compridos para churrasco que distribuiu pelos outros dois. – Não tenho bolachas de água e sal nem chocolate. Mesmo assim. – Tostou um *marshmallow* na perfeição e começou a fazer-lhes uma palestra sobre os rastos dos ursos-pardos. Disse que os ursos-pardos caminham com um «passo por cima», em que a pegada traseira aparece mesmo à frente da pegada da frente do mesmo lado. – As pegadas são desviadas, em ângulo, a cerca de 12 graus, e a pegada de trás é um pouco mais funda por o urso ter mais peso na parte traseira. Quando está a arrastar alguma coisa, usualmente um animal morto, as pegadas traseiras são ainda mais fundas e as da frente tendem a deixar de apresentar o seu padrão regular e podem apresentar-se esborratadas. Se se puserem de gatas e tentarem arrastar aquele ramo pelo quintal com os dentes, verão o que quero dizer.

– Talvez saltemos essa parte – disse Celine com um sorriso doce.

– Certo. Mas o *Urso Lamont*... é o que toda a gente lhe chama... as pegadas dele estavam traçadas por entre as marcas de arrastamento com o desvio normal. E a profundidade delas também não se alterou.

– Hum.

– Hum. Foi o que eu disse. E também as marcas dos dedos. Sobre terreno irregular, e especialmente a lidar com carga, por assim dizer, os dedos das patas fletem-se e movem-se e o espaço entre eles varia. Não à vista desarmada, mas se uma pessoa olhar com atenção.

– E esses dedos mantiveram-se direitinhos.

– Perfeitamente. Mantiveram o espaçamento ao milímetro.

– Mas não teve assim tantas pegadas para verificar – disse Celine, tirando a pele preta da sua goma queimada.

Chicksaw levantou a cabeça e olhou-a com agudeza. – O que quer dizer?

– Bem, nevou na noite em que ele teria encontrado o urso, não nevou?

Ele olhou-a fixamente. – Tem razão. Eu vi as marcas por baixo do grande abeto junto à estrada, a árvore com o sangue, e foi tudo. Cinco pegadas. Uma marca de arrastamento. O resto tudo coberto pela neve durante a noite.

– Então, se tencionasse planear o seu próprio desaparecimento escolheria uma noite como essa, não escolheria?

Ele olhou-a com atenção durante bastante tempo. Tinha pedaços de *marshmallows* tostados colados à barba. – Era mais ou menos o que eu estava a pensar – disse ele.

– O que representam as letras L.B.? – disse Celine.

– Lawrence Burton.

– Lawrence Burton Chicksaw?

– Chillingsworth. – Tirou os pedaços de *marshmallow* da barba. – No Montana, tem de se saber quando lutar e quando evitar confronto. – Tirou um *marshmallow* em chama da fogueira, soprou-lhe e deu-a ao cão.

*

Elbie explicou que poderia fazer-se um rasto plausível. – Conheci em tempos um pintor excêntrico no Colorado que esculpiu uns rastos enormes de patas, colou pelo entre os dedos e atou-os a um par de ténis. O Jim Wagner era um ponto. Andou às patadas pelo lamaçal do sítio onde preferia pescar, e a coisa resultou. Assustou de morte toda a gente e ele ficou com o sítio só para ele. As pessoas achavam que era louco por pescar ali à noite. O rancheiro chamou os guardas da caça, que se limitaram a coçar a cabeça, nunca tinham visto nada assim. – Soltou a sua gargalhada rouca.

– Não conseguiu ver pegadas humanas ao lado? Ao lado das do *Urso Lamont*?

– Havia bastantes debaixo da neve. É o primeiro ribeiro e o primeiro local de estacionamento fora do parque. É bonito, suponho. Parece que as pessoas param para fazer piqueniques e para fazer xixi.

– Comunicou as suas dúvidas?

Elbie fitou-a com os olhos semicerrados. – Eu não sou nada tímido.

– E?

– O Travers contratou-me. O xerife. Isso foi antes de ele ser ultrapassado pelas autoridades do parque. Eu entreguei-lhe o meu relatório.

– Alguma vez falou com o Farney?

– O Farney é ex-militar dos Marines. Mentalidade agressiva. Não digo que não possa ser subtil, porque pode. Mas o primeiro instinto dele é avançar. Partir para a explicação mais simples e mais plausível seja do que for. *Lex parsimoniae*. Quantos mais pressupostos há, mais ele se sente incapaz. É bom homem e suponho que a longo prazo, vendo bem as coisas, acerta mais do que erra. Ao optar pelas explicações mais simples, talvez acabe por ficar à frente de todos nós.

241

– A navalha de Occam.

– Certo. Pegadas de urso, marcas de arrastamento, bota ensanguentada, caso encerrado. Além de que ele parecia ficar mesmo incomodado de cada vez que a rapariga aparecia.

– A Gabriela?

– Certo. Era esse o nome dela. Tivemos um encontro, nós os quatro.

– *Tiveram*? Quem?

– O Travers, o Farney, a Gabriela e eu. No local. Ela fartou-se de insistir e por fim o Farney achou que era o mínimo que podíamos fazer. Mostrar-lhe como tinham encontrado tudo. Dar-lhe alguma hipótese de ultrapassar o sucedido.

– Meu Deus, o xerife não mencionou isso.

– Não me parece que tenha sido o ponto mais alto da vida de nenhum de nós.

Soprou uma rajada de vento ao longo do alpendre feito de paletes e fez voar faúlhas contra as pernas de Celine e de Pete. Alguns flocos de neve seca vieram pousar-se no rosto deles. O rastreador levantou-se, pegou em mais galhos partidos da pilha e acrescentou-os à fogueira.

– O que quer dizer com isso?

– Bem. O Farney combinou tudo. Eu não fui convidado, mas o Travers chamou-me. Como se soubesse o que o Farney ia dizer à rapariga e quisesse que eu estivesse presente. Talvez como a consciência do grupo, suponho. Ela era muito nova e eu soube que era órfã também de mãe. Era de partir o coração. Mas era fina que nem um rato.

«O xerife não tinha autorização para lhe entregar o relatório e nunca exprimiu as suas dúvidas sobre todas as conclusões do parque. Teve de manter uma aparência de unidade durante muito tempo... especialmente junto dos meios de comunicação. Quer dizer. Imagine se ele tivesse abandonado as fileiras e começasse a levantar questões. Que explosivo que isso seria nos meios de comunicação. E com que resultados? Dor e dúvida para a rapariga.

Sofrimento, era o que era. Toda a gente sabia que nunca encontrariam aquele tipo. Nem morto nem vivo. O que quer que tenha acontecido naquela noite nunca se alteraria. Por vezes, uma pessoa sente-o, nos ossos, como se fosse uma mudança de tempo.»

Chicksaw estremeceu. Celine viu que, tal como ela, levava as suas missões a peito.

– Então, encontrámo-nos todos – disse ele. – Ela chegou de carro, um pequeno automóvel que deve ter alugado em Bozeman. Estacionámos na ponte e percorremos a pé a curta distância para o arvoredo. Estava frio, eram meados de novembro, um outono seco até àquela altura, a não ser aquela semana específica, e pouca neve, bastante terra a entrever-se aqui e ali. Ela estava com uma *parka* com capuz que era demasiado grande para ela, tinha emblemas a dizer «Expedição à Antártida Smithsonian-Arctic Institute 1975». Suponho que era do pai dela. E lembro-me que estava de luvas inteiras, de criança, e trazia uma fotografia pequena numa moldura. Perguntei-lhe o que era e ela mostrou-me: uma fotografia da mãe e do pai, tirada de perto, com os braços à volta um do outro, juntinhos e com um sorriso grande como tudo. Havia um corrimão na fotografia, parecia que estavam num barco, tinham o cabelo despenteado pelo vento. Meu Deus, eram um belo casal.

– Então, vocês os quatro estavam debaixo daquela árvore.

– Exato. E ela parecia tão magrinha por baixo daquela grande *parka*. Quer dizer, quem sou eu para falar. O Farney e o Travers são ambos homens grandes, jogadores de futebol americano, e ela parecia uma criança ao lado deles. Empurrou o capuz para trás para ouvir melhor e a impressão não se dissipou. Quer dizer, parecia tão novinha e estava de luvas de criança e com aquela fotografia na mão. Partiu-me o coração. A sério. Eu não sou um homem sentimental.

– Não tenha tanta certeza disso – disse Celine.

– Bem. Como ela era talvez tenha tido algo a ver com o que aconteceu. O Farney pigarreou e avançou com tanto entusiasmo como se alguém estivesse a apontar-lhe uma arma à cabeça. Passou

243

em revista todos os pormenores, a bota aqui, o sangue aqui, as pegadas, as máquinas fotográficas, a marca de arrastamento, sem olhar para ela, sem conseguir, e depois lançava-lhe um olhar rápido, mordia o lábio e pigarreava outra vez:

«'A conclusão... blá-blá... é que ele não sobreviveu ao ataque inicial. Temos dados sobre estes tipos de ataques, blá-blá-blá. Quando são mais do que um envolvimento inicial muito breve, são quase sempre fatais. Especialmente quando o equipamento ou o vestuário estão separados do, bem, ah...' Calou o bico. Estava vermelho como um tomate. Não era do frio. 'Lamento', disse. Via-se que ele queria pôr-lhe a mão no ombro, mas não o fez. Ela tinha os olhos arregalados e brilhantes. Via-se que estava a recorrer a todas as suas forças. O Farney pigarreia, lança um olhar ao Travers e diz: 'Xerife?' Eu contei-lhe como foi. Imagine a cena. Acha que o Travers ou eu íamos aproveitar a oportunidade para dizer: 'Bem, minha jovem órfã de mãe, que acabou de perder o pai, há cerca de dez coisas duvidosas neste raio deste desaparecimento...' Não faríamos uma coisa dessas. Recuámos. Admito-o. Não foi o meu melhor momento. Ela merecia saber a verdade. Pensei-o na altura e tenho-o pensado muitas vezes desde então. Passa algum tempo e é, bem... não acordar o cão que dorme.» Virou-se e cuspiu para fora do alpendre.

Deixa-se dormir o cão. Celine lançou um olhar ao *beagle* enroscado aos pés do homem e ao pedaço de *marshmallow* colado ao seu nariz preto.

Percorreram o caminho da floresta em silêncio. Quando chegaram à estrada, Pete disse: – O que foi aquilo das meias aos losangos?

– Oh – disse Celine –, não conheces mesmo essa? Andaste em Harvard...

Pete abanou a cabeça.

– Bem, um rapaz do Arkansas chega a Harvard e está a tentar orientar-se e vê um aluno mais velho a atravessar o Pátio, de meias aos losangos e a fumar cachimbo. «Desculpa», diz o rapaz muito respeitosamente, «podes dizer-me onde fica a biblioteca, meu?» O aluno mais velho olha-o de alto e diz: «Jovem, em Harvard não terminamos as frases com um pronome possessivo.» «Oh», diz o rapaz, encavacado. «Deixa-me reformular a pergunta: Onde fica a biblioteca, meu *cabrão*?»

A risada baixa de Pete foi a melhor coisa do dia até àquele momento. – Agora já me lembro – disse. – Acho que só queria ouvir-te contar. Por falar em bibliotecas, penso que devia ser a nossa próxima paragem.

– Estás-me a ler a mente outra vez. – Lambeu dois dedos pegajosos. – Precisamos de ler alguma história e encontrar os números da *National Geographic* que nos faltam. O Lamont ia muito à América do Sul e tenho um pressentimento de que esteve lá no pior momento.

VINTE E UM

Em Red Lodge, decidiram que precisavam de mais do que gomas para terem forças para uma sessão de pesquisa. Pete sabia que se tivesse havido algodão-doce Celine se daria por satisfeita. Em vez disso, atraíram-nos as catorze *Harleys* estacionadas ao longo de um gradeamento no exterior de um edifício de madeira chamado Billy's Crab Shack. Os caranguejos estavam muito longe do seu *habitat*, mas as motos pareciam encontrar-se no seu meio natural. A maior parte era preta, três estavam todas artilhadas e quatro tinham esqueletos pintados no depósito da gasolina: duas figuras que representavam a Morte, com a sua foice, estavam em flagrante delito com raparigas nuas e seminuas, um esqueleto estava a injetar-se e o último tinha uns binóculos e parecia que estava a tentar avistar aves. Estacionaram ao lado das motos.

Celine estava toda entusiasmada. Pete apercebeu-se disso porque ela desembrulhou duas tiras de pastilha elástica *Juicy Fruit*. – Olha, Pete – disse ela enquanto mascava. – Os Escuteiros chegaram à cidade. – Como uma artista embrenhada na iconografia da morte que frequentemente usava caveiras e ossos, lançou um olhar crítico, de aficionada, à arte que cintilava nas *Harleys*. – Não é anatomicamente correto – disse.

– Os esqueletos ou as raparigas?

– Eu diria ambos. Achas que servem realmente caranguejos?

– Espero que não – disse ele simplesmente.

Saíram da carrinha. As nuvens corriam rápidas no céu e o dia estava a aquecer e por um momento eles ficaram ao sol. Celine parou no passeio a deixar-se contagiar pelo calor do sol por um minuto e a seguir empurraram as portas de vaivém. Não foi como nos filmes, em que todas as cabeças se voltam. Os motoqueiros estavam demasiado ocupados com as suas coisas. Seis estavam ombro a ombro ao balcão comprido, que, provavelmente, tinha sido construído para ali caberem quinze seres humanos com dimensões normais, três estavam a jogar dardos sob um cesto para apanhar lagostas pendurado do teto, dois estavam a uma mesa de bilhar nas traseiras com duas motoqueiras magricelas, e três estavam a içar uma das suas raparigas de colete de pele para uma pequena mesa, onde ela começou a dançar ao som da música «Free Bird», que vinha da *jukebox*. Todos tinham as cores do grupo Sons of Silence nas costas dos seus blusões de couro. Um homem de rosto magro com um rabo de cavalo grisalho estava a tirar cervejas por trás do balcão e uma rapariga nova e bonita andava a servir peixe com batatas fritas em cestos aos jogadores de dardos. Trazia um vestido azul aos quadrados, curto e com folhos nas mangas, ténis brancos e um avental, e movia-se com a graciosidade de um veado ágil e hesitante numa jaula de leões.

Nem todas as cabeças se voltaram, mas todos os olhos fitaram de relance os turistas idosos e chiques que entraram pela porta; os olhos, verificando que não havia nem ameaça nem oportunidade, voltaram para a sua festa. Celine contou os presentes rapidamente e comparou o número com as motos estacionadas lá fora. Todos os homens estavam ali, não havia nenhum na casa de banho. Era um hábito. Viu também que ela e Pete tinham causado tanta impressão como duas moscas. Bem. Mas. Ela teria de perguntar a um dos homens o que é que o esqueleto estava a fazer com os binóculos.

Aquele sítio era uma estranha mistura de local para um almoço em família e bar. As mesas redondas estavam cobertas com toalhas de plástico aos quadrados vermelhos e brancos e tinham frascos de molho picante e de *ketchup*, havia redes de pesca e boias para apanhar lagostas e croques nas paredes, e reclamos luminosos da *Foster Ale* e da *Budweiser* a piscarem na montra. Celine enrugou o nariz. Pelo menos, não cheirava a cerveja velha como um bar manhoso, mas ela pensou que vários daqueles simpáticos motoqueiros poderiam realmente beneficiar com um banho.

O empregado do bar acenou-lhes na direção de uma mesa. Celine escolheu a que se encontrava mais perto dos jogadores de dardos. Por sorte, a música não estava tão alta que impedisse qualquer possibilidade de conversar.

Dois motoqueiros de barba com canecas de cerveja na mão estavam a ver um terceiro lançar o dardo. Um disse ao outro: — É, fui ao funeral do J.R. em Denver. O capelão pôs-se diante de dois mil motoqueiros da pesada, estou-te a dizer, e tipo: «Todo os dias agradeço a *Deus* por hoje não ter matado ninguém nem incapacitado ninguém nem roubado ninguém… e depois levanto-me da *cama*!»

Risos. Celine apontou para os seus emblemas redondos – uma águia de asas abertas sobre uma expressão latina em letra cursiva.

– *Donec Mors Non Separat*, Pete. Basicamente o mesmo que os votos do matrimónio, *donec mors nos separaverit*. Até que a morte nos separe. Algo como *Semper fi* é menos… matrimonial, não te parece?

– Talvez não o devas mencionar.

– Hum.

Ficaram a ver a empregada a dispor três cestos na mesa junto ao quadro dos dardos. Ela acenou a Celine. Os motoqueiros de barba sorriram e agradeceram-lhe. Ela esquivou-se. Mas não com suficiente rapidez. O mais alto, sem barba, com um rabo de cavalo comprido, os braços nus e tatuagens de teias de aranha nos cotovelos, estendeu a mão em que tinha o dardo e beliscou a fímbria do vestido dela. Ele estava a agarrar com força e ela estacou. Deu mais um passo a resistir à pressão, como se não estivesse disposta a reconhecer que estava a ser agarrada, e Celine viu o tecido retesar-se sobre a coxa e a barriga dela.

– Nada de pressas, rapariga. Eu disse: tens *salsa*?

A moça girou sobre os calcanhares. Tinha as faces sardentas coradas. – O senhor desculpe, não o ouvi. O senhor tem molho picante em cima da mesa.

O rosto do Teias de Aranha rasgou-se num sorriso cínico. Dois dentes de ouro chisparam. Olhou-a de alto a baixo, envolta no seu vestido torcido. Segurava a fímbria entre os dedos como se estivesse a beliscar uma borboleta. Ela tinha agora a perna à mostra até à parte de cima da coxa. Celine via o padrão florido da sua roupa interior. – *O senhor* – rosnou ele. – Isso faz-me sentir quase velho. Molho picante não é *salsa*. – Não a largou, e a rapariga entrou em pânico. Celine via-o nos olhos dela. A empregada murmurou: – Desculpe. Acho que temos na cozinha. – Celine lia os lábios da rapariga, que pôs as mãos nervosamente nas ancas para tentar puxar para baixo o vestido enrodilhado.

Pete viu que a respiração da sua mulher se tornava ofegante. Ela comprimiu os lábios. Ele tinha trazido o concentrador de oxigénio ao ombro para o caso de ser necessário e ligou-o e passou-lhe o tubo para as mãos. Ela ficou irritada, mas tinha os olhos arregalados como quando sentia falta de oxigénio, e relutantemente pegou na cânula e passou os tubos por cima das orelhas. Inspirou duas vezes, soltou o tubo e pôs-se de pé. Pete não insistiu que ela se sentasse. Não, não era uma das suas funções. Simplesmente desligou o concentrador.

O Teias de Aranha tinha arrepanhado a fímbria do vestido da rapariga na sua mão fechada, e ela fez menção de se torcer para se soltar. A mão livre dele foi direita ao colarinho aberto dela num gesto fluido e experiente. Enganchou dois dedos, cobriu o pequeno crucifixo de ouro que ela trazia pendurado numa volta fina pousado no espaço entre os seios e puxou o suficiente para ela ter de dar um meio passo cambaleante na direção dele. Ela parecia desatinada, como um cavalo num estábulo em chamas.

– Aonde é que vamos? Eu não tenho pressa nenhuma. Vamos falar de condimentos. De molhos e coisas do género. Tu tens molho, aposto. E picante.

Celine inspirou profundamente uma última vez e enfiou-se entre duas cadeiras. Ergueu a mão e bateu no ombro do Teias de Aranha. Ele deu um salto. – *Foda-se!* – Soltou a rapariga e girou sobre os calcanhares, com as mãos em punho, e não viu nada até olhar para baixo.

– Que *merda* foi *essa*? – disse. Atravessado nos dedos de uma das mãos, uma letra por dedo, estava um grande «FUCK» em azul; atravessado nos dedos da outra, «-OFF»[1].

– Isso é mesmo esperto – disse Celine. – Dedos que formam palavras. Lembre-me para lhe contar a minha anedota sobre um pénis tatuado.

A empregada de mesa demorou um segundo a compreender que estava livre, fitou Celine e correu pela sala até às portas de vai-vém que davam para a cozinha. Pete viu cabeças a virarem-se naquele momento. Os motoqueiros ao balcão giraram nos seus bancos. A rapariga que estava a dançar em cima da mesa franziu a testa. Tinha desabotoado o colete e estava nua por baixo.

Sem deixar de fitar o homem, Celine estendeu a mão para um frasco de plástico que estava na mesa ao seu lado e ergueu-o. – *Salsa* – disse. – Suponho que ninguém reparou. – O Teias de Aranha abriu a mão e pegou no frasco. Piscou os olhos. Não fazia a mínima ideia de como encarar aquela velhinha. Celine via que ele estava a tentar imbuir-se da raiva do guerreiro, mas ela abandonara-o na sua confusão. Bem, Celine era capaz de a trazer de volta.

– Isso não foi muito delicado – disse. – Agarra sempre as jovens pelo vestido? Ou pelo cabelo, talvez? Talvez seja a única maneira como alguma vez consegue que lhe prestem atenção?

A boca do homem fechou-se e a sua expressão endureceu. Ficou com os olhos pretos opacos. Tal e qual como persianas a serem

---

[1] «Desaparece», em calão. (*N. do E.*)

corridas de repente, pensou ela. Era um durão. Um dos seus compinchas desligou a *jukebox* na tomada.

– Vovozinha – disse ele. – Sugiro que te voltes a sentar. Isto sou eu a ser misericordioso. Muito mesmo. – Celine recuou três passos. Tinha a arma debaixo do casaco, contra as costelas. Se tivesse de sacar dela contra o homem não queria estar ao alcance dele. Avaliou a distância. Olhou à sua volta para o estranho restaurante de caranguejos do Montana. Metade dos motoqueiros estava a sorrir sarcasticamente.

– É isso mesmo – disse o Teias de Aranha. – Recua. Sê uma boa avozinha. – E sorriu, mostrando os horríveis dentes de ouro.

– Eu penso que devia pedir desculpa – disse ela. – À rapariga. Pode fazê-lo a mim. Eu represento o meu sexo. – Celine endireitou-se. Olhou a direito para o homem com um olhar sério, completamente desprovido de medo. Parecia uma rainha.

O espaço no bar tornou-se tenso. Pete ouviu uma torneira por trás do balcão fechar-se, ouviu água a gotejar num lava-louça de metal. Sentia agora o fedor de suor, roupas sujas, cerveja, um charuto aceso.

O Teias de Aranha lambeu os lábios secos. Lentamente, como se em transe, tirou algo do bolso do blusão de couro – uma navalha, com uma lâmina de doze centímetros – e abriu-a com os dedos. Sem pressa, quase a saborear os movimentos experientes. Celine compreendeu que o homem era muito perigoso.

– Vovozinha – murmurou ele –, queres morrer? Eu posso-te ajudar.

Os rostos dos homens que estavam a assistir ficaram como pedras. Já não se viam grandes sorrisos. Era a expectativa de derramamento de sangue ou o facto de que daí a três minutos poderiam estar todos a fugir da cena de um homicídio no Montana. Isso requereria algumas manobras táticas rápidas. Estavam a observar e a escutar com uma intensidade tão feroz como as suas caveiras.

Celine não desviou os olhos dos dele. Lambeu os seus lábios secos. Toda a gente no bar viu o gesto, tentou interpretá-lo. – Jovem – disse ela por fim, muito claramente –, eu já estou morta.

As palavras atingiram os observadores ali reunidos como uma rajada de vento. Era o credo dos samurais. Dos legionários. Deles próprios. Atingiu-os com a força de algo reconhecido: foi proferido com convicção, com simplicidade e com uma total ausência de medo. No coração de cada guerreiro há um respeito absoluto pela coragem pura, e todos os motoqueiros daquele grupo a viram naquela mulher, até mesmo o Teias de Aranha no seu transe. A navalha já parecia deslocada na sua mão. Celine pensou que podia dar para um lado ou para o outro.

– Só um minuto – disse. Tinha ficado com o rosto encovado e os olhos brilhantes. Segurou-se às costas de uma cadeira e respirou. Ninguém se mexeu. Ela acenou a Pete. Ele ligou o pequeno concentrador e passou-lhe para as mãos a cânula, que ela colou ao nariz. Respirou por um bom minuto e devolveu-a a Pete.

Olhou à sua volta. – Sugiro vivamente que deixem de fumar, rapazes, enquanto ainda têm a melhor parte da vida pela frente.

Foi como soltar o ar de um pneu demasiado insuflado. Os motoqueiros por todo o bar soltaram a respiração contida, abanaram as cabeças guedelhudas, murmuraram: – Que raio foi *aquilo*? – Um ou dois riram-se, embaraçados, mas já ninguém estava a divertir-se. O barbudo mais velho bateu no ombro do Teias de Aranha e ele dobrou a navalha e sacudiu a cabeça como se estivesse a acordar de um sonho. Pete ouviu alguém dizer que era melhor porem-se a caminho se queriam chegar a Big Timber a tempo de beber uns copos na *happy hour*. Um homem gigantesco com um galão no ombro, o sargento de serviço, pagou a conta. Um a um, os Sons of Silence saíram. A *jukebox* estava emudecida. No silêncio deixado pela ausência deles, Celine e Pa ouviram o tossicar e o rugir de catorze *Harleys* a ganharem vida.

VINTE E DOIS

A biblioteca pública de Red Lodge era um edifício novo com um alpendre fundo com vistas para o rio e um urso-pardo de bronze de sentinela ao parque de estacionamento. Onde um jovem casal *hippie* estava a fumar erva abertamente. Os carros ali estacionados pareciam ser uma mistura equilibrada de *Subarus* velhos e de carrinhas com suportes para as armas – *hippies* e campónios, a composição demográfica de muitas pequenas cidades do Oeste.

Pete instalou o portátil numa mesa e Celine perguntou à bibliotecária que estava no balcão da receção onde poderia encontrar números de há quarenta anos da revista *National Geographic*. A senhora estava com uma camisola de gola alta e brincos turquesa, e usava óculos de ver ao perto hexagonais sem armação. Tinha o cabelo grisalho comprido apanhado num rabo de cavalo. Os seus olhos azuis ergueram-se e pousaram em Celine com um ar de reconhecimento, como uma garça-azul poderia olhar para outra num pântano. Provavelmente, tinha crescido no Connecticut. – Sabe – disse ela –, tenho idade para me lembrar de quando os rapazes novos me faziam a mesma pergunta. E não estavam nada interessados em placas tectónicas ou em pinturas rupestres.

– Bem, de facto eu estou profundamente interessada por ambos esses assuntos, como é que adivinhou? – disse Celine.

A senhora saiu de trás do balcão – estava com socas dinamarquesas – e Celine soube que tinha uma aliada instantânea.

– Que ano? – disse a bibliotecária por cima do ombro.

– De facto – disse Celine –, são cinco números. Março de 1973, janeiro de 1974, fevereiro de 1975 e setembro e outubro de 1977.

Ali estava a imagem em duas páginas. Ele não aparecia nos outros números da revista, mas havia uma grande reportagem sua no número de janeiro de 1974. Oh, era mesmo bom fotógrafo. Era muito, muito bom. Aquela era outra reportagem, posterior, sobre o Chile, mas dessa vez inteiramente fotografada no vale do rio Manso, na Patagónia. A que Gabriela tinha mencionado. Aquele local devia ter causado uma profunda impressão em Lamont da primeira vez. Mais fotos de *huasos* a cavalo com os seus típicos chapéus, as fazendas ao longo do rio ligadas por trilhos para cavalos e envoltas em nuvens baixas, mulheres a partilharem uma chávena de chá-mate a uma fogueira, uma de um vaqueiro a empurrar cavalos para a selada sem árvores de um desfiladeiro na montanha só com o pano de fundo de um céu negro de borrasca. Fabuloso. E ali estava ele, Paul Lamont, com o seu retrato na página dos colaboradores, sem chapéu ao sol, bem-parecido e com um ar robusto, de *T-shirt* preta. A pequena biografia informava que ele tinha passado todo o inverno chileno anterior a fazer fotografia no vale do rio Manso. Não foi o único lugar onde ele esteve, pensou Celine. Aposto qualquer coisa. Não havia nenhuma alusão às convulsões políticas no país que tinham ocorrido no final desse mês de setembro.

Celine levou a revista a Pete, que começou a fazer uma pesquisa sobre o Chile no inverno e na primavera (do hemisfério sul) de 1973. Selecionou rapidamente e guardou uma série de artigos.

Na manhã de 11 de setembro, o general Augusto Pinochet ordenou um ataque da infantaria e de carros blindados a La Moneda, o palácio presidencial em Santiago. Pinochet derrubaria, de uma vez por todas, o governo socialista democraticamente eleito do presidente Salvador Allende. À tarde, quando os defensores do palácio finalmente se renderam, o presidente Allende, com sessenta e cinco anos, foi encontrado morto no Salão da Independência – sendo a versão oficial dos acontecimentos que se suicidou com uma *AK-47* que lhe tinha sido oferecida por Fidel Castro. O golpe instalou uma junta militar da qual Pinochet não tardaria a ser o líder único, e ele inaugurou um dos períodos mais negros na história de qualquer nação moderna: um regime de tortura, desaparecimentos e assassinatos políticos que infligiu dezenas de milhares de baixas.

O governo dos Estados Unidos foi implicado na preparação do terreno para o derrube de Allende, e num relatório elaborado pelo National Intelligence Council em 2000 concluiu-se que, embora a CIA não tenha prestado «assistência a Pinochet para ele assumir a presidência,» mantinha «relações de recolha de informações secretas com alguns dos conspiradores e – como a CIA não desencorajou a tomada de poder e procurara instigar um golpe em 1970 – provavelmente aparentava aprová-lo.»

– *Aparentava aprová-lo* – repetiu Celine secamente. Passou uma rápida vista de olhos pelo resto dos artigos. – O Lamont viu alguma coisa que não devia ter visto. Ou registou-a. Telefona à Gabriela – disse por fim. – Eu telefono-lhe. Precisamos de saber se o pai dela teve acesso a La Moneda. Se alguma vez o mencionou. Meu Deus. – Tossiu, alto e por bastante tempo, com o braço a tapar o rosto. Algumas crianças e os seus pais, que estavam sentados em pufes na secção infantil, olharam na direção dela.

– Perdão – disse ela, ofegante. – Telefonas-lhe agora?

– E a escu...?

Celine acenou com a cabeça, com a mão ainda a tapar a boca. Recuperou o fôlego a custo e disse: – Talvez seja de lhe pedir que devolva a chamada de um telefone num café próximo. Diz-lhe que ligue para o número da biblioteca. Podemos oferecer-lhes uns vinte dólares. Eles não podiam montar uma escuta... espera, podiam sim. Hum... – Respirou ofegante, tossiu de novo. – Olha – disse. – A ligação com o Chile é a chave desta coisa toda. Ele esteve lá. Aqueles boatos sobre o trabalho paralelo dele. Faz sentido. Explica o nosso amigo, o jovem Mr. Tanner. *Uau*. Uau, Pete. Isto nem inventado.

Pete sorriu. *Uau* era o que ela dizia quando estava realmente impressionada. Estava realmente impressionada. E ele também. Pete pousou a mão suavemente nas costas dela e deixou passar as convulsões. Estava acostumado àquilo. Quando ela conseguiu respirar de novo com facilidade, ele esfregou-lhe as costas e disse: – Talvez não precisemos de telefonar à Gabriela e pô-la sob mais vigilância ou em perigo. Que mais nos pode dizer agora?

Celine inspirou fundo. Pôs-se de pé cambaleante e olhou por cima da mesa para o resto da biblioteca. As crianças e as suas mães tinham voltado à leitura em voz alta. Havia um tipo com ar de montanheiro a requisitar um livro, uma senhora de idade a dirigir-se ao balcão com umas revistas sobre acolchoamento e o casal de *hippies* pedrados lá de fora estava agora a um dos computadores na parte da frente da sala ampla. Era tudo.

– Não entendo – disse Celine. – Não há segredos. Já não, nesta fase. Quem se importa, na realidade? Toda a gente sabe mais ou menos o que a CIA fez lá em baixo.

– Talvez não.

Ela ergueu uma sobrancelha. Era rápida. Pete quase conseguia ouvir o mecanismo afinado – um mecanismo de relógio suíço – a trabalhar. Ela disse:

– Todas estas histórias apontam para o apoio ao derrube dos socialistas, o encorajamento dos conspiradores, os serviços secretos. E se houvesse mais? Algo ainda mais... vergonhoso?

– Mais direto – disse Pete. – Pensas que o Lamont esteve envolvido?

– Parece estar a encaminhar-se nesse sentido. Ou ele esteve lá. Era *fotógrafo*. Tinha uma *fotografia*. Aposto o que seja. Oh, Pete. – Inspirou mais umas golfadas de ar. Estava muito excitada.

– Mas é tudo suposição – disse ela. – Tudo boatos, coincidências. Devia haver milhares de americanos no Chile no inverno de 1973, muitos deles com inclinações políticas reacionárias.

– Com certeza – murmurou Pete. – Mas o jovem William Tanner é real. E parece ter desaparecido do mapa.

Procuraram Tanner no ecrã do localizador, mas não havia pulsação nenhuma, nada. Bem. Talvez ele tivesse estacionado num desfiladeiro estreito ou nalgum espaço subterrâneo. Era fácil perder temporariamente um sinal. Decidiram dar um passeio. Algo na biblioteca, talvez um solvente de limpeza, estava a fazer piorar o problema de respiração de Celine, e nessa altura da sua conversa seria bom desanuviar o ar. Lançar um novo olhar sobre as coisas. Precisavam de um plano de ação e não o tinham.

Sempre tinham achado que caminhar juntos era um estimulante excelente. Muitas vezes em casa caminhavam ao longo do rio East, contornavam o River Café, ao longo dos velhos edifícios de tijolos dos armazéns de especiarias e pelas ruas empedradas de Dumbo. Passavam pela pequena praia de pedra, subiam até ao Navy Yard e voltavam. Por vezes, paravam para tomar um chocolate quente espesso na loja de chocolates em Water Street. E na maior parte das vezes aqueles passeios traziam-lhes uma nova perspetiva sobre um caso.

Por isso, caminharam pela rua principal de Red Lodge, lentamente, passando pela barbearia Gents Barber Shop, pelo restaurante Butte Diner, pela loja de taxidermia Faye's Taxidermy e pela loja de artigos desportivos Ben's Sporting Goods, e viraram à direita para Elk Street dirigindo-se às margens do ribeiro Rock. Os choupos e os amieiros apresentavam todas as tonalidades de cor de laranja flamejante e abóbora e abóbora-menina. O céu estava a ficar limpo, a mostrar algum azul, e a luz do sol varria as árvores da margem do outro lado como vento, e o vento trazia um perfume doce a folhas caídas. Celine pensou que por vezes era uma pura maravilha estar viva. Que mais poderia haver do que aquilo?

Bem. Havia grandes mistérios. Não seria bom solucionar pelo menos um?

Do que falaram quando falaram foi da eficácia de qualquer passo seguinte. Teriam de avançar com cuidado. Várias coisas começavam a tornar-se claras: 1) O telefone de Gabriela estava sob escuta. 2) Algo nos primeiros telefonemas que ela lhes fizera desencadeara um assalto à sua casa. 3) O dossiê com a sua pesquisa sobre o desaparecimento do pai tinha sido levado. 4) Um homem chamado William Tanner, que era um franco-atirador treinado das SEAL, andava a segui-los e provavelmente não porque fosse um seu admirador ou quisesse escrever uma biografia oficial deles. 5) A investigação oficial no local do desaparecimento de Paul Lamont era duvidosa e tinha sido desviada, por alguma razão, para uma conclusão de Morte por Urso quando os indícios apontavam, possivelmente, para outras explicações. 6) O homem encarregado dessa investigação, o guarda-florestal Tim Farney, agira de modo incaracteristicamente brusco ao apressar aquela conclusão, dando sinais de uma possível pressão externa. 7) Paul Lamont estivera no Chile para fazer um trabalho para a *National Geographic* no inverno de 1973. 8) No final desse inverno, um golpe apoiado pelos Estados Unidos, com ajuda da CIA, derrubou um governo democraticamente eleito e instalou um ditador...

– Pensemos em mais duas, Pete, tem de haver mais duas. Não seria elegante ter dez? – Pete murmurou. Caminhavam lentamente.

– Que ave é aquela que estamos sempre a ver? – disse Celine. – A voar para a frente e para trás ao longo da margem, inclinada daquela maneira. É linda.

– É um guarda-rios.

– É uma beleza.

Então: 9) Algo sobre Tanner. O homem é realmente perturbante. Oh, claro: estava praticamente em cima deles quando os seguia e depois mal eles viraram o feitiço contra o feiticeiro e começaram a procurar informações sobre *ele*, desapareceu do mapa. Pura e simplesmente.

– Inquieta-me.

– A mim também.

10) A soma de todos aqueles factos e suposições sugere que alguém com recursos e poder substanciais queria que Paul Lamont continuasse morto.

Compraram uns cones de gelado no The Big Dipper em Cooper Street. Pete pediu um cone de gelado de chocolate e Celine ensinou os jovens funcionários a fazer um Dusty Miller, que recomendou vivamente que experimentassem. «Mas tenham cuidado, é altamente viciante. E não digo mais nada!» Era o *sundae* por que ela e as irmãs imploravam todos os fins de semana no clube da praia em Fishers, cujo nome provinha da planta baixa de um verde seco que se estendia sobre as dunas. Baboo também adorava aquele gelado, e permitia-se comer um por semana, e comprava sempre um para a sua mãe, Gaga, que se fingia indiferente. Gelado de café, molho de *marshmallow*, xarope de chocolate *Hershey*, polvilhado generosamente com pó de malte por cima. E não valia a pena dizer mais nada.

Sentaram-se a uma mesa de piquenique à sombra de um grande choupo em frente à gelataria e comeram. O dia estava quase quente. O que Celine adorava no outono: uma pessoa só podia contar que fosse altamente imprevisível. Estava a apreciar enormemente o dia.

Talvez a maior parte das mães e das avós da sua idade não aprecie muito a mudança, ou súbitas mudanças de direção ou assassinos barbudos a segui-las. Celine adorava tudo aquilo. Fingia que Tanner a punha nervosa, mas Pete sabia que se sentia encantada. Dava-lhe ânimo. Ele era o desafio mais imediato e acentuava a sua concentração. Não desaparecera simplesmente do mapa, não desistira, não fora para casa. Ela conseguia sentir-lhe o cheiro, como frequentemente sentia o cheiro da chuva e do perigo e da bondade.

– Bastante bom – disse Celine enquanto tirava mais uma colherada de paraíso polvilhado com malte. – Aposto que se voltarmos cá daqui a um ano vai estar no menu. E aqueles miúdos todos vão estar gordos.

Pete estava sério. Disse: – Parece-me que a nossa preocupação neste momento deveria ser que ainda por cá estejamos daqui a um ano. Penso que começamos a tocar em acontecimentos e melindres que são maiores do que a Gabriela e o seu pai perdido.

Celine enrugou a testa. Os transeuntes casuais – como o casal de adolescentes a passear ao longo do caminho à beira-rio – poderiam ter pensado que Celine estava furiosa. Uma senhora de idade muito sofisticada, talvez irritada com o mau serviço numa gelataria de província. Tinha os lábios comprimidos, os olhos arregalados e as faces retesadas. Respirava pesadamente. Não estava furiosa. Estava a preparar-se para dar luta, como tivera de fazer a vida inteira. De maneira nenhuma iria permitir que aquela lhe passasse ao lado. Quando aceitou o caso, não tinha nada a perder. A morfina extra de Mimi chamava-a do cofre das armas.

Agora tinha de pensar na segurança da rapariga, e na de Pete também. A vida do seu marido ainda não tinha chegado ao fim, nem por sombras; ela sabia que ele poderia bem passar as duas décadas seguintes todo contente a escrever as suas memórias sobre a vida numa ilha no Maine e sobre ser um Descobridor de Pessoas Desaparecidas. Sentia-se de facto furiosa, em parte, por alguém ter forçado a situação ao ponto de um pai sentir que tinha de abandonar a filha. Danette certamente tinha algo a ver com isso, assim como o comportamento autodestrutivo de Lamont como pai, mas o mesmo se poderia dizer, provavelmente, sobre pressões e circunstâncias mais alargadas – Celine tinha a certeza disso. Lamont, suspeitava, metera-se demasiado em alguma coisa e quisera livrar-se dela, e a única maneira de o fazer foi morrer.

Mas ele não estava morto. Ela cheirava-o no vento. Mesmo. Tal e qual como um cão de caça.

– Precisamos de o encontrar – disse ela. – Agora. Quero telefonar à Gabriela.

– E o Tanner?

– O Tanner é o Tanner. É uma coisa de que podemos ter a certeza...

O lampião por cima da mesa a que estavam sentados explodiu. O ar ficou rarefeito e estilhaçado – só podia ser uma segunda bala. Que fez ricochete no poste de aço. E choveu vidro. Caiu na mesa de piquenique como granizo forte. Alguns estilhaços atingiram os chapéus deles e espetaram-se no molho de chocolate em enfeites brilhantes. Celine estava a meio de uma colherada. Virou a cabeça para cima e a colher caiu na madeira áspera – e na sua mão, como por magia, apareceu a *Glock* preta. Não era a reação que se esperaria de uma senhora de idade, nem de ninguém, na realidade. Os jovens na janela aberta da gelataria acocoraram-se e ficaram a olhar pasmados para a cliente com a arma em punho.

– Ena – murmurou Pa. – É como se ele nos tivesse ouvido.

– Talvez nos tenha ouvido. Vamos ter de varrer isto. – O seu rosto estava duro. – Não gosto de vidro no meu Dusty Miller. Gosto ainda menos do que de *vedura*.

– *Ey-yuh*.

– De qualquer maneira, sinto-me mais segura. Se ele quisesse matar-nos, poderia tê-lo feito.

– Hum, não tenho assim tanta certeza. Talvez seja esse o próximo passo.

– Que se lixe o Tanner. Espero que esteja a ouvir-me. É melhor pormo-nos a andar antes de a polícia chegar e nos obrigar a preencher uns impressos. A vida é decididamente demasiado curta para isso.

Pete esperou que o seu coração acelerado acalmasse, trincou a parte interior da boca e avaliou discretamente a sua esposa imperturbada. Até àquele momento, não fizera com que nenhum dos dois morresse. Ela apertou-lhe o braço. – Não penso que tenham nenhum interesse em magoar verdadeiramente dois velhinhos, não te parece? São táticas de intimidação.

– Hum.

– Acabei de ter uma ideia – disse ela enquanto metia a arma no coldre. – Dispararem sobre nós aclara a mente.

– Para mim tem mais a ver com a bexiga.

– Lembras-te daquela artista, Pete, na Galeria Nacional em Santiago, cuja pintura o Lamont fotografou naquela grande reportagem sobre o Chile? Lembras-te? Aquela a quem chamavam um tesouro nacional? Estava lá. Talvez ele a tenha conhecido. Ela devia mover-se nos círculos de elite. Pergunto-me se ainda será viva, Pete. Se for, precisamos de lhe telefonar. É improvável, eu sei, mas precisamos de o situar lá.

Sacudiram os estilhaços da roupa e voltaram diretamente para Cooke City. Podiam tentar telefonar à artista do telefone do restaurante Poli's. E havia um casal de africânderes refugiados com quem precisavam de falar.

VINTE E TRÊS

Havia lacunas na vida de Celine em que Pete matutara sem nunca descobrir como as preencher. Ela tinha competências que não eram nada comuns, reações a crises que não eram nada normais, e era evidente que a certa altura se submetera a um treino exaustivo. Ele perguntou uma ou duas vezes, mas ficou sem resposta. Perguntou-se se seria realmente da sua conta e decidiu que talvez fosse. Por outro lado, talvez não fosse. Como genealogista e historiador de família, o seu pendor para a pesquisa e para o rigor na investigação competiam com a sua modéstia congénita e o seu respeito pela privacidade das pessoas. Uma vida interior, concluíra há muito tempo, era interior porque alguém decidira que queria mantê-la dentro. Respeitar alguém significava respeitar essa barreira. A biografia, quando era bem feita, era acompanhada por um sentido desse tato. A história, por outro lado, era a narrativa de tudo o que tinha sido exposto. E uma esposa... bem. O mistério de uma esposa tinha de ser preservado a todo o custo. Provavelmente.

Estava a pensar naquilo enquanto Celine conduzia a carrinha para Cooke City. Era a primeira vez que alguém tinha disparado sobre eles, e ele perguntava-se onde é que ela aprendera a sacar da arma com aquela rapidez e, o que era ainda mais impressionante, a manter-se tão calma em face de um disparo inesperado. Não, mais do que isso: ganhar vida. Tornar-se mais rápida e mais dura. Ele vira como ela reagira depressa, erguendo-se em vez de se encolher, perscrutando o horizonte em busca do atacante, calculando ângulos e cobertura. Também reparara que a respiração dela se tornou mais relaxada, mais cheia. Só podia concluir que *aquele* tipo de crise a tornava *feliz*. Era uma espécie de mistério. Bem.

Hank falara-lhe uma vez sobre a segunda vez que a vira disparar uma arma. Celine estava em Sun Valley a ajudar Mimi a morrer e Hank viera de Denver para se despedir da sua tia. Iam a passar de carro por Haley, era uma tarde de primavera ventosa, e Celine reparou numa loja de armas junto ao rio e pediu a Hank para parar. O homem ao balcão estava com um chapéu de *cowboy* e um fato-macaco, como um lavrador que tivesse estado a trabalhar no trator, só que não estava a consertar um motor, estava a limpar uma *Walther*. Tinha as peças espalhadas em cima de um pano. Ficou com uma expressão cada vez mais intrigada ao ver a sofisticada e pequena senhora citadina a mirar as armas e a fixar-se numa pistola muito grande debaixo do balcão.

– Posso ver aquela? – disse Celine, apontando para baixo, com a pulseira de ouro a bater no vidro.

– Esta? Esta *1911*? É uma *Colt*, minha senhora, de calibre .45. É para oferecer?

Celine olhou para cima, sorriu-lhe intrigada. – É para mim, claro.

Ele fez um sorriso trocista. – É um pouco grande. Eu recomendo... poderia começar por uma .22.

Hank tinha imitado as vozes, foi hilariante, e Pete conseguiu emitir uma risada audível. – Bem, eu gostaria de ver esta – disse Celine. – Nunca lhe peguei. – O que, possivelmente, era verdade.

O homem encolheu os ombros, estendeu uma mão que parecia uma pata e com o cano virado para o chão soltou o carregador, pousou-o no balcão e puxou o gatilho o suficiente para verificar a câmara, apresentando-lhe depois a pistola nas palmas das mãos como fazem os vendedores de armas, como um sacramento.

Recuou um passo e pôs-se a olhar para ela com uma certa indulgência; estava agora disposto a ser entretido, e teve a cortesia de não cruzar os braços. Celine pegou na semiautomática preta, ergueu uma sobrancelha ao homem, pegou no carregador do balcão, enfiou-o pela parte de baixo da arma e encaixou-o com a base da mão. A seguir envolveu a arma com ambas as mãos, a esquerda sobre a direita, uma ligeira pressão da esquerda contra o braço direito ligeiramente fletido, e fez mira à porta. Hank viu a boca do homem mover-se para o lado, como se estivesse a procurar um dente dorido com a ponta da língua. Lia-lhe os pensamentos como se eles estivessem escritos num balão de banda desenhada por cima do seu chapéu: *Hum, postura bastante boa. Deve ver muitas séries policiais.*

Celine é realmente pequena por qualquer padrão. A arma parecia enorme nas suas mãos. Baixou-a. – É pesada – disse.

– Ajuda no coice – disse ele. Ela acenou com a cabeça. Ele acrescentou: – Além disso, vejo que o punho é demasiado grande. Podíamos modificar-lho.

– Podiam?

Ele parecia realmente perplexo. E curioso. Quem seria aquela senhora? Mal conseguia empunhar o raio da coisa. Tocou na manga esfiapada do seu fato-macaco e olhou para o relógio de pulso. – Que diabo – disse. – Já são cinco horas. Eu ia fechar daqui a meia hora, de qualquer maneira. Vamos lá disparar esta coisa. Quer?

Foi assim que acabaram no *Bronco* de Dick Roop Jr., aos solavancos por uma estrada dos serviços florestais até um arroio acima de Hailey. Era um barranco estreito à sombra de grandes pinheiros. Um toro velho estava pousado contra um monte de terra. Marcas de uma fogueira e latas vazias, um local de festas popular. Dick pegou em quatro latas e em três garrafas e perfilou-as em cima do toro sem nenhuma ordem particular. Recuou cerca de sete metros e meio e, com a arma baixada, disse: – Mrs. Watkins? É assim que se puxa a corrediça. Agora segura-a virada para baixo e desviada do corpo, assim. Não quer dar um tiro nos seus lindos pés. – Celine acenou com a cabeça, muito atenta e delicada. Ele sorriu e puxou a corrediça. – Isto é o travão de segurança, manipula-se com o polegar, assim. Está sempre ativado até disparar. Acha que se vai conseguir lembrar disso?

– Sem dúvida que tentarei, Mr. Roop.

– Ora bem, vai dar um coice que nem uma mula, por isso assegure-se de que tem o braço direito bem fletido como a vi fazer antes. – Passou-lhe a arma para as mãos e recuou. – Tente atingir aquela primeira lata à esquerda.

Celine deu meio passo atrás com o pé direito, virou-se ligeiramente, ergueu a pistola, envolveu-a com as mãos e sorriu a Mr. Roop. A seguir, baixou a arma. Comprimiu os lábios e respirou. Hank sentiu o estômago contrair-se. Sabia que ela devia estar com a máscara de oxigénio àquela altitude. Bem, era muito teimosa.

– Não tenha medo – disse Dick.

Ela lançou-lhe um olhar em que só Hank, o seu filho, veria uma ligeiríssima sombra de irritação. – Vou tentar – disse ela.

A seguir ergueu as mãos rapidamente e disparou, ecos concatenados, uma rajada de tiros, dois, depois três, depois um, depois outro, ligeiríssimas pausas entre eles como se estivesse a disparar ao som de uma música, e as latas voaram pelo ar e as garrafas partiram-se em mil estilhaços e o toro ficou sem alvos e os ecos ribombaram pelo barranco abaixo. O último tiro projetou uma lata contra o penedo e para o ar. Ela virou-se para sorrir a Dick Roop Filho, e a expressão dele era impagável. Não era possível exagerar ou caricaturar a sua incredulidade. O choque. O perfeito respeito intimidado. Ele tirou o chapéu de *cowboy* e passou a mão pelo cabelo ralo, e Hank achou que lhe tremia um pouco a mão. Cuspiu para o chão.

Celine deixou os pulmões encherem-se o mais possível de ar fresco da montanha, aproximou-se do homem, entregou-lhe a arma e disse: – Gosto dela. Capacidade de deter o inimigo é do que estamos à procura. – Grande sorriso. – Sim, por favor modifique o punho, se não se importa. Gostaria de a vir buscar na próxima semana, se possível. A verificação dos meus antecedentes não deve demorar mais do que um dia, acho eu.

Ele levou um momento a recuperar a voz. Desceram o caminho de terra batida no seu *Bronco* e no regresso ele deixou de lhe chamar Mrs. Watkins e passou a chamar-lhe Celine.

A história não surpreendeu Pete, claro, que sabia que ela ia regularmente à carreira de tiro em Dekalb Avenue e de alguns em alguns anos ao Instituto da Força Letal no New Hampshire para frequentar cursos de atualização. Mas reagir sob fogo real é outra coisa. Hum. Reparou que ela, enquanto conduzia, olhava pelos espelhos laterais com frequência.

Cooke City estava muito movimentada, havia carrinhas e jipes cheios de ferrugem estacionados ao longo da rua principal. Decidiram ir primeiro ao bar e fazer as suas visitas mais tarde. Estacionaram no motel e atravessaram a rua lentamente. A noite de *blues* no Beartooth era o evento mais popular daquele bar. Os Choke Setters eram a grande coqueluche no vale, até Livingston. Celine apercebeu-se de que andavam de bar em bar naquele dia, e que atmosfera diferente aquele tinha em comparação com a espelunca anterior. O estabelecimento não estava a rebentar pelas costuras, mas havia pelo menos vinte e três clientes ao longo do balcão e espalhados pelas mesas. A uma banda de *blues* poderia chamar-se trio? Celine não sabia, mas eram três: um homem muito gordo com cara de bebé no contrabaixo, com calças de ganga largas e uma *T-shirt* com os dizeres Sara Lee Frozen Dinner; um adolescente magricelas com cabelo pelos ombros e uma barba rala loura à guitarra; e uma mulher que poderia ser a mãe dele na bateria – de meia-idade, com uma saia formal preta de poliéster e meias de vidro e uma blusa marfim numa imitação de seda. Com botões de pérola de plástico. Cabelo até ao pescoço e encaracolado. Todos os pormenores que Celine se treinara para ver. Talvez fosse a combinação de pessoas mais estranha em que ela já alguma vez pusera os olhos.

269

E tocavam bem. Uau. Pa e Celine demoraram um momento a vir à tona por entre a onda de som e de cheiros fortes. *Fortes* era uma maneira de dizer. Ficaram à porta a piscar os olhos até se orientarem, e a empregada de mesa, se o era, acenou-lhes na direção de uma mesa vazia. Trazia uma saia muito curta, umas enormes argolas nas orelhas, botas de trabalho e um *top* reduzido e devia ter pelo menos uns sessenta anos. Bem, pensou Celine, ela é muito magra.

Celine e Pete sentaram-se à mesa ao canto junto a uma janela aberta, onde o fumo dos cigarros não era demasiado espesso. O adolescente estava a meio de um solo, quem sabia por quanto tempo. O homem gordo mordia o lábio e fitava o chão e parecia estar a deixar o contrabaixo nas suas mãos viver sozinho. Viver e contorcer-se e bater e dedilhar como uma genial rã gigante que tivesse acabado de lhe saltar para os braços. A mamã na bateria – acabada de sair do trabalho, ao que parecia, talvez do escritório da companhia de seguros – mantinha uma batida constante, e o rapaz – bem. O rapaz tinha-se soltado. A sua própria música estava a fazê-lo descolar os ténis do palco. As notas jorravam da guitarra e fustigavam-lhe os pés e as canelas e os tornozelos numa corrente desapiedada e projetavam-no para trás. Cairia redondo se não fosse a maré de quintas diminutas e sem resolução que o mantinha à tona. Extraordinário. Pete perguntou-se se alguma vez três pessoas, neste triste planeta, tinham tocado *blues* com tal convicção. Ainda por cima em Montana.

Quase esqueceram ao que tinham vindo. Ambos perscrutaram a sala apinhada à procura de um jovem bem-parecido com uma barba preta aparada. Celine contou quatro, mas nenhum deles era Mr. Tanner. Quando a empregada de mesa, que era musculosa e enxuta como carne seca, finalmente veio ver o que queriam, já estavam de novo em missão. Pediram água mineral com sumo de lima e Celine perguntou: – É a Sitka? – A mulher estava a virar-se, a equilibrar nas mãos uma bandeja com copos vazios, e aproveitou o movimento para se virar de novo sem deixar cair nada. Bastante bom. Os seus olhos cor de avelã brilharam com alarme e varreram-nos a ambos, voltando a pousar-se neles para os examinar mais atentamente – exatamente como um foco num campo de prisioneiros. Aparentemente, não a sossegou o que viu, porque ficou tensa, pronta a saltar, e disse: – Quem quer saber?

Celine fez sinal à mulher para que se baixasse, colou a sua boca à orelha dela com a sua grande argola e disse: – Não estamos aqui por si. Nem por nada que se relacione consigo. Pode fazer um intervalo de dez minutos? – Era mesmo típico de Celine pedir aquilo a meio de uma noite de *blues*, mas não queria nada esperar até à manhã seguinte. Estava a sentir o ardor da caça e se tinha aprendido alguma coisa no seu trabalho de investigação era que o ferro se malhava enquanto estava quente. Porque o universo, como acabara por acreditar, era composto por correntes, tal como um rio ou um oceano. Quando queríamos ir a algum lado e o cosmos queria puxar-nos para a frente, saltávamos. Especialmente se alguém estivesse a perseguir-nos.

E é claro que para Sitka a visão daquela elegante senhora de idade com o seu fabuloso casaco de feltro e brincos de ouro em forma de concha inspirava demasiada curiosidade para ela dizer que não. – Só um segundo – disse Sitka. A banda estava a meio de «Stormy Monday». *Lord, and Wednesday's worse, and Thursday's all so sad...* [1] A assoberbada coproprietária do Beartooth pousou a bandeja com estrondo em cima do balcão, tirou o avental manchado. Bateu no ombro de uma mulher mais jovem com rastas louras que estava a beber cerveja a uma mesa com quatro homens com um ar rude e passou-lhe o avental. Sem mais. A rapariga abanou a cabeça e levantou-se, deitando o cigarro inacabado dentro de uma garrafa de cerveja quase vazia e atou o avental. A seguir, Sitka acenou aos dois e avançou para a porta da rua, tirando uma *parka* de um gancho ao passar.

---

[1] A canção chama-se «Segunda-feira tempestuosa.» e as palavras transcritas significam *Deus, e a quarta-feira é pior e a quinta é tão triste... (N. da T.)*

A noite estava desanuviada. Havia estrelas e fazia frio, mas o frio dava uma sensação revigorante e boa depois do ar abafado e fumarento do bar. Não se encontrava mais ninguém no alpendre naquele momento. Sitka encostou o traseiro ao gradeamento da parte mais distante, cruzou os braços por cima do casaco e preparou-se. Tinha as faces encovadas e os olhos grandes e muito maquilhados. – OK – disse. – O que posso fazer pelos senhores? – Mais uma vez, olhou de alto a baixo aquela senhora de idade chique.

– Temos algumas perguntas sobre o Paul Lamont.

Ao ouvir aquelas palavras, o seu rosto transformou-se. Por um instante. Foi como se a sombra de um enorme animal feroz tivesse avançado rapidamente pela floresta por trás dos seus olhos.

– Quem?

Celine disse: – Sabe quem. Estamos a tentar encontrá-lo. Pela filha dele, a Gabriela. De quem, tenho a certeza, também se deve lembrar. Ela disse-nos que o pai vinha aqui beber com frequência, consigo e com o seu marido, antes de desaparecer. Ela sente terrivelmente a falta do pai. Nunca acreditou que ele tenha sido morto por um urso.

– E quem são vocês? – Por sorte, não usou um palavrão. Celine tentou detetar vestígios de africânder e ouviu apenas uma ligeira alteração nas vogais. Mal percetível.

– Nós encontramos pessoas perdidas. Sozinhos. Na maior parte dos casos, propiciamos o reencontro de famílias biológicas. Só aceitamos os casos que achamos válidos e frequentemente trabalhamos *pro bono*, de graça. Portanto, na maior parte dos casos trabalhamos para pessoas que não têm posses para contratar um investigador.

– Eu sei o que quer dizer *pro bono*.

Celine acenou com a cabeça. – A Gabriela andou na minha faculdade e viu um artigo sobre o nosso trabalho de investigação na revista dos antigos alunos. Telefonou e perguntou se poderíamos ajudá-la. É órfã, como sabe, e tem-se sentido atormentada nestes últimos anos com a ideia de que o pai pode envelhecer e morrer sem a voltar a ver. Que pode nunca chegar a conhecer o neto. Pode imaginar, é muito duro.

O ar de suspeita no rosto de Sitka atenuou-se. Provavelmente, ninguém à face da Terra desconfiaria de Celine naquele momento. Qualquer pessoa com um mínimo de sensibilidade saberia que ela estava a falar verdade. Pete assistia com uma discreta aprovação, como se estivesse a ver um pastor-alemão lamber um gatinho.

– Sabemos que o Lamont veio ao vosso bar com frequência ao longo das semanas em que aqui esteve. E foi há muito tempo. Mas queríamos saber, bem, sobre o que é que ele poderia ter falado quando estava a beber uns copos no bar. Sei que era uma pessoa sociável e por vezes faladora.

Sitka tirou um maço de cigarros do bolso da *parka*, virou a cabeça e acendeu-o, soprando o fumo para o canto do alpendre.

– Falava muito sobre os ursos. Os que andava a fotografar. Como eram muito mais espertos do que as pessoas pensavam, como pareciam quase pessoas por vezes. A maneira como cuidavam das crias, a maneira como lidavam com ameaças... – Virou-se e soprou fumo. – Falava sobre como o Ed Pence era um idiota, o biólogo de ursos de quem ele andava a fazer um perfil. Como açambarcava as luzes da ribalta sempre que podia. Como era ambicioso. Queria o seu próprio programa de televisão. Penso que ele julgava que era o próximo David Attenborough. Ah! – Tossiu. Celine estremeceu. Ouvia uma afinidade consigo naquela tosse, uma irmandade de pulmões afetados.

Celine lançou um olhar rápido a Pete. – Mais alguma coisa? – perguntou. – Falou de ir a outro sítio depois? Ou de férias? Ou de ter saudades de algum lugar?

Sitka deixou cair a beata, encontrou o maço meio machucado e acendeu outro cigarro. Celine tinha a distinta impressão de que ela e Lamont tinham sido mais íntimos de algum modo do que mera dona de bar e cliente. Bem, ele era extremamente carismático e também mulherengo. Sitka virou-se para o gradeamento e olhou pela rua abaixo na direção dos bosques densos, de Yellowstone e do pico Barronette perfilando-se contra o céu estrelado. – Quando ele se embebedava... – Ali estava, o sotaque sul-africano a aparecer – por vezes dizia que gostaria de ir à Montanha de Gelo. A do conto de fadas. Eu não fazia ideia do que ele estava a falar. Ele dizia que havia lá um lago, da cor dos olhos do seu verdadeiro amor. E uma cabana onde um homem se poderia voltar a encontrar a si mesmo... – Virou-se para Celine e tinha os olhos marejados. – Os meus olhos são acastanhados, não são? Por isso eu sabia que o tal lago, fosse onde raio fosse, não ia ser castanho, não era? – Deixou cair o cigarro meio fumado e fez um sorriso forçado. – Mais alguma coisa?

– Ele disse que o lago soava como uma ave e que a montanha era uma rainha? – perguntou Celine.

Sitka estremeceu como se se tivesse queimado e olhou para cima rapidamente. – Sim – disse. – Assim mesmo. Exatamente o que ele dizia – Celine duvidava que ele lhe tivesse dito aquilo do outro lado do balcão de madeira. Com a cabeça na almofada, era o mais provável. Ou do aconchego quente da barriga dela.

– Dizia que me ia levar lá. Era um dia de viagem de carro. Mas nunca chegou a fazê-lo, não é? É tudo? – perguntou. – É melhor eu voltar para dentro.

– Sim, obrigada. – Celine tocou no antebraço da mulher. – Obrigada. – Ia implorar-lhe que deixasse de fumar, mas reconsiderou.

– Ao dispor. A bebida fica por conta da casa. – Inspirou uma longa golfada de ar noturno, abriu a porta de par em par e entrou.

VINTE E QUATRO

Voltaram a pé para o motel. Tentariam primeiro localizar a artista Fernanda Muños e depois telefonariam a Gabriela, que, em São Francisco, estava uma hora atrás da deles. Ninguém disparou sobre eles e Celine teve o pressentimento de que ninguém o faria. Aquilo fora um aviso, severo como o tilintar de uma boia no estuário.

A boia. Que soava todas as noites pelo mosquiteiro da sua janela aberta em Las Armas. A entoar o temperamento do mar. A ideia da imparável e encantadora sineta daquela boia provocou-lhe uma dor imediata. De nostalgia e também de luto. Quantas noites tinha adormecido ao som do seu ângelus? Sentindo que um buraco tinha sido rasgado dentro de si? Voltou a perceber o que era sentir a falta de um pai. E se alguém pudesse ter agitado uma varinha mágica para *ela*? Para que ficassem juntos outra vez, sempre?

Celine não viu o seu pai muitas vezes nos anos em que frequentou Brearley. As três irmãs iam ao apartamento dele em East 74th Street na tarde do dia de Natal. Ele enviava um motorista num automóvel preto ao prédio delas, que ficava numa transversal de Lexington, e as três irmãs encafuavam-se no banco de trás com os seus sacos de presentes. Não eram coagidas, queriam muito ver o pai no dia de Natal e andavam meses às compras para encontrar

275

o presente perfeito para ele. Ele recebeu montes de gravatas e alfinetes de gravata e marcadores de bolas de golfe em prata e cachecóis de caxemira e até camisolas de lã ao longo dos anos. As suas filhas queriam que andasse quente e jogasse golfe muito bem, e queriam que ele as amasse, o que ele fazia. Só não era muito bom a demonstrá-lo.

Era um homem de princípios, o que as pessoas pressentiam desde o momento em que ele lhes apertava a mão, uma das razões porque fora tão bem-sucedido na atividade bancária. Era também um atleta natural, um golfista soberbo, um pescador de Montauk lendário. Um homem másculo a todos os títulos. Mas não tinha muito jeito para meninas pequenas. Sentia-se pouco à vontade na companhia das filhas e elas viam bem o alívio que o invadia quando se despedia delas junto ao automóvel de aluguer que as levaria a casa. Mas também pressentiam, porque eram esse tipo de meninas, que o pouco à-vontade do pai provinha de um amor profundo e de um profundo embaraço por as ter abandonado na sua tenra infância. Nunca conseguiu aceitar a presença a menos de metade – a muito menos de metade – e castigava-se por não ser um pai completo, e ao fazê-lo, sem querer, castigava-as também a elas.

Via-as no Natal. E levava cada uma delas a sair no seu aniversário – ausentava-se do trabalho à tarde e levava-as ao parque, ao museu, ao circo, a patinar no gelo, e depois sempre a um espetáculo na Broadway à noite, seguido por um jantar muito tardio no restaurante Sardi's. Durante o qual as meninas invariavelmente adormeciam à mesa. Havia outros dias de fim de semana espalhados aqui e ali, e uma expedição ocasional a Montauk para pescar, o que Celine adorava. Mesmo com uma aprendizagem assim tão limitada, ela e Bobby tornaram-se bastante boas a lançar a linha.

Celine sentia a falta do seu pai. Sentia-a com uma dor profunda. Sabia, *sabia*, o quanto ele gostava dela, sabia que num universo paralelo ele estaria em casa todas as noites e a levantaria nos seus braços de cada vez que entrasse pela porta e a ensinaria de novo a pescar no parque e a velejar em Fishers – preferiria um milhão de vezes que Harry a ensinasse do que o bonitão do Gustav – e via-o nessa vida paralela a ajudá-la até com o trabalho para casa de Matemática e a ensiná-la a ser banqueira. Indignava-se com as circunstâncias que impediam que tal ocorresse e por vezes chorava na cama à noite, mas a certa altura deixou de culpar Baboo. Sabia no seu íntimo, como sabia as outras coisas, que Baboo não fora a causa da sua infância desoladora.

Um dia, quando tinha catorze anos, mesmo antes de ir para o colégio interno, Harry levou-a a almoçar ao restaurante Mortimer's, na Lex. Era a primeira semana de setembro, ainda fazia calor e tempo de verão, mas a luz mais longa brilhava nostalgicamente nas acácias e nos áceres como nunca brilha em julho; ela ia apanhar o comboio Amtrak para o Vermont daí a alguns dias, para o seu primeiro período em Putney. Sentaram-se um em frente ao outro à pequena mesa junto à janela, falando pouco e olhando para quem passava. Ela estava a atacar um gelado Dusty Miller com *sprinkles* e o pai observava-a com verdadeiro prazer, e ela sentia-se simplesmente contente por estar a receber a sua aprovação e a sua atenção. Ele era extremamente bem-parecido, e Celine reparou no seu efeito sobre a elegante chefe de sala e as empregadas de mesa mais novas. Tinha a postura de um atleta e o maravilhoso queixo dos Watkins, que Celine herdara, e também o forte nariz adunco típico de muitos membros da aristocracia. Ela também herdara isso. Tinha consciência, a devorar alegremente o seu gelado, de que os dois pareciam exatamente pai e filha. E isso fazia-a sentir-se extraordinariamente orgulhosa. Estavam a jogar um jogo lento de E Aquela Pessoa? Um deles apontava uma colher a um transeunte que estivesse a aproximar-se e tentavam adivinhar 1) o que a pessoa fazia, 2) se ele ou ela eram casados ou solteiros e 3) uma excentricidade ou um atributo ou um feito digno de nota. Tinham desenvolvido aquele jogo ao longo de anos e Celine pensava que era um testemunho da integridade de Harry e da sua aversão a alguma vez tomar o caminho mais fácil que ele não parecesse jogar o mesmo jogo com as suas irmãs.

Ela sorveu uma mistura extravagante de gelado derretido, chocolate e *marshmallows* e apontou a colher a uma senhora que vinha pelo passeio. A senhora era alta – mais alta ainda nas suas sandálias de tiras vistosas com saltos muito altos –, caminhava com o balouçar de ancas rítmico de um metrónomo, e o seu vestido de verão de *nylon* ou de seda colava-se adoravelmente à sua barriga lisa. Era bonita, também, com cabelo castanho-avermelhado maravilhoso que lhe caía em caracóis até aos ombros, e uma boca larga e sensual.
– Aquela! – disse Celine. Tinha a sua própria opinião, pensou que devia ser uma atriz, talvez até uma estrela de cinema. – E *aquela* ali?

Harry virou-se na cadeira e ao mesmo tempo a senhora lançou um olhar à grande janela e os seus olhos encontraram-se e o rosto do seu pai contraiu-se como ela nunca o tinha visto contrair-se – com uma expressão alerta, as orelhas espetadas e os olhos aguçados exatamente como um lobo quando fareja uma presa – e ela pensou que sentiu de facto uma pulsação de calor no ar, a boca da senhora abriu-se num ó e os seus olhos arregalaram-se e ela virou para a porta do restaurante. Um segundo depois estava a assoberbar a chefe de sala com o seu encanto e outro segundo depois a chefe de sala, no seu traje severo, estava a conduzir aquela beldade à mesa deles. Celine pensou, encantada, que parecia um melro bonito a conduzir um sanhaço ofuscante. Virou-se para o pai, que não parecia lá muito divertido. Nunca o tinha visto sem saber o que fazer. O lobo à caça tinha-se acocorado numa postura defensiva. Ele dominava-se o suficiente para ninguém a não ser a sua filha o ter visto, porque a sua postura era a mesma, o seu aprumo na cadeira, a sua expressão bem definida, reservada, a luz de reconhecimento nos seus olhos azul-acinzentados. Mas havia alguma coisa. E então a senhora agradeceu à chefe de sala e chilreou um grande «Olá» e inclinou-se para lhe beijar a face e cobriu o rosto dele com os seus abundantes caracóis e toda a mesa com o seu perfume forte, e disse efusivamente que era tão agradável vê-lo, e: – Oh, esta deve ser a tua filha. Qual delas é? A Barbara? Deveria dizer *Bobby*? Que incrivelmente adorável! Que beleza ela vai ser quando crescer, *uau*! Porque

278

é que não me telefonas, seu grande palerma? Foi há quanto tempo? Pelo menos há uma semana. O espetáculo já está no segundo mês, é horrível, estou praticamente esgotada. Também preciso de me divertir!

Pai e filha fitavam-na, com os seus belos queixos descaídos e as bocas abertas. Não era tanto o facto de Harry ter amantes, o que Celine devia ter adivinhado ou pressentido com o seu faro infalível, mas que ali, em carne e osso, estava uma mulher a absorver, a exigir até a sua atenção, e claramente a ocupar um espaço na vida dele que lhe poderia ter sido dedicado. Celine via-o de meses a meses e ali estava uma estrela menor do mundo do espetáculo a fazer uma cena por já não o ver há uma semana.

As lágrimas formaram-se sem aviso e incontroláveis nos seus olhos e caíram-lhe pelas faces e ela pediu desculpa e levantou-se rapidamente, esbarrando na mulher, que vacilou nos seus saltos altos, e Celine murmurou «casa de banho» e desatou a correr. Pressentiu o seu pai a pôr-se de pé por trás dela. Ficou na casa de banho muito mais tempo do que seria normal e depois de lavar a cara e finalmente sair Harry já pagara a conta e estava junto à porta da rua com o chapéu nas mãos. A sua máscara inescrutável estava de volta, a que usava para encobrir o embaraço, até mesmo o afeto. Não falaram uma única vez enquanto ele a acompanhou a pé a casa, e mais tarde ela pensaria que era um sinal da estranha intimidade entre eles que não tivessem tido necessidade de o fazer.

Celine e Pete regressaram a pé lentamente à Estalagem de Yellowstone Lodge. O ritmo dos seus passos contradizia a excitação que sentiam. Pela primeira vez na sua caçada, sentiam ambos que estavam no rasto certo. Que daí a muito pouco tempo poderiam ter o seu homem. Isto é, se ele estivesse vivo. Se eles continuassem vivos.

Quantas montanhas de gelo existem? Aquela sobre que ele falara e cantara frequentemente a Gabriela quando ela era pequena ficava «lá em cima junto ao Canadá, nas terras fronteiriças». Poético, mas provavelmente exato. Quantas montanhas de gelo junto à fronteira canadiana havia? Bem. O Parque Nacional Glacier era um bom local por onde começar. Onde quer que fosse tinha de ter glaciares, porque Lamont dizia a Gabriela no conto de fadas que a montanha de gelo era de gelo mesmo no verão mais quente. Então, onde havia glaciares? No parque. Isso tornava tudo mais fácil. Mas. Se realmente havia uma cabana onde ele ansiava por criar a sua família, não poderia ser em terrenos públicos, não num parque nacional. Em terrenos dos Serviços Florestais, talvez, se tivesse sido herdada.

Subitamente, não se sentiam cansados, já não. Estavam ambos bem despertos. Pete foi buscar o portátil à carrinha. Instalou-o na secretária que era também o móvel da televisão e puxou a única cadeira do quarto para Celine. Que tinha ligado o seu concentrador de oxigénio e estava a deixar que o fluxo lhe refrescasse as vias respiratórias, sentada na cama a limpar a sua *Glock*. Tinha uma crença supersticiosa de que o oxigénio extra lhe recarregava o cérebro. QI de O2. Pete ficou a olhar para ela por um minuto, nas suas conjeturas, e disse: – Não acho que isso valesse de muito. Para este tipo de urso.

Ela olhou para cima e sorriu. O concentrador rosnava como um pequeno gerador. – Apoio moral. – Não desmontou a arma, limitando-se a passar uma escova com um solvente pelo interior do cano. O que já tinha feito desde a última vez que a disparara. Mas. Aquilo acalmava-a.

– Achas que talvez precisemos desses coletes de caça em breve?

– Decididamente – disse ela.

– E se tentássemos encontrar a Fernanda de Santos Muños?

– Só um segundo. – Acabou de limpar o cano e depois deitou duas gotas de óleo para armas de qualidade militar no mecanismo e puxou a corrediça. Era um dos seus sons favoritos em todo o mundo. Recordava-lhe uma coisa em que era realmente boa. Toda a gente precisa de uma coisa dessas, pensou. A seguir, tirou a cânula de plástico e desligou a máquina.

Pete demorou uns quatro minutos a aceder à Internet e encontrar a galeria em Nova Iorque da destacada artista chilena Fernanda Muños, a saber que ainda era viva, que tivera de fugir ao regime de Pinochet e que agora repartia o seu tempo entre Nova Iorque e Valparaiso. Estava-se numa época intermédia, entre a alta e a baixa, e por isso não havia maneira de saber onde ela poderia estar. Com mais cinco minutos a pesquisar as suas bases de dados obtiveram os números de telefone dela que não constavam das listas telefónicas – de um apartamento em SoHo e de uma casa junto ao mar no Chile. Pete passou o telemóvel à mulher. – Não vejo porque é que não havemos de fazer esta chamada daqui. Por alguma razão, tenho rede, pouca. Por onde começamos? Primeiro Nova Iorque? Devem ser quase onze horas lá. Será demasiado tarde?

– Talvez seja melhor se ela estiver a dormitar. – Celine pegou no telemóvel e marcou o número.

VINTE E CINCO

Hank regressou de Putney sob cordilheiras de nuvens negras carregadas de neve. Os muros de árvores de ambos os lados da estrada estavam quase sem folhas, sombrios. Rezava para que a tempestade não se abatesse até ele chegar a Hanover, mas em Bellows Falls as primeiras chuvadas puxadas pelo vento já pontilhavam o para-brisas. Sentia-se tão despistado como antes, até mais. Porque cada um dos seus encontros resultara em mais possibilidades, não menos. Não era assim que uma investigação deveria processar-se. Tanto quanto sabia, a mulher que o arrasara – simplesmente ao pôr-se a uma porta aberta com um avental polvilhado de farinha – poderia ser a sua irmã. Celine adorava Bob Mills, mencionara-o mais do que uma vez, não se podia excluí-lo. Talvez para manter as aparências a tivessem criado como sobrinha. E o cretino do artista: a ambígua relação pedante com a sua mãe era quase um *cliché*. Um arranjinho perfeito. Que nojo. Mas o jovem pastor, o tipo do estábulo e da leitaria – Hank vibrava com a sua imagem, quase como se estivesse a recordar-se ele mesmo de Silas Cooper-Ellis, quase conseguia sentir, à distância de décadas, o calor entre os dois, a rapariga desajeitada e enfática e o rapaz tímido e pouco à vontade – sentir uma ligação como a sua mãe talvez tivesse sentido. Mas. É claro que o jovem Cooper-Ellis estava morto.

283

Não era reconfortante, nada daquilo era reconfortante. Onde antes não havia pais, havia agora demasiados. Pais atrás de pais, a marchar na sua paisagem filial, e nem um só se apresentava. Chegou a Hanover em plena tempestade de neve, e nessa noite telefonou para as informações para perguntar o número de telefone de Mills em Blue Hill, no Maine. Não sabia o nome de solteira de Libby, e se a mulher que estava a fazer pão em Lower Farm era verdadeiramente uma sobrinha, havia uma hipótese de cinquenta por cento de que fosse do lado de Bob. Mills, então. A telefonista perguntou: «Frank ou Harrieta?» Seguindo um palpite, respondeu: «Frank», e a seguir fez a chamada. A voz que disse um atroador «Estou?» poderia ter pertencido ao seu antigo professor, Bob, e Hank apressou-se a perguntar se ele era irmão de Bob Mills, e ele disparou: «Há alturas em que gostava de não ser, não muito frequentemente.» A mesma risada rouca, o mesmo sotaque cerrado do Maine, e Hank saiu-se com: «Tem uma filha? Chamada Leah?» «Só há trinta e um anos. Quem quer saber?» Hank não fazia ideia do que dizer. Em grande pânico, e com quase igual alívio, desligou. Imaginava o velho homem do Maine a fitar o auscultador na sua mão e a abanar a cabeça.

Duas semanas depois, foi de carro a Sandwich. O cemitério ficava numa cumeeira alta, com bosques a darem para grandes campos e vistas do monte Chocorua do outro lado do vale. Era bonito, como o lavrador dissera, e isolado, e frio, com dez centímetros de neve fresca. Hank percorreu os caminhos entre as lápides, algumas tão carcomidas e cobertas de musgo que nunca mais voltariam a revelar as suas incisões, outras de meados do século XVIII ainda legíveis. Ao fim de alguns minutos encontrou a família Cooper-Ellis, três simples lápides de granito, pertencendo a mais pequena a Silas Henry. 5 DE DEZEMBRO DE 1931 – 29 DE JANEIRO DE 1951. *OS FEITOS DO HOMEM SÃO PEQUENOS, A GLÓRIA DE DEUS É GRANDE.*

Dezanove anos. Morrera a meio do último ano de Celine no colégio. Ter-se-iam mantido íntimos? O velho lavrador dissera que o tímido rapaz esteve na Coreia duas semanas. Porque é que aquilo afetou tanto Hank? O epitáfio era eloquente no que deixava por dizer: nada de «Em memória amantíssima de», nada de «Filho amado». Tirou as luvas e sacudiu da lápide com as mãos nuas a neve que caíra durante a noite e depois surpreendeu-se a si mesmo. Foi como se a dor lhe tivesse tocado no ombro, e chorou.

Uma hora depois, entrou na minúscula estação dos correios na minúscula praça e perguntou ao funcionário se conhecia alguns Cooper-Ellis na zona e o homem abanou a cabeça. Não era muito mais velho do que Hank. Hank perguntou-lhe quem era o velhote mais velho ainda a viver na cidade. Dottie Caulkins, devia ter mais de noventa anos. Perguntou o caminho, e a um quilómetro e meio da cidade, num pinhal escuro ao lado de um ribeiro de águas negras que ainda não tinha gelado, bateu à porta de uma casa degradada de uma quinta, com um trator para a lenha antigo e ferrugento estacionado ao lado. A casa fora em tempos branca, e o trator amarelo, mas ambos apresentavam agora, sob a influência da passagem do tempo, o mesmo tom pardo indefinível. Ela veio à porta à quinta pancada. Apoiava-se a uma bengala de punho curvo e não o convidou a entrar.

– Os Cooper-Ellis? – disse numa voz forte, mas esganiçada. – Conheci-os a todos. – Nada na maneira como o disse indicava algo positivo ou negativo.

– Ainda há parentes...?

– Vivos? – Ela riu-se. – Estar vivo é o que interessa a toda a gente. Talvez seja sobrevalorizado. – A risada de novo. Passou pela cabeça de Hank que talvez ela fosse louca, com os anos, por ter visto tantas coisas a acontecerem.

Ela tirou um lenço de papel do bolso do roupão e enxugou os cantos dos olhos. – Não, não há. Não que eu saiba. O rapaz morreu, na guerra, e depois os pais morreram. Disseram que foi por causa da lareira.

– A casa?

– Desaparecida. Desaparecida, desaparecida. É onde o doutor Dixon vive agora com a sua bonita esposa.

285

– O rapaz, o Silas...

– Morreu na guerra.

– Sim. Ele teve algum... algum filho?

– Um *filho*? Ele morreu na guerra. Como é que poderia ter tido um *filho*? Não se lembra de nada? Se ele visse uma rapariga a meio quilómetro, desatava a correr na outra direção. O rapaz nunca dizia uma palavra que fosse. Nem o raio de uma palavra.

Hank agradeceu-lhe e ela fechou a porta com força.

Ao longo dos dois anos seguintes, enquanto ainda vivia no New Hampshire, foi a Sandwich visitar o cemitério meia dúzia de vezes. Nunca encontrou nada que pudesse usar para relacionar Silas com a sua mãe, mas gostava de percorrer o caminho de terra batida ao longo do muro de pedra acima do campo grande, e por alguma razão agradava-lhe visitar a campa de Silas. Sentava-se e falava sobre o que lhe estivesse na mente, e se fosse verão deixava-se ficar a ver as andorinhas à caça à luz do final da tarde.

Fernanda Muños não estava na sua casa de Nova Iorque. Ou não atendia o telefone. Também não atendia do número que tinham para Valparaiso. Sem resultados, por agora. Celine sentou-se na cama. Não parecia frustrada. Comprimiu os lábios e ligou para o número de Nova Iorque mais uma vez. Dessa vez, foi atendida.

Uma voz sonolenta. – *Bueno*?

– Estou, *señora* Muños? Eu chamo-me Celine Watkins. Sou artista, mais ou menos da sua idade e também sou detetive particular...

Seria de apostar que na vida acidentada de Fernanda de Santos ela nunca ouvira uma apresentação como aquela. Não se deixou intimidar. Mesmo do outro lado de uma linha telefónica, podia detetar-se imediatamente que Celine Watkins era uma pessoa de peso: não faria perder tempo a ninguém. As duas conversaram durante quase quinze minutos. A conversa poderia ter terminado

mais cedo se Fernanda não falasse em espanhol por vezes. Disse:
– Sim, lembro-me do Paul Lamont. Quem não se lembraria?
O famoso fotógrafo da *National Geographic*. Era brilhante. Mas
mesmo assim, mesmo nessa altura, se ele não fosse tão bom...
Pues... todavia el nos hubiera encantado. Até mesmo ao Allende.

– Quer dizer que ele foi ao palácio? Ao palácio presidencial?

– Sim, foi a algumas das festas. Não era incomum. Muitos
visitantes ilustres iam. Todas as embaixadas convidavam quem estivesse na cidade.

– Meu Deus – segredou Celine. Tossiu uma vez, pigarreou. –
Desculpe. Diz que fugiu do país *antes* do golpe?

– Qualquer pessoa podia ver o que iria passar-se. Sabe que eu
fiz uma *Guernica* chilena grande e bastante famosa. Era um eco da
reprovação de Franco, de todos os fascistas. As minhas tendências
políticas eram bem conhecidas. Não, eu não era nada popular
junto dos generais.

– Uau – murmurou Celine para consigo. E à *señora* Muños: –
Isto é extremamente útil. Muito obrigada.

Pete tinha aprendido ao longo dos anos que quanto mais
quente se tornasse a caça, mais a mente da sua mulher se clarifi-
cava, como o que acontece à manteiga quando se aquece. Agora
parecia estonteada. – Ele esteve lá – disse. A sua voz estava rouca.
– O Lamont. Ele era um grande sedutor, mais ainda do que tínhamos imaginado. Usou os seus encantos para entrar no palácio presidencial. – Pete pensou que o caso se tinha tornado pessoal. Eram
todos, até certo ponto. Mas aquele tornara-se ainda mais pessoal;
tinha uma certa carga desde o princípio, e o Americano Tranquilo
compreendeu naquele momento que Lamont talvez tivesse sido
tão encantador e tão pródigo como Harry Watkins.

Ela tossiu. Limpou a boca com um lenço de papel e endireitou-se. – Há uma fotografia, Pete. O motivo disto tudo. Eu sei.
Agora temos de telefonar à Gabriela. Vamos usar o telefone na
receção do motel.

O proprietário da Estalagem de Yellowstone estava em casa. Tinha uma barba grisalha até ao esterno e rivalizava com Pete na sua volubilidade. Pouca coisa poderia impressioná-lo alguma vez. Celine ficou com a impressão de que quando a Morte aparecesse com a sua foice o proprietário conduzi-la-ia a um dos quartos com uma estampa de um alce e dir-lhe-ia que descansasse os pés. Acenou-lhes na direção de um telefone.

Celine tinha um forte pressentimento e estava desejosa de o pôr à prova. Pelo que estava a descobrir sobre Lamont, sobre como a sua mente funcionava, tinha a certeza de que ele colocaria as duas fotografias mais importantes da sua vida na mesma moldura. Uma, da coisa mais sombria que ele alguma vez presenciara; a outra, do maior amor que conhecera e perdera. Havia naquilo uma lógica estranha e horrível que Celine, que combinava a morte e a beleza na sua arte, era capaz de apreciar. Apostaria uma soma significativa. Quando Gabriela atendeu, Celine mostrou-se despachada. – Lembra-se de como o seu pai costumava dar-lhe fotos da Amana? Como enfiava uma fotografia por trás de outra? – perguntou. – Quero que verifique a do *ferry*, a sua preferida. Abra a moldura. E telefone-me daqui a cinco minutos para o restaurante Poli's. – Desligou. Atravessaram a rua. Celine caminhava rapidamente e a sua respiração estava desimpedida. O telefone tocou mal chegaram ao balcão.

– Eu... eu tenho-a. – A voz de Gabriela tremia. – Meu Deus.

– Escute, Gabriela, não temos muito tempo. É um cadáver.

– Sim.

– Há um homem ao lado dele?

– Dois... dois homens. – A rapariga estava a controlar-se, embora a custo. Ainda bem.

– Um deles parece-lhe familiar – disse Celine.

– Sim. Oh, meu Deus. Mais novo, novo, mas. O vice-presi...

– Faz sentido. E o outro.

– Não sei. Da América Latina. Um militar. Espere... há qualquer coisa aqui...

– O quê? O que é?

– Na parte de trás, algo escrito. É a letra do meu pai. Espere. – Lentamente, decifrou: – Diz Francisco Peña de la Cruz, la Moneda.

– La Moneda é o palácio presidencial. Deve ter sido no dia do golpe de Estado.

– Quem é ele?

– Não sei, vamos descobrir. Meu Deus. Certo. OK. Pegue no seu filho agora. Já. Ele está...?

– Está aqui, está aqui. – A voz de Gabriela soava forte e límpida de novo. Um pouco assustada, mas excitada também. Assim é que é, pensou Celine. Nesta pode-se confiar.

– OK, não faça a mala. É só por um par de dias, garanto-lhe. Quero que se meta no seu carro agora e se faça à estrada. Não vá para casa de uma pessoa amiga ou da família. Leve a... a Coisa. Estacione numa paragem de autocarros, apanhe um autocarro urbano, a seguir outro, e mude outra vez. Deixe a Coisa numa loja qualquer para guardar por uns dias. Diga-lhes que o seu marido faz quarenta anos e que quer pregar-lhe uma partida e surpreendê-lo, dê-lhes algum dinheiro. Vá até um subúrbio e...

– Já percebi a ideia. Já percebi.

– OK, vá. Telefone-me daqui a três dias.

Se Celine ou Pete tivessem pensado em ligar o cronómetro dos seus relógios, ficariam a saber que pesquisar informação sobre Francisco Peña de la Cruz e quase encontrar o esconderijo de fantasia de conto de fadas lhes levou exatamente sete minutos. O *New York Times* noticiou que, no caos do golpe, Peña de la Cruz, o ministro das Finanças, tinha desaparecido. A primeira baixa destacada na feia história dos Desaparecidos. Bem, acabara de ser encontrado, assassinado com a ajuda de alguém muito familiar a todos os americanos. Quanto ao esconderijo de Lamont – quantas montanhas de gelo existem?

Fizeram a pergunta e o satélite EagleView do Serviço de Parques Nacionais deu-lhes a resposta. Um punhado. Não montanhas, mas glaciares, glaciares postos contra montanhas, e havia apenas uma dúzia que seria visível de fora do parque, e só um punhado do lado leste. Teria de ser o lado leste, porque no oeste havia os lagos e os bosques remotos da Floresta Nacional Flathead, a maior parte da qual não era acessível por estrada. Observaram o lado leste do Glacier, acima de Babb, em Montana, e encontraram uma série de lagos negros. Os lagos teriam de ser verdes, da cor dos olhos de Amana. Muitos dos lagos glaciais a grandes altitudes eram em tons de azul e verde, mas ficavam no parque. Pobre Sitka. Ficava tão fora do parque, do lado leste, e não havia muitos lagos e lagoas para se contarem, e ali, *ali*, havia um chamado Goose e outro chamado Duck[1], e eram *verdes*. Bem, esverdeados. *Soa como uma ave.* E quando ampliaram a imagem, qual era o pico mais alto? A montanha Chief[2]. Uma montanha de cume plano, como uma meseta, inóspita e solitária. Tudo nela evocava Paul Lamont. E ficava quase na fronteira canadiana.

Celine fungou. Parecia demasiado fácil, mas talvez não o fosse. Não podia encaixar-se tudo tão bem. Mas: Sitka tinha dito que ele lhe contara que a sua cabana ficava a um dia de viagem. Para norte faria sentido. A zona era a certa. Havia também alguns contras: o primeiro era que a montanha propriamente dita não era de gelo. No inverno, no final do outono e no princípio da primavera, estaria coberta de neve e de gelo, mas não tinha glaciares permanentes. Mesmo assim. Os sensores de Celine zuniam, o seu nariz enrugou-se, o seu estômago dava voltas. Haveria grandes glaciares visíveis dos lagos, e lá estava a montanha Chief perto da fronteira.

[1] «Ganso» e «pato», respetivamente. *(N. do E.)*
[2] «Chefe». *(N. do E.)*

Viu um pico solitário como um lobo, os penedos da terra fronteiriça, e soube. Ampliaram a imagem para ver melhor o lago Goose e havia minúsculas clareiras e uma dúzia de construções nas margens leste e sul e quatro caminhos de terra batida a serpentearem da estrada. No lago Duck havia mais um punhado de cabanas e outras três estradas. Esse era o problema número dois: se um daqueles fosse o lago – e seria mesmo típico de Lamont pôr um caçador a perseguir gansos selvagens[3] – mesmo que aquele fosse o local, ou locais, eles poderiam passar um dia a correr entre as casas, e Lamont teria amigos que o avisariam. Todos os fugitivos bem-sucedidos na história recente tinham ajuda local, todos eles. Celine e Pete precisavam de saber qual era a cabana exata e precisavam de ir lá, imediatamente.

– Pete? – disse Celine. – Como podemos saber? Esta poderia nem ser a zona certa.

Pete soltou um murmúrio. Agradava-lhe o problema tático.

– Precisamos de um cão – disse.

– De um cão, Pete?

– Como é que se caçam tetrazes?

– Não faço a mínima ideia de como se caçam tetrazes. Tu costumavas caçar tetrazes, Pete? No Maine? Na tua juventude digna de um quadro do Norman Rockwell?

– *Ey-yuh* – respondeu Pete.

– Devia ter adivinhado. Então?

– Um *pointer* é o melhor, algumas pessoas usam os cães que levantam a caça. Posiciona-se o cão na direção certa. Temos uma ideia do melhor prado, da melhor cumeeira, estivemos com atenção durante todo o outono. Então, posicionamos o cão, pomo-lo em ação, por assim dizer, empurramo-lo para uma clareira e... ele leva-nos direitinhos ao Senhor Tetraz. Aponta-o ou levanta-o.

– O Tanner! Au-au! Tenho andado a pensar mais ou menos o mesmo, sabes?

---

[3] A expressão em inglês, *wild goose chase*, poderia traduzir-se por *caça aos gambozinos*. (N. da T.)

Pete sabia. Contraiu a parte inferior do rosto. Mal era visível. Inclinou o queixo para cima.

Nem um nem o outro tinham sono. Estavam empolgados. Tinham pagado o quarto para essa noite, mas, como tinham a sua casa às costas, fizeram as malas, encontraram um dedo de café queimado na Cafeteira Perpétua da receção do motel, verteram-no nas suas canecas Mamã e Papá Urso e partiram. Estavam errados desde o princípio: Tanner sabia onde Lamont se encontrava, sempre o soubera, isso era claro. Os chefes do caçador não podiam deixar de o saber, desde o princípio. Afinal, não eram tolos nenhuns, seria um erro fatal pensá-lo. E enquanto Lamont fosse bom rapaz e continuasse morto, bem – não haveria problema. Não o eliminariam, arriscando-se a desencadear a revelação de uma ou mais fotografias. Porque Lamont teria sido suficientemente ardiloso para montar esse esquema. Estava tudo a encaixar-se. Mas se Pete e Celine se despachassem, se fossem diretamente para os bosques de Lamont, a história seria bem diferente. O pelotão na sombra não teria outra hipótese a não ser chegar antes deles e tirar Lamont de cena, de qualquer maneira. Por isso. Pôr o cão em ação, segui-lo até à ave. Simples. Talvez.

Fizeram-se à estrada. Celine ao volante e Pete com o localizador do GPS ligado ao isqueiro e pousado no seu regaço. E com o localizador de Tanner colado à carrinha deles. Celine, reparou Pete, estava bem desperta, mais desperta do que alguma vez estivera nos últimos dois anos. Respirava com facilidade e conduzia a grande velocidade, com a autoconfiança concentrada de um condutor de *rallies*. Era maravilhoso de se ver. Subiram por Bozeman até Helena, onde estacionaram no parque de estacionamento do aeroporto municipal. E ali estava a pulsação azul do seu perseguidor. Ali estava o cão a correr atrás deles. Tinham a certeza de que os ultrapassaria, à desfilada. Mas pelo sim pelo não dormiriam por turnos, Celine com a *Glock* ao lado da mão direita, Pete com a caçadeira

292

pousada no banco. O *timing* teria de ser perfeito ou alguém, provavelmente Lamont, morreria.

Tanner ultrapassou-os na autoestrada interestadual 15 às cinco e catorze da manhã. Celine estava de guarda e sacudiu Pete, que ressonava, para o acordar. Viram o bafo da sua respiração quando Pete baixou a capota e havia uma nova camada de neve nas montanhas e nos desfiladeiros acima da cidade. Os relvados e os telhados de Helena estavam cobertos por uma geada dura. Eles queriam aproximar-se, mas não demasiado. Se chegassem junto de Tanner demasiado cedo, ele poderia limitar-se a parar e confrontá-los. Um confronto não os conduziria a Lamont. Mas se se mantivessem a demasiada distância, Tanner poderia ter tempo de chegar até onde Lamont se encontrava e removê-lo, de alguma maneira. Era arriscado.

Depois de baixarem a capota da caravana e antes de subirem para os assentos da frente, Pete disse: — Sabemos que temos o localizador dele na carrinha. Não há razão para o tirar, pois não?

— É melhor não. Precisamos de continuar a pressioná-lo.

— *Ey-yuh* — disse Pete.

Comeram ovos com *bacon* no No Sweat Café no centro da cidade, juntando-se à patrulha da madrugada de operários da construção civil e lenhadores, e Celine comeu com apetite e mal falaram. Pete mordeu o lábio e disse: — Já alguma vez te passou pela cabeça que se nos aproximarmos o suficiente o Tanner poderia liquidar-nos a *nós*?

— Pete, isso é uma pieguice.

— A sério. O modo de operação dele parece ser Emboscada.

— Tenho estado a pensar nisso. Não me sinto particularmente em risco. Já o disse antes: a agência, ou lá quem é, não se arriscaria a assassinar dois investigadores idosos. Por Deus. Há demasiadas pontas soltas, sem dúvida. Ele vai tentar despistar-nos mais uma vez, e a seguir vai atrás do Lamont.

Pete acenou com a cabeça, mas não parecia convencido.

Pôs o ecrã do localizador no colo e partiram para norte, passando por Wolf Creek e Choteau. Atravessaram o rio Sun e a cordilheira Teton e continuaram ao longo do flanco leste da área natural Bob Marshall. A estação do ano tinha mudado: as matas de álamos nas encostas das montanhas estavam amarelas e nas horas sem vento da manhã folhas soltas rodopiavam direitas ao chão. Iam com os vidros meio abertos, a apreciar os cheiros do outono. Entraram na Reserva Blackfeet e viraram para leste em Browning e seguiram o South Fork do rio Cut Bank Creek na direção da nascente. Os picos rochosos aguçados do Parque Nacional Glacier erguiam-se no oeste, com os seus flancos envoltos em neve nova. Havia algo naqueles primeiros toques de inverno: as saliências na parte mais alta estavam iluminadas com gelo, as ravinas gravadas, os glaciares pendentes ofuscados. Viam-se recifes de nuvens para oeste, por trás dos picos, mas o céu por cima deles estava límpido como uma lente. Celine conduzia com pé de chumbo e chegaram a Babb ao final da manhã, vinte minutos atrás de Tanner.

Babb, no Montana, é um café, uma estação de serviço e meia dúzia de casas baixas ao longo da autoestrada 89. Passaram pelo aeroporto, que era uma faixa de relva coberta por gado a pastar, e passaram por uma loja de bebidas e algumas carrinhas de caçadores com motas de quatro rodas na caixa. Não pararam. Pete dava as indicações e confirmava-as nos mapas topográficos que traziam. Logo depois de passarem a cidade, Tanner virou para leste por um caminho de terra batida e passaram por um lago de um verde lamacento à sua direita, viam-no por entre as árvores – o lago Duck – e continuaram. Avançaram mais um quilómetro e meio. A estrada bifurcou-se e passaram por outro lago mais pequeno – o Goose. Tanner seguiu ao longo da margem leste e – virou de novo à direita. Passou por ele sem parar.

– Com um raio – murmurou Pete.

Agora havia só uma maneira de continuar, um percurso de três quilómetros até uma cabana na margem sul de um lago muito mais pequeno. Celine e Pete mantinham-se em silêncio. A estrada era cada vez mais acidentada e depois transformou-se num caminho só próprio para jipes, com sulcos de pneus na relva e nas ervas daninhas. Seguia entre pinhais, grandes abetos. Um trilho mais acidentado, invadido por mato e quase sem largura suficiente para uma carrinha, bifurcava-se para norte e Tanner tinha virado ali, seguira um canal por quatrocentos metros e parara. Ótimo. Era o que seria de esperar. Oitocentos metros mais adiante três grandes penedos bloqueavam o trilho. Quem vivesse ali em cima não precisaria de uma tabuleta a proibir a entrada, pois não havia maneira de entrar.

— Calculo que fique a mais dois quilómetros e meio — disse Pete, olhando para o mapa. Celine mordeu o lábio.

— Acho que chegou o momento de pormos os coletes de caça. Não queremos ser alvejados por Mr. Lamont. Se é que é ele. — Acenou com a cabeça na direção dos penedos. — Algo em todo este esquema me diz que é.

— Parece-me que a época da caça só começa daqui a umas semanas. Caça grossa, quero eu dizer. Vamos levar a caçadeira?

— Vais tu — disse Celine. — Eu não me sinto segura com mais nada a não ser com uma espingarda de alta precisão.

— Vamos carregá-las?

Celine fitou o marido com a incredulidade que sentia por vezes ao partilhar a sua vida com um homem que se tinha criado no Maine. Não era que ele fosse simples — bem, sim, era. Brilhante *e* simples.

— De que serve uma arma se não a *carregares*, Pete? Por Deus.

Vestiram-se depressa — com coletes de caça de um cor de laranja vivo e chapéus. Pete pôs o boné de basebol fluorescente; Celine insistiu em usar o chapéu ridículo de abas sobre as orelhas que lembrava uma personagem de desenhos animados, Elmer Fudd. — Quanto mais ridícula parecer melhor — disse, admirando-se no espelhinho da sua caixa de pó de arroz. Pôs à cintura uma bolsa com uma garrafa de água cor-de-rosa e estendeu outra a Pete, que abanou a cabeça. Tiraram as armas dos seus estojos e Celine puxou a alavanca e enfiou as balas no depósito rotativo da *Savage 99*. Empurrou a bala de cima para dentro do depósito e enfiou mais uma na câmara. Já ninguém usava armas de caça com sistema de alavanca, mas ela apreciava-as – a sensação que davam e a referência ao passado. Acionou o travão de segurança. Travada e carregada. Pete, que se tinha criado com espingardas de caça, meteu cinco cartuchos de chumbo grosso 00 no depósito lateral da *Winchester Marine*, puxou o fuste uma vez, enfiou mais um cartucho e acionou o travão de segurança. Pronta. O dia tinha aquecido o suficiente para não precisarem de luvas. Fecharam a porta da caravana, mas não à chave. Olharam um para o outro uma vez, como só pode fazê-lo um casal idoso prestes a meter-se em algo arriscado mas importante.

– Sentes-te bem? – perguntou Pete.

Celine ergueu o polegar. – Sinto-me mesmo bem hoje. Lembras-me mais tarde para eu pegar naquele pequeno crânio mesmo ao lado do pneu? Deve ser de um coelho ou coisa do género, gostava de o usar numa peça.

Pete acenou com a cabeça e começaram a subir lentamente o trilho.

Caminhavam ao sol e à sombra. Entre um e o outro. Lentamente. Ao sol estava quase calor, na sombra fazia frio. Calcavam velhas agulhas de pinheiro e já não viam o seu bafo. Sabia bem caminhar. Celine achava a sua arma pesada, mas insistira em levá-la ela. O trilho não era muito mais do que um caminho entre pinheiros, um trilho de animais, mas era relativamente plano.

Já estavam a caminhar há uns quinze minutos quando ouviram um estrépito nos bosques à sua direita. Viraram-se ambos e um uapiti macho atravessou o trilho a menos de seis metros. Chifres enormes. Um sobressalto. Para os três. Pete estremeceu e recuou, Celine girou para o lado e o ar fendeu-se. Um estalido e um estrondo ao mesmo tempo e o tronco do grande abeto ao seu lado estalou. Ela tombou sobre os joelhos. Estendeu a mão livre e puxou Pete para baixo, para a erva castanha e a artemísia. Meu

Deus. Caíram por terra. Aquilo não era um aviso, era um tiro para matar. Com essa intenção. Celine respirava a custo. *Calma*, ordenou a si mesma.

Ajoelhou-se, ergueu a arma e o seu antebraço esquerdo enfiou-se instintivamente na alça de couro e torceu-a a retesá-la; a sua mão esquerda agarrou o braço preso e com o polegar direito destravou a arma enquanto colava o olho à mira. A pessoa estava a mover-se rapidamente, a aproximar-se a correr para um tiro final, um só atirador. Ela encontrou-o com o seu olho esquerdo aberto e girou. Ele subestimara a senhora idosa com o chapéu ridículo. Não devia tê-lo feito. Com total calma, Celine focou a mancha verde como um veado saltitante e disparou. Ele tombou. Sem pensar, Celine puxou de novo a alavanca, deixando a cápsula usada voar para a terra, e pôs-se de pé.

— Fica! — ordenou a Pete. Celine avançou. Quando tinha de ser, movimentava-se bastante depressa. Era um esforço para os seus pulmões, mas conseguia-o. Algo na adrenalina limpava as vias respiratórias. Desembaraçou o braço da alça e avançou. Rapidamente para o escuro das árvores onde não havia trilho, e não demorou muito tempo. Ele estava talvez a uns trinta metros. Encontrava-se tombado numa cama de agulhas de pinheiro, estendido, com a mão a esgaravatar, a tentar agarrar a sua arma, e sangue a despontar no ombro direito.

— Não! — ordenou ela simplesmente. Uma palavra. Ele obedeceu. — Onde é que tem a outra arma? — Ele abanou a cabeça.

Tanner não parecia o mesmo. O seus gélidos olhos cinzentos mostravam medo.

— Não tem outra arma? — Ele abanou a cabeça, olhou-a, encurralado e a sangrar.

— Subestimou-me. — Não houve resposta, ele mantinha a cabeça imóvel, observava-a. — Grande asneira.

Ela avançou até pairar sobre ele, mas não suficientemente perto para ele poder agarrá-la. Tinha a arma apontada diretamente à sua barriga. O dedo no gatilho. — Está destravada — disse. — Se está a mentir e tem outra arma e tentar pegar-lhe, é um homem morto. – Ele acenou com a cabeça. Ela via por entre os pinheiros para leste uma clareira pantanosa, um local perfeito para uapitis. Provavelmente onde se encontrava o uapiti quando ele o sobressaltou. – Onde é que está o telemóvel por satélite? – Ele piscou os olhos.

– Não precisa do oxigénio – murmurou ele, de olhos postos no rosto dela.

– Preciso dele por vezes.

– Onde é que você...?

– Aprendi a disparar assim? Claramente, as suas pesquisas ficaram incompletas.

– Meu Deus. – A voz dele soava como vento a passar por entre galhos secos.

– O telemóvel? – repetiu ela. Ele apontou com o queixo para a anca. Tinha uma expressão cautelosa e assustada nos olhos.

– OK – disse ela. – Em primeiro lugar, pega neste estúpido chapéu e faz uma compressa. A seguir, pega no meu lindo lenço de pescoço e... – Ainda a cobri-lo, com uma mão soltou o seu lenço vermelho, dobrou-o e deu-lhe um nó e atirou-lho. – Passe o braço por ele, sim, e puxe-o bem. Meio nó. Isso mesmo. – Ele obedeceu.

– Que triste – disse ela. – É um lenço *Armani*.

Ele fitou-a, desconfiado, os seus olhos como cem milhas de gelo do Ártico, mas algo perpassou neles. Uma pergunta.

– Não, não vou acabar consigo. Tinha essa intenção. Falhei, graças a Deus. Tem uma criança em casa, não tem?

Ele acenou com a cabeça, quase impercetivelmente. – Uma, aposto. Aposto que é uma menina. – Aceno desconfiado. – Bem, é melhor voltar para junto dela. Não queremos que mais uma menina cresça sem pai.

Ele olhou-a fixamente

– Bill? – Ele piscou os olhos com força. – Vai chamar agora os seus reforços. Há uma clareira ali, você viu-a, aposto que foi onde estacionou a carrinha. É suficientemente grande para um helicóptero. Chame-o. Chega mais depressa ao hospital do que se chamarmos uma ambulância do serviço voluntário. Pelo aspeto de Babb, poderia demorar algum tempo.

Ele hesitou, acenou com a cabeça uma vez.

– Consegue chegar à clareira, certo?

Ele acenou com a cabeça.

– E vai dizer o seguinte à sua gente. – Ele olhou-a fixamente. – Escute: diga-lhes que acaba aqui. O Lamont mantém-se morto. O segredo sobre o Chile... – ele pestanejou. – Diga-lhes só que o segredo sobre o golpe continua a ser segredo. Mas... entenda bem isto, por favor... se acontecer algum mal ao Lamont, à sua filha Gabriela, ao filho dela, ao Pete ou ao meu Hank... as fotografias seguem para a imprensa. Para o *New York Times*, o *Washington Post*, *etc*. Está tudo preparado, só tem de ser desencadeado. Caso contrário, não vai a lado nenhum, toda a gente segue com a sua vida. Percebeu?

Ele acenou com a cabeça.

– Todos vocês têm coisas mais importantes com que se preocuparem neste momento, suponho eu. É melhor esperarmos que toda a gente tenha vidas longas e naturais. Agora sente-se. Já não tenho medo de si. Com certeza que o matam se você desencadear a divulgação daquelas fotografias. – Ela encostou a arma a um pinheiro, ajoelhou-se junto ao homem a sangrar e ajudou-o a sentar-se. Pôs-se por trás dele, desfez o nó do lenço, desdobrou-o e passou-o várias vezes sobre o boné cor de laranja dobrado e o ombro dele, e por baixo do braço, e apertou-o bem apertado. Ele estremeceu e contraiu-se, mas não soltou um som. – Aí tem. Está melhor assim – disse ela. Tirou a garrafa de água da bolsa que trazia à cinta. – Aqui tem. – Ele pegou nela. Ela reparou que as suas mãos tinham cicatrizes e eram muito fortes. Quem sabia o que teriam feito no mundo. Ele inclinou a garrafa e esguichou metade da água para a boca. Acenou com a cabeça uma vez.

– Precisa de ajuda para chegar à clareira? – Ele abanou a cabeça. Lentamente, pôs-se de joelhos. Ela aproximou-se da árvore e pegou na sua arma. Ele estendeu a mão para a sua, que se encontrava onde a deixara cair sobre as agulhas dos pinheiros. – Não, não, Tanner – disse Celine, erguendo a arma. Ele levantou a cabeça rapidamente, por ter ouvido o som do seu apelido ou em reação ao aviso seco. – É melhor deixar isso. Isso fica. Sempre quis uma dessas. É uma *M24*, não é? Calibre .308. – De joelhos, ele fitou-a. Parecia um homem que não sabia bem se estava a ter um pesadelo do qual acordaria em breve.

– A partir de agora, pense bem antes de chamar a alguém minha senhora – disse ela. – Ponha-se a andar.

Pôs ao ombro a arma dele, que era surpreendentemente leve. Era de *kevlar*. Maravilhoso. E ficou a ver William Tanner caminhar lentamente por entre as árvores, viu-o abrir o seu telemóvel por satélite e pô-lo ao ouvido.

VINTE E SEIS

Celine regressou ao trilho. Pete estava lá, de pé à sombra e com um ar abalado. Ela nunca pensava nele como sendo um homem velho. Era só alguns anos mais velho do que ela, afinal, era intrépido, tinha uma mente viva e o seu corpo ainda apresentava o temperamento e a memória de um atleta do liceu e trabalhador agrícola. Mas ela pensou, ao sair de entre as árvores, que parecia velho. Algo um pouco assustado e hesitante pairava à volta dele, ali de pé com o seu boné de um cor de laranja berrante. Bem. Qualquer pessoa em qualquer idade teria ficado assustada se disparassem sobre ela – se um atirador das SEAL a alvejasse. A única coisa que os salvara fora terem sido surpreendidos por um uapiti. Estás a ver?, pensou ela. Saltar de medo pode ter a sua vantagem.

Pa parecia profundamente pensativo ao vê-la aproximar-se e tinha a arma na diagonal, em posição de segurança. – Não consigo acreditar no que acabou de acontecer – disse, quando ela pousou a *M24*. Era realmente uma arma maravilhosa.

– Não consegues? – disse ela, recuperando o fôlego.

– Usaste o teu lenço *Armani* preferido como ligadura.

Celine virou a cabeça. Ele já não lhe parecia velho. Estava a sorrir.

– Viste aquilo? Estavas a ver?

301

– Tu finges ter enfisema para provocar um certo efeito? – perguntou ele. – Ou compreensão? – As expressões de Pete não se encaixavam em nenhuma categoria de uso comum. – Também estou a ter de novo a sensação de que tiveste um treino especial numa parte da tua vida sobre a qual eu não sei absolutamente nada. Ainda não. – Sim, ele mostrava um meio sorriso, e sim, parecia profundamente divertido, uma diversão fortemente infundida com ironia, e sim, os seus olhos estavam cheios de amor e de tolerância, também de perplexidade, até mesmo de preocupação. Talvez até um pouco confundidos. Bem, tinha simplesmente de se deixar Pete ser Pete.

– Tu estavas a proteger-me – disse ela. – Estavas ali mesmo. E foste tão sub-reptício que os profissionais encartados nem repararam. Uau. – Pôs-se em bicos de pés e endireitou-lhe o boné. – Vamos lá visitar o Paul Lamont. É um vago palpite, eu sei, mas tenho boas razões para acreditar. – Enfiou uma madeixa solta por trás da orelha. – O chapéu maravilhoso do Hank, que raio. Acabei de o dar. Só um segundo, a minha boina está no assento da frente. – Apertou-lhe o braço e pegou na velha e fiável carabina de caça de sistema de alavanca.

Seguiram o trilho durante vinte e cinco minutos e chegaram à beira de uma clareira. Na clareira havia feno alto, *ericameria* e artemísia. Um ligeiro vento fazia ondular o feno e no calor do princípio da tarde sentiam o cheiro da artemísia. E também o cheiro de fumo. Não se ouvia nenhum som a não ser o da brisa e do pulsar dos grilos. Uma mata de abetos e pinheiros protegia uma pequena cabana e por trás da cabana havia um pequeno lago verde. Verde como os olhos do seu verdadeiro amor. E para lá do lago, para oeste, via-se a cumeeira de pedra e gelo do glaciar Many a erguer-se das árvores. Ali, a noroeste, isolada, estava a montanha Chief, com o seu planalto. Dominava o horizonte. Sabiam pelo mapa que ali se encontrava também a fronteira canadiana. Um bom sítio para um fugitivo – se ele estivesse em boa forma poderia encontrar um trilho de animais e atravessar a fronteira em poucas horas, tudo a coberto de bosques cerrados. Devia estar alguém em casa: uma fita de fumo pálido erguia-se de uma chaminé no telhado.

Celine murmurou: – O lago Goose. Soa como uma ave. Mas um passo adiante. Um filho da mãe astucioso. – Pete acenou com a cabeça. – Boa caçada – disse ela. E deram um passo para fora da sombra profunda das árvores.

Separaram-se e atravessaram a clareira tal e qual como dois velhos caçadores o fariam: caminhavam lentamente, com cuidado para não torcer um tornozelo, parando a cada meia dúzia de passos para farejar o ar e perscrutar o horizonte à procura de uapitis ou de veados. E continuavam a andar. Com as suas armas e os seus coletes cor de laranja e a idade avançada que aparentavam não podiam ser nada mais do que caçadores. Tinham já percorrido mais de metade do prado com duzentos metros quando viram a porta da cabana abrir-se e um homem sair para o alpendre e pôr-se a observá-los com grandes binóculos militares. Pararam e ficaram a observá-lo também. A seguir, Celine ergueu o braço, como a chefe de um esquadrão, e os dois continuaram a avançar lentamente. E o homem recuou para a entrada na sombra e voltou a sair com uma carabina na mão. Cada passo na sequência foi feito sem pressa e em silêncio. Também sem pressa, o homem ergueu a espingarda com mira telescópica e assestou-a na direção deles. Bem. Parecia que era um dia para serem alvejados. Devia ser como todos os veados e uapitis na zona se sentiriam daí a um mês.

Pararam, entreolharam-se, Celine franziu a testa e acenou com a cabeça e continuaram a avançar. Celine acenou ao homem: uma caçadora idosa vinda de longe a encontrar um residente local conflituoso, a tentar ser bem-educada. Como não houve disparos, eles avançaram de novo. Continuaram a caminhar. O homem, evidentemente, deixaria que eles vivessem e continuassem a andar até chegarem a uma distância em que pudessem saudar-se uns aos outros.

E nesse preciso momento Celine ouviu o ruído de um helicóptero distante. Era mais como uma onda de pressão intermitente a atravessar o ar quase parado. Um pulsar de pressão nos ouvidos e depois o verdadeiro rufar das pás do helicóptero, e viram a espingarda do homem erguer-se para o céu por cima das suas cabeças, ele a pôr em mira a nova ameaça, e ambos se viraram e viram o *Robinson 66* preto a avançar rápido e baixo sobre o cume da montanha e as árvores. Talvez a uns três quilómetros e meio deles, menos, mudou de direção no sentido dos ponteiros do relógio e ficou a pairar no ar. Mesmo por cima do prado pantanoso. Muito ruidoso agora, mesmo àquela distância. A ave balançou-se no ar mesmo por cima das copas das árvores e depois aterrou fora de vista e o som pulsante baixou uma oitava; alguns segundos mais tarde ouviram novo rugido, a descolagem, e o helicóptero apareceu por cima das árvores a subir. William Tanner não demorara muito tempo a ser recolhido. O helicóptero mal tinha passado por cima do abeto mais alto quando se inclinou e a sua cauda se ergueu e acelerou direito ao cume da montanha e talvez a Helena. Celine esperava que sim. Que fosse para Helena e não para algum local secreto, o homem precisava de tratamento médico. Ela esperava que ele não fosse despromovido porque uma velha raposa grisalha lhe tinha passado a perna.

Voltaram-se para a cabana. O cano da espingarda e a mira telescópica acima dele estavam assestados em Celine. Bem, ela trazia a .308.

Continuaram a avançar. Que mais poderiam fazer? Quando estavam a menos de trinta metros, o homem tirou a mão esquerda do antebraço e ergueu-a: *distância suficiente*. Ele olhou pela mira, com o rosto meio tapado, mas Celine via uma face enxuta crestada do sol, barba grisalha no queixo, uma sobrancelha escura, cabelo desgrenhado – castanho-claro a ficar grisalho. Uma camisa em tecido Oxford azul, não enfiada nas calças, remendada, manchada. Calças caqui largas, também manchadas com seiva de árvores e óleo e com as bainhas e os bolsos esfiapados. Não trazia chapéu.

– *É isso* – disse o homem. – Aí. – A sua voz era ressonante mas rachada, sonora, a voz de um homem que talvez soubesse cantar, talvez um tenor da montanha, mas que já não falava há muito tempo.

– Pousem as armas no chão – disse ele.

– Peço desculpa... – objetou Celine.

Ao ouvir o som da voz dela, o homem estremeceu. Olhou por cima da mira, pestanejou e ela viu que tinha os olhos de um castanho escuro. Não eram cor de avelã, não eram pretos. Grandes, ainda brilhantes, impressionáveis. Os olhos de um homem que apreendia o mundo como imagem – imagem suficiente por si mesma e misteriosa, e num estado constante de composição.

– A época da caça só é daqui a umas semanas, que me conste. – Novamente a voz. Rachada e mesmo assim encantadora, aquela ressonância esfiapada que os homens carismáticos muitas vezes exibem. – Que diabo foi *aquilo*? – Apontou o cano para a linha do horizonte, onde o helicóptero tinha desaparecido.

Celine pousou a sua espingarda e sacudiu a poeira das mãos. – Nós somos de Nova Iorque – disse, como se aquilo explicasse tudo. – E viemos ver onde a Princesa da Montanha de Gelo poderia querer viver com o seu pai, o Rei.

Paul Lamont cambaleou para trás. Baixou a arma, deixou-a cair contra os toros da parede da casa e pôs as mãos na cabeça. Ficou colado ao alpendre.

– Celine Watkins – disse ela. – O meu marido, Pete. Viemos diretamente da sua filha Gabriela.

VINTE E SETE

Lamont fez café. Como já não tinha visitas há vinte e três anos, os seus modos estavam algo enferrujados: puxou uma cadeira de pinho para Celine se sentar à mesa tosca. A única cadeira, notou ela. A cabana era de madeira, de uma só divisão, arrumada, o chão de soalho estava varrido, e dois casacos – um blusão de fecho-*éclair* de sarja da *Carhartt* e uma gabardine em *Gore-Tex* – estavam pendurados em ganchos junto à porta. As camisas, as calças e as camisolas de lá, todas velhas e remendadas ou desbotadas, estavam dobradas dentro de caixotes de madeira contra uma parede. Uma cama de solteiro contra outra parede, por baixo de uma janela com quatro vidraças que abria para o lado. No parapeito da janela, dois livros. Ela leu os títulos na lombada: *Poems of the Masters*, traduzido por Red Pine, e *The Great Fires*, de Jack Gilbert.

Contou dois candeeiros de querosene e velas coladas a pires nos parapeitos das janelas. Um fogão de metal muito velho, portátil, no canto noroeste. Duas frigideiras de ferro penduradas em pregos na parede por cima do fogão e duas panelas de aço inoxidável. Uma serra *Stihl* cor de laranja estava pousada no chão junto à porta da rua. Lamont bateu no puxador do fogão a lenha e a porta abriu-se. Atirou lá para dentro alguma lenha, fechou a porta, verteu água de um balde de picles de vinte litros para a panela mais

307

pequena, deitou uma colher de café moído que tirou de uma lata vermelha de café *Folgers* e pousou-a no fogão. Café à *cowboy*. Não olhou para eles. – Só um segundo – disse, sem os encarar, e saiu pela porta. Trouxe para dentro um toro de pinheiro, suficientemente alto para uma pessoa se sentar; pousou-o com um baque no chão. Voltou lá fora para ir buscar outro. – Aí tem. Faça o favor – disse a Pete.

Concentrou-se em fazer o café e não disse nem mais uma palavra. Celine pôs-se a observá-lo. Toda a sua vida devia estar a fervilhar-lhe na mente, no coração, como o café daí a um par de minutos – a fervilhar e a erguer-se, e a crosta de café estalaria e a água passaria a borbulhar.

Quando ferveu, ele bateu na panela duas vezes com uma colher e polvilhou a superfície com casca de ovo que tirou de uma taça. Devia ter um galinheiro nas traseiras. Sem pressa, deixou o café assentar. Havia um lava-louça de aço inoxidável contra a parede da parte de trás da cabana. Pousada ao contrário contra a borda do lava-louça estava uma caneca lascada com um castelo cor-de-rosa do Disney World. Algo naquilo fez Celine estremecer. Ele virou a caneca. Numa prateleira de madeira havia três frascos de compota. Ele pegou em dois. Serviu o café e deu a Celine a caneca com o palácio da *Disney*. – É para si – disse ela. – Eu fico com o frasco. – Ele acenou com a cabeça. Pegou num açucareiro da mesma prateleira. Uma colher.

Sentou-se no toro de árvore. Celine observou-o. O ar enxuto das suas faces era ascético. Alimentava-se parcamente, vivia parcamente, era óbvio que mantinha parcos os seus pensamentos. Um acólito de erros passados. Tinha os lábios estalados do sol, e tremiam-lhe um pouco enquanto ele deitou uma colher cheia de açúcar no seu café. Era o seu único luxo, provavelmente. Ele ainda era muito bem-parecido. Tinha pestanas compridas, os olhos límpidos, embora um pouco vermelhos, o seu cabelo claro a ficar grisalho tapava-lhe o colarinho, que estava aberto e revelava uma cicatriz saliente da orelha esquerda à clavícula. Recordou a si mesma que não gostava daquele homem. Era fraco e tinha abandonado horrivelmente a sua única filha – e por duas vezes. Pensou de novo na menina pequena a pôr-se em cima de um banquinho destinado a ajudar as crianças a escovarem os dentes – a pôr-se em cima dele e a cozinhar o seu próprio jantar no seu próprio apartamento, sozinha.

Celine bebeu um gole do café escuro e quente e disse: – Como é que morreu?

Ele contou-lhes. Mas primeiro olhou para eles com firmeza, primeiro para Pete e depois para Celine, e disse: – O helicóptero descolou. Por isso, vocês devem ter chegado a um acordo qualquer.

– Chegámos – disse Celine. – Prometi-lhes que o Paul continuaria morto. Disse-lhes que as fotografias que tirou de Peña de la Cruz não seriam divulgadas.

Lamont sobressaltou-se, estremeceu com tal força que entornou o seu café. Pousou a caneca, fitou Celine.

– Como é que julga que ainda estamos todos aqui sentados? – disse ela. – E não a sermos enterrados junto ao lago?

Ele acenou lentamente com a cabeça.

– Tirou fotografias no palácio naquela tarde, do cadáver.

Ele olhou-a fixamente, acenou com a cabeça.

– E ao lado do cadáver estava um americano, um funcionário governamental. Suficientemente importante na altura, mas agora num posto muito elevado. Mesmo muito.

Ele não se mexeu. Nem um estremecimento. A absoluta ausência de movimentos era muito eloquente.

– Tivemos boas... – Celine interrompeu-se. – Bem. Tivemos *longas* vidas. Cheias. Eu não me importo, não realmente. Mas estava a pensar na Gabriela. – Ele acenou com a cabeça. – E no filho dela. – Mais um estremecimento. Pobre homem. Começou a falar e Celine ergueu a mão. – Já lá vamos. É bom – disse ela, e bebeu mais um gole. – O café é bom. – Inspirou fundo. – O Salvador Allende não se suicidou, pois não? – Bebeu outro gole. – Nem o pobre Peña de la Cruz. Eles não se preocupariam que um excêntrico fotógrafo aventureiro que tinha estado a beber demasiada vodca e mate... desculpe lá... se pusesse a dizer que a CIA tinha matado um ministro das Finanças. Quem acreditaria nele?... Eu não. Quem se importaria ainda assim tanto, afinal? Eram águas passadas. Lamentavelmente. Mas. Umas fotografias seriam uma história diferente. Uma imagem, como as outras que presumo que tenha, de um americano, de fato, um americano muito importante de pé com uma arma junto ao cadáver de um ministro, isso seria uma história muito diferente. Isso abalaria o mundo e reescreveria a história no momento errado. *Neste* momento, neste momento crítico, em que os Estados Unidos são alvo de grande solidariedade internacional e estão claramente a tentar formar uma coligação. Um momento muito pouco oportuno. Por isso, eu disse-lhes que se acontecesse alguma coisa má a um de nós três, à Gabriela, ao seu neto ou à minha família, isso desencadearia a divulgação das fotografias à imprensa. Mencionei o *New York Times*, o *Washington Post*.

Lamont olhou-a fixamente.

– Sou uma velha jogadora de póquer. – Celine sorriu. – Encontrámos uma das imagens e onde quer que estejam as restantes, é melhor que o Paul tome precauções. Podemos ajudá-lo.

Tomaram o café. Pela tarde fora e até ao anoitecer. Ninguém tinha pressa. Ele acendeu os candeeiros e fez ovos mexidos em azeite – sempre tinha um galinheiro – e comeram-nos com tiras de carne seca de uapiti, a melhor carne seca que Celine já alguma vez tinha provado. Ele fez outra panela de café e beberam mais depois do jantar. Celine contou-lhe tudo o que sabia sobre a vida de Gabriela, e sobre o filho dela, que tinha agora oito anos. Lamont escutava-a como um homem que estivesse meio morto de sede, meio morto e a beber agora água fresca da fonte. Era como regar um vaso com um gerânio seco e a amarelecer, viam a firmeza a regressar aos seus membros, a cor. Ele dizia muito pouco. O que poderia dizer, pensou Celine. Depois de tudo. Fizera as suas opções. Opções difíceis.

Ele contou-lhes como morrera, como estudou pegadas de ursos e as esculpiu em madeira e escolheu uma noite que se anunciava de tempestade e cortou os próprios pulsos para obter sangue. Sabia que não tinha de ser perfeito, porque sabia que a CIA o quereria morto e não se pouparia a trabalhos para o conseguir, pelo menos nos registos oficiais. Não falou das decisões mais importantes a não ser para dizer: – A Gabriela precisava de ter uma vida. Precisava de se livrar da Mulher. Precisava de herdar. Eu precisava de me livrar do trabalho. Com eles. Sabiam que eu tinha as fotografias e conheciam a minha personalidade... que eu era impulsivo e precipitado e talvez, ah...

– Autodestrutivo? – sugeriu Celine, prestável.

Ele acenou com a cabeça. – Certo. Que se eles sequer tentassem ameaçar-me com, digamos, a Gabriela, eu punha tudo às escâncaras. Por isso, se eles não conseguissem encontrar-me depois de eu desaparecer, talvez não se esforçassem por aí além. Provavelmente, ficariam aliviados por tudo ter sossegado. Mas então...

– Então, nós pusemo-nos a revolver as cinzas. Fizemos toda a gente espirrar.

Ele quase sorriu. O seu rosto, pensou Celine nesse momento, tinha sido esculpido pela tristeza. Agora, quase sorria. Perguntou-se se os músculos dele ainda saberiam como sorrir.

Celine pousou o garfo e disse: – O Paul tinha uma bela família e deu cabo de tudo e causou uma imensa dor. – Ele pestanejou e olhou para baixo, para o prato. – Especialmente à sua filha. Fez más escolhas e foi fraco. Sofreu terrivelmente quando a Amana morreu... – Ele tocou com a mão na face, um reflexo, como se para se assegurar de que ainda estava vivo. – Eu compreendo isso. Mas muitas, muitas pessoas sofrem terrivelmente e continuam a viver vidas em condições. Sabe, eu gosto imenso da Gabriela. Ela é uma jovem extraordinária. Conseguiu ter uma boa vida apesar de ter perdido a mãe, apesar da esfera de demolição que teve como pai.

Penso que ela vai querer vir cá vê-lo. Em breve. Penso que o Paul devia arranjar outra cadeira e outra caneca para o café.

O homem desviou-se deles, sentado no tronco, para olhar para a pequena janela. Inclinou-se para a frente. Pousou os cotovelos nos joelhos e levou as mãos ao rosto. Celine deixou-o em paz. Por fim, disse: – Acompanha-nos à nossa carrinha? Estamos exaustos e começa a ficar verdadeiramente escuro. Dava-nos jeito um guia.

Ela viu-o acenar com a cabeça. – É claro que sim – disse ele numa voz abafada. – É claro.

EPÍLOGO

Celine e Pete sentiam-se relutantes em deixar a sua nova casa, a sua carapaça de caranguejo-eremita, e decidiram acampar durante uma semana em Polson, na ponta sul do lago Flathead, e daí descer ao longo do Swan. Era a melhor altura do ano. Geada à noite e dias quentes e soalheiros, quando os amarelos e os laranjas dos álamos e dos choupos faziam algo ao azul do céu por trás deles que um artista talvez nunca conseguisse imitar. Davam longos passeios ao longo do lago e do rio, e liam, e tomavam chá à noite no recanto das refeições, com os sons da água a entrarem pelo mosquiteiro da janela.

A 7 de outubro, Hank foi de avião a Helena e eles fizeram-se à estrada para ir ao seu encontro. Estava entre projetos e agradava-lhe a perspetiva de alguns dias nas montanhas no início de outubro. Ajudá-los-ia a voltar para casa. Ofereceu-se para os meter num avião e conduzir ele a carrinha, mas eles pareciam relutantes em deixar a caravana, a que chamavam *Bennie*, o que o divertiu. Hank pensava que lhe faria bem ausentar-se de casa, de qualquer maneira. Foram buscá-lo ao pequeno aeroporto ao fim da manhã de quinta-feira e Celine achou incrível que mesmo com um casamento desfeito e o futuro incerto de um *freelancer* ele parecesse animado. Era um rapaz grande e cheio de força, a pesca e a canoagem entusiasmavam-no, e Celine reparou que, por baixo da sua camisa larga de flanela, tinha aumentado de peso, provavelmente à custa de cerveja. Bem.

Gabriela chegou de avião daí a umas horas. Encontraram-se com ela no átrio exterior onde se exibia um urso-pardo gigante a posar de pé e a rosnar. Agora que tinham encontrado Lamont, o urso representava algo um pouco menos potente, graças a Deus. Gabriela trazia o cabelo preso num rabo de cavalo como na primeira noite, vestia um casaco acolchoado justo e tinha as faces coradas. O seu sorriso quando os viu foi instantâneo e esfusiante. Celine admirou-se mais uma vez com a energia contida da jovem. E com a forma fácil como, depois de uma apresentação em que ambos pareceram tímidos, ela e Hank se embrenharam numa conversa – excitada, mas descontraída – quase como dois velhos amigos. Bem, eram ambos artistas em profissões precárias e ambos adoravam o que faziam e se deleitavam com a vida ao ar livre. Ele perguntou-lhe pelo filho e ela disse: – Oh, meu Deus, o Nick quer ser escritor! É um contador de histórias nato. Acha que consegue dissuadi-lo? Falar-lhe sobre todos os empregos horríveis que teve? A sua mãe contou-me, sabe.

Celine pensou que as risadas de Hank eram as mais espontâneas que ouvia há muito tempo. – Não sei – disse ele. – Secretamente, acho que entregar pizas ao domicílio e escrever contos é o mais recomendável. Sabe-se lá porquê. – Tirou o saco de viagem de Gabriela da mão dela tal e qual como Bruce Willis tirara o de Celine naquela ocasião. Hum. Celine pensou que a vida era sempre cada vez mais surpreendente e nunca menos estranha. Quem sabia fosse o que fosse?

Decidiram dar um passeio descontraído ao longo do Missouri, passando por um desfiladeiro rochoso mais abaixo e por prados de altas ervas castanho-avermelhadas e margens íngremes que apanhavam os últimos raios de sol. Caminhavam lentamente no largo caminho de terra batida. O fim de tarde não estava frio. Pete e Celine iam de mãos dadas, com os jovens à frente. Ao anoitecer, subiram todos para a carrinha e regressaram à cidade para comer bifes no Nagoya. A conversa nunca esmoreceu. Gabriela e Hank perguntaram repetidamente sobre o caso, a sucessão de acontecimentos, mas Celine e Pete mostravam-se reticentes. Hank via que eles estavam a passar por um ligeiríssimo desânimo pós-parto, pela depressão, talvez, que se combina com a euforia depois de descobrirem o seu homem ou a sua mulher. Por isso, os jovens fizeram a maior parte das despesas da conversa, falando sobre onde viviam, os seus trabalhos e casamentos falhados, e Pete e Celine escutavam-nos atentamente, de mãos dadas.

Gabriela alugaria um automóvel no dia seguinte e subiria ao glaciar, até à cabana à sombra das montanhas. Várias vezes ao longo do jantar, nas pausas naturais na conversa – quando era servido um prato, quando levantaram a louça da mesa – Celine reparou que Gabriela olhava fixamente, com um ar absorto, para a toalha da mesa ou para a sala do restaurante, e apercebeu-se de que a rapariga estava a pensar no pai, a preparar-se de alguma maneira para o seu encontro. Não conseguia imaginar o que ela estaria a sentir. Ou conseguia, e apertava-lhe o peito. Uma vez, não conseguiu dominar-se – estendeu a mão e tocou na de Gabriela, e Gabriela sobressaltou-se e olhou-a nos olhos e partilharam um olhar que só as duas poderiam partilhar, e foi então que Celine soube que o caso estava verdadeiramente encerrado.

Reservaram três quartos adjacentes no Hotel Trout Creek, no rés do chão, com lugares de estacionamento em frente, mas Pete subiu a capota da caravana: ele e Celine dormiriam no *Bennie*. Hank sentiu dificuldade em aceitar. De modo nenhum eles dormiriam no quarto abafado. Hank viu a sua franzina mãe descer da caravana para observar uma noite cheia de estrelas antes de ir dormir. Ensinara-lhe quase tudo o que ele sabia sobre andar pelo mundo com uma aparência de graciosidade, e ele tentava viver segundo esse ensinamento e errava com frequência, mas tentava de novo. Ensinara-lhe a ter coragem nas paisagens da imaginação e a encontrar a alegria nas coisas quando sentia medo. Mas também lhe trouxera dor. Recusava-se a partilhar com ele a história que o dominava mais do que qualquer outra.

Tinha uma irmã algures. Em cujo coração circulava o sangue da sua mãe e algum do seu. Imaginava que a sua irmã teria uma afinidade com os vulneráveis e os perdidos que surpreenderia as pessoas à sua volta. Provavelmente, tinha um sentido de humor intrigado e encantava-se com coisas que eram misteriosas e não se encaixavam bem na normalidade. Ele queria conhecê-la. Queria enviar-lhe um presente no Natal, telefonar-lhe de repente e dizer: «Ei, é o teu mano, que tal vai isso?» Mas a sua mãe erguera uma muralha de silêncio. Anos e anos. Ele sentira a intensidade da dor dela e tentara respeitar os seus desejos, recuando. Mas ali estavam eles, sob um rio de estrelas no Montana, e Celine acabara de restituir a Gabriela o seu pai. Gabriela estava prestes a embarcar numa nova vida e Hank pressentia a sua excitação e a força que ela encontraria ali.

Celine avistou-o e virou-se. – Hank! Vem olhar para a Oríon comigo. Não vemos muito as estrelas na cidade. Vou sentir terrivelmente a falta disto. Honestamente, podia viver no *Bennie* para o resto da minha vida.

– Eh, pá! Eu só disse que ta emprestava.

– Pergunto-me se a carapaça começaria a ficar demasiado apertada?

– Provavelmente.

– Provavelmente.

Hank deu um abraço de boas-noites à sua mãe. Apertou-a ao peito e segredou-lhe ao ouvido: – Mamã, eu sei que tenho uma irmã. Não te culpo, nem a mais ninguém.

Ela empertigou-se, respirou. Recuou do seu abraço e manteve-o à distância de um braço estendido. Disse: – A Bobby contou-te.

Ele acenou com a cabeça.

– Como a levaram embora antes de eu ter sequer tempo de lhe cheirar o cabelo, de pôr os lábios na orelha dela, de lhe dizer o que queria dizer. As promessas que tinha de fazer. Eu tinha coisas para lhe dizer. – Comprimiu os lábios, respirou.

Hank conseguiu falar. – Chamava-se Isabel, certo?

– Ela disse-te isso?

Ele acenou com a cabeça.

– É isso. Isabel. Foi o que eu lhe chamei. Ela deve ser... é... dez anos mais velha do que tu. Eu queria prometer-lhe que a encontraria. Que um dia a encontraria. E prometi. Quando a enfermeira a levou porta fora. É algo com que vivo.

Hank hesitou. Fechou os olhos e sentia o cheiro da água fria no ribeiro. – Vais continuar a procurar?

– Procuro todos os dias. Nunca paro.

AGRADECIMENTOS

Muitos amigos queridos e pessoas da minha família contribuíram generosamente para a escrita deste livro. Estou muito grato à minha primeira leitora, Kim Yan. A tua perspicácia, o teu humor e a tua sensibilidade literária são uma grande benesse. Lisa Jones e Helen Thorpe foram companhias constantes e indispensáveis, como sempre. Obrigado. E agradeço a Donna Gershten pela sua energia e leituras atentas. E a Mark Lough. Ted Steinway, Nathan Fischer, Jay Heinrichs, Rebecca Rowe e John Heller ajudaram-me ao longo do percurso como é seu costume. Assim como Pete Beveridge, Leslie Heller-Manuel, Callie French e David Grinspoon. Carlton Cuse deu-me mais um impulso criativo, como faz desde que ambos tínhamos quinze anos. Jay Mead e Edie Farwell partilharam a sua excitação e os seus conhecimentos. O mesmo fizeram Sally e Robert Hardy, Margaret Keith/Sagal e JP Manuel-Heller. Ana Gonçalves salvou-me num momento crítico. Agradeço mais uma vez a Jason Hicks e a Jason Elliott pelos seus conhecimentos especializados. E a Bethany Gassman, Laura Sainz, Lamar Sims, William Pero e Thor Arnold, que conhecem o território. E aos médicos Melissa Brannon e Mitchell Gershten. Agradeço aos meus amigos e primos em primeiro grau Ted McElhinny e Nick Goodman. Sinto-me contente por termos lá estado juntos.

Agradeço a Myriam Anderson e a Céline Leroy pelo seu discernimento e pela sua paixão. O vosso amor pelo trabalho significa imenso para mim.

A David Halpern, o meu agente, ergo mais um copo. Este livro, como todos os outros, não teria acontecido sem o teu contributo empenhado, o teu entusiasmo, as tuas correções, o teu tato, o teu encorajamento e o teu humor. *Skol.*

E à minha editora, Jenny Jackson, bem. Por uma vez, há poucas palavras. Uma e outra vez recorri à tua inteligência e à tua generosidade, e não tenho palavras para exprimir a minha gratidão.

Obrigado a todos. Que prazer e que privilégio.